sarah mlynowski

me liga

Tradução de
FABIANA COLASANTI

1ª edição

GALERA
junior
RIO DE JANEIRO
2014

CIP-BRASIL. CATALOGAÇÃO NA FONTE
SINDICATO NACIONAL DOS EDITORES DE LIVROS, RJ

Mlynowski, Sarah.
M681L Me liga/ Sarah Mlynowski; tradução Fabiana Colasanti. –
Rio de Janeiro:
Galera Record, 2014.

Tradução de: Gimme a Call
ISBN 978-85-01-08354-8

1. Ficção juvenil americana. I. Colasanti, Fabiana. II. Título.

12-8450 CDD: 813
CDU: 821.111(73)-3

Título original em inglês:
Gimme a Call

Design de capa: Izabel Barreto

Direitos exclusivos de publicação em língua portuguesa somente para o Brasil adquiridos pela
EDITORA RECORD LTDA.
Rua Argentina 171 – Rio de Janeiro, RJ – 20921-380 – Tel.: 2585-2000
que se reserva a propriedade literária desta tradução.

Impresso no Brasil

ISBN 978-85-01-08354-8

Para Chloe, minha queridinha

Agradecimentos

Obrigada *obrigada* obrigada a:

Todd Swidler, meu marido sempre paciente, extra-amoroso, que me apoia eternamente e que me ajudou em muitos, muitos rascunhos deste livro.

As pessoas que o fizeram acontecer: Wendy Loggia, minha supereditora; Laura Dail, minha agente incrível; e Tamar Rydzinski, a rainha dos direitos autorais estrangeiros.

Todo o pessoal maravilhoso da Random House Children's Books:

Beverly Horowitz, Chip Gibson, Krista Vitola, Kelly Galvin, Tamar Schwartz, Isabel Warren-Lynch, Kenny Holcomb, Adrienne Waintraub e Jennifer L. Black.

Richie Kern e o resto do pessoal da WME; Andy Fickman e Betsy Sullenger da Oops Doughnuts Productions; e o pessoal da Paramount.

Aviva Mlynowski, que me elogiou para o pessoal do cinema — obrigada, Squirt! Te amo!

Para os meus incríveis primeiros leitores (eu não poderia ter feito isso sem as suas muitas opiniões; estava grávida demais e com deficiência de cafeína): Elissa Ambrose, minha mãe, que leu o livro conforme eu o escrevia; Lauren Myracle, a mestre do elogio e do encorajamento; Lynda Curnyn, por ler e comentar de um dia para o outro; Ally Carter, que me lembrou de mostrar em vez de contar; e Jess Braun, por me mostrar onde aprofundar mais. Emily Jenkins, por me indicar todos os lugares onde aparar.

Targia Clarke, por sua ajuda com Chloe.

Amor e agradecimentos para minha família e amigos que me fizeram companhia enquanto eu escrevia:

Larry Mlynowski, Louisa Weiss, John e Vickie Swidler, Robert Ambrose, Jen Dalven, Gary Swidler, Darrem Swindler, Shari Endleman, Emily Bender, Heather Endleman, Shaun Sarno, Leslie Margolis, Alison Pace, Bennett Madison, Cassandra Clare, Scott Westerfeld, Maureen Johnson, Justine Larbalestier, Lauren McLaughlin, Robin Wasserman (e obrigada, Robin, por me deixar entrevistá-la sobre Harvard!), Libba Bray, Farrin Jacobs, Kristin Harmel, Bonnie Altro, Jess Davidman, Laura Accurso, Avery Carmichael e Bob.

Capítulo um

Sexta-feira, 23 de maio • • • Terceiro ano do ensino médio

Eu devia simplesmente devolver o relógio do Bryan para a Nordstrom e ir para casa. Em vez disso, estou sentada perto do chafariz circular no Stonybrook Mall, olhando para a vitrine do Sunrise Skin Spa. Ela mostra um pôster de uma mulher sem rugas e o slogan *Volte no tempo*.

Para mim parece bom. Se pudesse voltar no tempo, eu diria muitas coisas para o meu eu mais jovem. Incluindo:

No terceiro ano do ensino fundamental, não deixe Karin Ferris cortar sua franja. Sua melhor amiga não é cabeleireira. Ela vai cortá-la curta demais, acidentalmente. E torta demais. E também não vai ser sua melhor amiga para sempre.

No quinto ano do ensino fundamental, não coloque marshmallows no forninho, mesmo que pareça uma boa ideia. Tostadinho! Molinho! Delícia! Não. Quando eles crescem, a ponta de um dos marshmallows toca no aquecedor, o forninho pega fogo e pelo resto da vida sua família vai contar a história de como você quase botou fogo na casa.

No segundo ano do ensino médio: não deixe seu aparelho ortodôntico em um guardanapo no refeitório — a não ser que queria revirar três latas de lixo cheias de espaguete com almôndegas para encontrá-lo.

Dezembro passado: não compre o jeans Dolly de que você gostou no tamanho 38 porque acha que ele vai ceder. Não vai.

Dia 21 de maio: não compre um relógio de prata como presente surpresa de formatura para Ele, porque senão você vai passar o dia oficial de matar aula no shopping para devolvê-lo. O que me leva à dica mais importante.

Sobre Ele. Bryan.

Se pudesse voltar no tempo, a coisa mais importante que eu diria a mim mesma seria isso: nunca, *jamais*, se apaixone pelo Bryan. Eu advertiria minha pessoa de 14 anos para nem sair com Ele, para começar. Ou até melhor: a festa em que nos conhecemos oficialmente quando eu era caloura nunca teria acontecido. Está bem, a festa poderia ter acontecido, mas quando ele me ligou depois e me convidou para sair, eu teria dito não. Gentileza sua me convidar, mas simplesmente não estou interessada. Obrigada, mas não, obrigada. Tenha uma boa vida. Talvez eu dissesse a mim mesma para ficar em casa em vez disso e organizar o armário.

Imagine só. Falar com o meu eu de 14 anos. Quem me dera.

Eu vejo Veronica na Bella Boutique, bem ao lado do Sunrise Skin Spa. Ela acena. Eu aceno de volta.

— Devi! Venha ver a coleção nova! — grita ela — É deslumbrante! — Como se eu fosse lhe dar ouvidos. Foi ela que jurou de pés juntos que meu jeans cederia.

— Eu te dou o desconto de funcionária! — oferece ela, apesar de eu não ter trabalhado nenhum turno desde as férias de Natal.

— Eu venho olhar em um minuto — grito de volta para ela. Vasculho minha bolsa, encontro meu telefone e vou pegar meus recados. Quero ouvir o que ele deixou hoje de manhã. De novo. Só escutei uma vez. Tudo bem, sete vezes. Eu sei: patético. Mas toda vez tenho esperanças de que seja diferente.

— Oi, Devi. Sou eu. — A voz de Bryan é baixa e rouca, como a de um fumante. Nós tentamos fumar uma vez, juntos, no mirante Morgan, no monte Woodrove, quando estávamos no segundo ano. Mas quando nos beijamos, ele estava com gosto de meia suja, então esse foi o final do nosso tabagismo.

Até nosso relacionamento virar fumaça.

— Eu queria que você atendesse — continua dele. — Você sempre atende... — Uma pausa como se ele estivesse esperando que eu atendesse. — Eu sinto muito. Quero dizer, sinto muito, muito mesmo. Nunca quis magoá-la.

O recado ainda está soando no meu ouvido, mas eu mal posso escutar, porque agora estou chorando e minhas bochechas estão todas molhadas e minha mão está toda molhada e como ele poderia ter dito que me amava quando obviamente não amava e...

Splash!

Como um sabonete no chuveiro, meu celular escorregou pelos meus dedos e aterrissou dentro do chafariz.

Sensacional. Mais uma coisa para dizer ao meu eu mais jovem (dois segundos mais jovem): não deixe seu celular cair em um pires cheio de cloro verde do tamanho de uma casa. Eu espio dentro da água. Um brilho prateado pisca para mim. É ele? Não. É uma moeda. A fonte está cheia de moedas, além do meu telefone. Existem mesmo pessoas por aí que acreditam que jogar uma moeda na água pode fazer um desejo se realizar?

Ahá! Eu estou vendo, estou vendo! Eu me estico para alcançá-lo, mas ele está longe demais. Deito de barriga para baixo e me estico novamente. Um pouco mais... quase lá...

O celular é afastado do meu alcance pelos jatos circulares de água dentro do chafariz. Ah, caramba... Vou ter que entrar.

Por sorte, estou de chinelo. Olho em volta para me assegurar de que ninguém da segurança está olhando, então fico de pé em cima do banco, enrolo as pernas do meu jeans Dolly que não me permite respirar e entro.

Frio. Escorregadio. Quando olho para baixo, meus dedos do pé estão inchados e pintados de verde. Talvez a água seja radiativa e eu esteja me transformando no Hulk.

Pelo canto do olho, vejo Harry Travis e Kellerman marchando pelo shopping como se fossem os donos do lugar. Harry — definitivamente, um dos caras mais bonitos da nossa turma — tem cabelos escuros, um corpo musculoso, olhos de um azul intenso e a pele mais rosada do mundo. Ele também tem uma barbinha sexy — muito rude e sensual. E o Kellerman — todo mundo só o chama de Kellerman — parece que já faz parte de uma fraternidade. Está sempre usando o boné da Pi Lambda Phi do irmão mais velho e calças de moletom.

Eu me abaixo para que a dupla de veteranos descolados não me veja. Isso simplesmente tornaria o dia de hoje perfeito, não é? A água encharca até os joelhos do meu jeans. Merda, merda, merda! Quando os garotos entram na praça de alimentação, eu fico em pé e tento localizar meu celular. E lá está ele de novo! Uhuu! Equilibrado no topo de uma pirâmide de moedas. Peguei. É!

Agora, só preciso voltar em segurança para o lado...

Splat. Os rodamoinhos de água me empurram e, quando vejo, estou estatelada no chão. Ótimo. Simplesmente ótimo. Meus olhos começam a arder.

Eu me levanto e, de volta à segurança da beirada do chafariz, deixo uma trilha de gotinhas verdes brilhantes. Ignoro meu jeans ensopado — quem sabe os produtos químicos não o façam ceder? — e enxugo meu celular na camisa, como se isso fosse adiantar. Por favor, não esteja quebrado, por favor, por favor, por favor. Eu aperto o botão para ligar.

Nenhum som. Nenhuma linha. Nenhum nada.

Vejo Veronica me olhando.

— Você está bem? — berra ela.

Humm, não?

— Estou ótima! — Aceno, e então me viro para o telefone. Aperto o botão para ligar novamente. Nada ainda. Aperto o botão do um. Nada. O dois. Nada. Três, quatro, cinco, tudo... nada. Seis, sete, oito, nove, o botão do jogo da velha, o botão do volume. Nada, nada, *nada*. Eu chuto o chão. Meus chinelos fazem um som de água espirrando.

Aperto o botão de ligar. De novo. Nada.

Aperto o nove, o oito, o sete, o seis, o cinco, o quatro, o três, o dois, o um, o jogo da velha, o botão de volume. Tudo... nada.

Aperto o botão de enviar. O telefone ressuscita.

Pronto. Não faço ideia para quem eu liguei, mas está tocando.

Capítulo dois

Sexta-feira, 9 de setembro • • • Primeiro ano do ensino médio

Na primeira vez em que ela liga, eu estou sentada ao lado da Karin Ferris e na frente da Joelle Caldwell e da Tash Havens na nossa mesa no refeitório — a que fica nos fundos, perto do lixo. Não é ideal, já que o local definitivamente tem cheiro de carne podre, mas até onde eu posso ver, temos sorte de conseguir qualquer mesa que seja. Alguns calouros estão sentados no chão.

Meu celular de duas semanas de idade vibra ao lado do meu queijo quente queimado e semicomido e das batatas fritas cruas. Semana passada, na orientação, avisaram que todos nós, alunos da Florence West High School — eu sou finalmente uma aluna do ensino médio! Loucura! —, temos que manter nossos celulares sem som. Há tanta vibração rolando aqui que dá para pensar que o refeitório foi construído em cima do metrô. Não foi, obviamente. Não há tráfego subterrâneo em Florence, Nova York.

— É sua irmã? — pergunta Karin enquanto engole um achocolatado. — Diga a ela que eu mandei um oi.

Dou uma olhada rápida no nome Banks no identificador de chamadas e aperto enviar.

— Oi, Maya! — digo, tentando não abrir demais a boca quando falo, já que suspeito que um pedaço de cheddar pode estar preso entre os dois braquetes da frente do meu aparelho. Odeio esse negócio. É, eu tenho aparelho transparente, então não é como se tivesse uma boca cheia de metal, só um fio metálico, mas desde que o botei na semana passada, fico constantemente com comida presa nele. Sucrilhos, queijo quente, batatas fritas cruas: se está no prato, definitivamente está no meu aparelho. — E aí?

— Alô?

— Finalmente! Eu deixei dois recados para você esta semana! Sei que a UCLA tem uma diferença de três horas, mas tenho certeza de que um gênio como você pode descobrir como fazer contato — digo a ela.

— Como? — diz uma garota. Uma garota que não é a Maya. Hein? Olho de novo para o identificador de chamadas, mas agora ele está em branco.

Humm. Não faço ideia de com quem estou falando. Mas a voz dela soa familiar, então talvez eu devesse saber. É como se eu estivesse assistindo a um programa de perguntas e respostas e a resposta estivesse na ponta da língua eu e não conseguisse dizer.

— Quem é?

— Desculpe, acho que liguei para o número errado — diz a garota.

— Sem problema — falo e desligo. Volto para meu queijo quente.

— Então, o que vocês vão fazer neste fim de semana? — pergunta Karin.

— Nada... — diz Joelle com um suspiro. Ela arruma a minissaia jeans e a blusa caindo nos ombros. — Não tem nada pra fazer. Talvez a gente devesse viajar pra fazer compras.

— Para onde? Buffalo? — pergunta Tash.

— Nããããão. Buffalo é tão caído. Vamos para Manhattan.

— Devemos levar nossas bicicletas voadoras? — pergunta Tash, revirando os olhos gigantescos e deslumbrantemente verdes. Não sei por que ela os esconde atrás de óculos em vez de usar lentes de contato. Ela também fica encurvada quando se senta. Eu lhe diria para se sentar ereta e exibir sua altura e corpo de top model, mas ainda não a conheço bem.

— Eu queria que a gente não morasse no fim do mundo — reclama Joelle.

— Você não pode estar entediada com apenas duas semanas no ensino médio — diz Karin.

— Posso e estou — diz ela. — Estou pensando em entrar para o livro do ano. Alguém quer entrar comigo?

Nenhuma de nós responde.

— Vocês são todas umas chatas — suspira ela. — Tenho que descobrir se vai haver alguma festa neste fim de semana. Ver onde o meu futuro marido, o Sr. Jerome Cohen, vai estar. — Ela mexe a sobrancelha com piercing.

Eu definitivamente não me importaria de ir a uma festa com garotos bonitos. Não tenho namorado desde Jarred Morgan, no ano passado. Nós ficamos juntos por quatro meses. Antes disso foi Anthony Flare. Eu nunca devia ter saído com ele. A Karin gostava dele, mas só me contou quando já estávamos juntos há dois meses.

Há alguns gatinhos nas minhas turmas. Há o Harry Travis, que tem olhos lindos, mas não os esconde como a Tash. Os cabelos dele são escuros e ele tem a pele mais rosada e com a aparência mais macia do mundo. Poderia ser galã de TV. E tem o Jerome Cohen da Joelle, que obviamente está fora, sendo o futuro marido dela, mas ainda é uma graça com seu jeans de cós baixo e camisetas de bandas dos anos 1990. E aí tem esse cara que eu vi nos corredores algumas vezes, mas não sei como se chama. Ele normalmente não fica na escola durante o almoço e não temos nenhuma aula juntos, mas ele tem cabelos espetados fofos e um sorrisão. Nunca recebi um desses sorrisos, mas estou trabalhando para isso.

Meu telefone vibra de novo. Outro engano?

Joelle o pega e espreme os olhos para ver o identificador de chamadas.

— Você está ligando para você mesma — diz.

Não sei direito o que ela quer dizer até olhar para a tela e ver o meu número. E o meu nome. Agora ficou bem esquisito.

— Alô? — falo novamente.

— Ah, oi — diz a mesma garota de antes. — Isso é estranho. Eu estava tentando ligar para a minha caixa postal. Não sei por que continuo ligando para você.

— Também não sei — digo. Desligo de novo e dou mais uma mordida no meu sanduíche.

O telefone vibra novamente.

Joelle se inclina por cima da mesa.

— Quem *é*?

Eu dou mais uma olhada no identificador de chamadas. Ele ainda mostra meu número.

— Eu de novo — digo. Dou um gole rápido no meu suco de maçã, na tentativa de tirar o pedaço de queijo dos meus dentes.

— Há algo errado com meu telefone — diz a voz familiar-mas-ainda-não-identificada. — Eu liguei para minha mãe no trabalho e ainda caiu para você. Pode me dizer para quem eu liguei?

— Devorah Banks — respondo com minha voz educada, a que uso com professores, pessoas novas e cachorros. Não sei por que eu a uso com cachorros. Pode ser porque só a visão das bocas grandes e dos dentes afiados de vampiro me dão urticária e eu espero que interpretem meu tom cortês como uma oferta de paz.

— Ah, que bom, você me conhece — diz ela.

— Conheço? — pergunto.

— Bem... você acabou de dizer meu nome.

Eu pressiono o telefone com força no ouvido para tentar bloquear o barulho caótico do refeitório. Será que não estou entendendo bem?

— Do que você está falando?

— Quem é? — pergunta ela novamente.

— Aqui é Devorah Ba... — paro no meio. Por que estou dando informações pessoais por telefone para uma estranha? — Desculpe, mas *quem* é?

— Olhe — diz ela num tom agudo —, o meu jeans está encharcado de meleca verde e eu estou tendo um dia muito ruim. Pode, por favor, só me dizer com quem estou falando?

— Humm... — digo e então dou uma risadinha.

Dou muitas risadinhas. Quando estou nervosa, quando estou feliz, quando estou perto de garotos, quando estou na aula. Sério. Na segunda-feira, eu estava na casa da Karin e apertei o play no gravador dela. Ela grava todas as aulas, incluindo história (uma das duas aulas que eu tenho com ela) — ela é meio perfeccionista —, e, quando vi, estava ouvindo a minha risada reverberando pelo quarto dela. Como uma hiena. He-he-he-he-he-he. Tão horrível. Rindo, na aula de história! Não há nada engraçado na aula de história da Srta. Fungas. A não ser o nome dela, que é totalmente hilário. Fungas. He-he. Lá vou eu de novo.

— Obviamente você me conhece. Acabou de dizer o meu nome! — explode a garota ao telefone. — Vai me dizer quem você é?

Humm. Isso é algum tipo de golpe? Uma atendente de telemarketing tentando descobrir minhas informações para roubar a minha identidade e faturar uma viagem de Ação de Graças para o Panamá com um cartão de crédito falso? Se ao menos eu tivesse um cartão de crédito. Talvez eu devesse roubar a minha própria identidade. Em vez disso, pergunto:

— Gostaria de me dizer para que número está tentando ligar?

— Tentei ligar para o telefone da minha mãe no trabalho! E, antes disso, tentei ligar para a minha caixa postal! E antes disso, eu só apertei o botão enviar — disse ela, o tom de voz ficando ainda mais agudo. — Mas, todas as vezes, a tela só mostra uns símbolos estranhos!

— Bem, você ligou para mim — digo, começando a ficar irritada.

Joelle acena do outro lado da mesa.

— Já sabe quem é?

Eu dou de ombros.

— Não faço ideia.

— Então desligue — ordena ela. — Está perdendo seu tempo.

— Acho que é um trote — sussurro de volta. Tomo outro gole de suco para limpar meu aparelho.

— Quer que eu diga para ele ir se catar? — pergunta Joelle.

— Ela. — Eu a corrijo e estico o braço para o outro lado da mesa, para lhe entregar o telefone. Se alguém quer assumir o controle da situação, fico feliz em deixar.

— Cuidado com... — avisa Tash, mas a voz dela é muito baixa e eu mal a escuto.

— O quê?

— Eu disse: cuidado com... as batatas fritas.

Tarde demais. Acabei de passar minha manga bege diretamente pelas batatas encharcadas de ketchup.

Eu sacudo o braço e o telefone de volta na minha direção... e bem dentro da minha garrafa de Snapple. A garrafa balança — não derrame, não derrame! — e decide ir com tudo. Ela vira e entorna tudo pela mesa.

— Opa! — Fantástico. Não devo tentar fazer várias coisas ao mesmo tempo. Falar ao telefone enquanto verifico meu e-mail? Acabo digitando minha conversa. Aquele jogo em que você tenta bater na cabeça com uma das mãos, esfregar a barriga com a outra, estalar a língua e fazer o som de *uhhh* ao mesmo tempo? Se eu tentasse, acabaria no pronto-socorro numa posição de *pretzel.*

— Sinto muito! Tenho que desligar — digo para a estranha.

Eu desligo e corro para a fila do almoço à procura de guardanapos.

O telefone vibra dentro da minha mochila quando estou saindo da escola no fim do dia. Eu vasculho, mas meu celular de alguma forma acabou no fundo da bolsa, enterrado debaixo de 700 pedaços de papel, meu livro de conjugações em francês, *Jane Eyre* e o meu fichário de história.

— Pronta? — pergunta Karin. Ela está me esperando na porta da frente.

O telefone vibra novamente. Eu arranho a mão em um lápis, mas finalmente o encontro. Maya? Dou uma olhada no identificador de chamadas.

Ele mostra o meu número. Meu número está me ligando *de novo*. O que está acontecendo?

— Alô?

— É você — diz a garota de antes. — Ótimo. Eu devo ter entendido errado antes. Quando você disse "Aqui é Devorah Banks", estava querendo dizer *eu*, certo? Como em eu sou Devorah Banks? Você reconheceu minha voz?

Do que ela está falando?

— Aqui é a Devorah — digo devagar. — Eu. *Eu* sou a Devorah. Quem é você?

— Aqui é Devorah Banks! — grita ela. — Eu sou Devorah Banks! Só me diga quem está falando!

Um calor sobe pelo meu pescoço e se espalha pelas minhas bochechas como uma alergia grave.

— Eu. Sou. Devorah. Banks.

— Não pode ser! — diz ela. — Isso é impossível! Eu vou desligar! — O telefone fica mudo. Um segundo depois, ele vibra. De novo, o meu número.

— Ainda sou eu — anuncio.

— Você é louca! — grita ela.

— Tudo bem, então. — Eu aperto desligar, desconecto o telefone e o jogo de volta na bolsa. O quê, vou ficar no telefone com uma maluca que me xinga? Acho que não. Sinto um formigamento na minha nuca e tento coçá-la. Corro para alcançar Karin.

— Desculpe.

O ar de meados de setembro me esfria como um copo de água gelada. Ou como algodão molhado, que é o que eu estou vestindo desde o almoço, quando tentei, sem sucesso, tirar o ketchup da minha blusa.

Nós vemos um grupo de alunos jogando *softball* no campo de beisebol e paramos do lado de fora da tela de arame para assistir.

— Testes — diz Karin, apontando para o placar. — Beisebol, basquete e futebol hoje; líderes de torcida, natação e ginástica olímpica na segunda-feira. Estou tão nervosa.

— Não fique. Você vai entrar para a equipe de ginástica com certeza.

— Talvez sim. Talvez não. — Ela enrola um cacho louro entre os dedos.

— Ah, por favor. Você é fera. Faz ginástica olímpica desde que tinha 6 anos. Vai conseguir.

— Você devia tentar entrar em alguma equipe também — diz ela.

— Claro — digo. — Talvez para líder de torcida.

— Posso imaginar isso — diz ela a sério.

Eu caio na gargalhada.

— Ah, cale a boca; não pode nada. Eu sou a pessoa menos flexível na história do mundo. E não consigo dançar e cantar ao mesmo tempo. Além disso, sou baixa demais. Aquelas garotas são gazelas. Seja você a atleta. Eu vou ser a... — Minha voz vai sumindo. Não sei o que eu vou ser. — Por que *você* não tenta ser líder de torcida?

— Ah, tá — diz ela.

— Por que não? — pergunto.

— Antes de mais nada, acho que não dá para estar tanto na equipe de ginástica olímpica como na de líderes de torcida. Conflitos de viagens. E, em segundo lugar, eu não sou bonita o bastante para ser líder de torcida.

Eu dou um peteleco no braço dela.

— É, sim!

— Não sou, não. — Ela balança os cachinhos.

Karin nunca vai admitir que é bonita — apesar de ser. Ela vai dizer "O meu nariz é muito largo e torto" ou "Meus olhos são muito separados" ou "Eu não tenho peitos", apesar de seu nariz ser ótimo, os olhos terem espaçamento normal e um sutiã P não ser sinônimo de *nada*. Eu uso P, muito obrigada.

— É, sim — digo a ela.

— Bem, você também é — diz ela.

— É claro que sou — digo com uma jogada de cabelos superdramática. Aí eu rio. Não é que eu me ache linda nem nada, mas não sou insegura com isso. Claro, tenho espinhas no nariz e na testa, mas que se dane. Quem não tem? Gosto da minha aparência. Ou vou gostar depois que tirar o aparelho. Eu aponto para a cerca. — Quer assistir? — Talvez ficar olhando para os garotos bonitos a anime. Normalmente me anima.

— Só um pouco. Minha mãe vai me levar ao shopping. Eu preciso de tênis novos. Quer vir? A gente paga um Cinnabon para você.

Não é como se eu quisesse ficar por aqui sozinha.

— Claro.

A Karin aponta para Celia King, que está sentada nas arquibancadas.

— Joelle conseguiu que todas nós fôssemos convidadas para a festa dela hoje à noite.

— Sério? — pergunto, impressionada.

— É.

— A Celia tem um brilho — digo. — É como se ela tomasse banho de purpurina.

— Troquem! — grita o juiz no campo e todo mundo do lado de fora da linha corre para dentro. Um novo time de garotos entra.

Karin segura na cerca e se inclina para trás.

— Então, quer ir à festa?

— Óbvio — digo. — É bom que os seus pais sejam amigos dos pais da Joelle. Porque ela tem muitos contatos.

— É. Ela conhece gente de todas as escolas de ensino médio. E eu sei que ela pode ser meio mandona, mas não é por mal.

— Eu gosto dela — digo. — Também gosto da Tash. No começo, achei que ela fosse esnobe, mas acho que só é tímida.

— Eu sei. É porque ela é tão linda. Com um cortezinho...

— Não ouse. Eu vou contar a ela o que você fez com a minha franja.

— Isso foi no terceiro ano do fundamental.

— Você tem sorte por eu ter perdoado.

Karin sorri.

— Vou ficar na minha. Prometo. Você sabe, a Tash supostamente é um gênio da ciência.

— Sério? Eu faço química com ela. Ela ainda não falou muito.

— Eu a escolheria para a dupla de laboratório, se fosse você. A Joelle me contou que a mãe dela morreu de leucemia quando ela estava no primário e que agora seu objetivo é ser oncologista quando crescer para descobrir a cura para o câncer.

— Isso é... tão triste — disse. Estou impressionada por ela ter um objetivo. Melhor que o meu, que é conhecer meninos gatinhos e não ficar com queijo preso no aparelho.

— Então, hoje à noite — continua Karin — vamos nos encontrar na casa da Tash às 20h e vamos andando para a festa. A Celia mora no monte Woodrove.

— Chique. — O monte Woodrove é uma das áreas mais caras da cidade.

Ficamos olhando um cara enorme e de cavanhaque do terceiro ano bater na bola e a mandar voando para fora do campo. Espera aí! O gatinho de cabelos espetados com o sorriso espetacular que eu vi nos corredores vai atrás dela. Agora ele está usando uma camisa de beisebol preta e vermelha e correndo de costas para pegar a bola, a luva acima da cabeça.

Ele pegou, ele pegou, ele pegou — ele pula e tenta pegá-la — ele não pegou.

A bola voa por cima de seus cabelos espetados. Quilômetros acima. Como eu, ele está do lado errado do 1,70m e, quando pula, de alguma maneira cai para trás e de bunda. Ai. Spiky imediatamente pula de pé, sai correndo atrás da bola, a pega e a lança para a segunda base, mas é tarde demais.

— Dentro! — berra o juiz.

Spiky balança a cabeça, derrotado, mas está sorrindo. Uma espécie de sorriso grande, largo, com duas covinhas que derretem meu coração.

— Você está bem? — Jerome Cohen, o cara na terceira base pergunta a ele. Em vez de uma camisa de beisebol, ele está usando uma camiseta velha do Foo Fighters e jeans rasgados.

Spiky o cumprimenta.

— Eu treinei essa jogada a semana inteira.

Cohen ri.

— Sabe quem é aquele? — pergunto para Karin. As calças de moletom dele estão cobertas de terra, a camisa, completamente bagunçada, mas suas bochechas estão vermelhas e ele está rindo.

— Jerome Cohen — diz ela. — É o cara por quem Joelle é apaixonada.

— Não, esse eu conheço. Ele está na minha turma de álgebra. Estou falando do cara que não pegou a bola.

— Ryan. Ele estudou na Carter. Não... desculpe, é Bryan. Bryan Sanderson.

Olá, Bryan Sanderson.

Capítulo três

Sexta-feira, 23 de maio • • • Terceiro ano

Depois do meu dia horrível no shopping, eu largo meu celular quebrado na mesinha de cabeceira, deixo meu jeans estupidamente desconfortável e agora com cheiro de água sanitária em um monte no chão e enfio uma calça de moletom. Então, passo pelo escritório do meu pai para dar um oi.

— Oi, pai.

Ele está sentado usando seu roupão de banho marrom. Seus pés com pantufas estão em cima da mesa. São pantufas do Mickey. Nós fomos à Disney quando eu tinha 7 anos. Não que eu me lembre das últimas férias em família de verdade que nós tiramos, mas vi a foto em cima da lareira da sala de estar.

— Oi, querida — diz ele, coçando a parte de trás da cabeça quase toda grisalha. — Como foi o dia de matar aula?

Teria sido melhor se eu tivesse alguém com quem matar aula.

— Chato. Como foi seu dia?

— Bom.

Ele não parece bem. Está com cara de quem precisa de um pouco de cor. E de uma ida à academia. Uma caixa vazia de pizza está em cima da mesa dele.

— Quando mamãe vai estar de volta?

— Mais tarde — responde ele, sem olhar para cima.

— Alguma oportunidade de trabalho? — pergunto, dando uma espiada no tabuleiro de xadrez na tela do computador dele.

— Hoje não.

Volto para o meu quarto, fecho a porta e decido que está na hora de jogar fora todas as coisas ligadas ao Bryan, começando pelas fotos emolduradas que tiramos com a câmera, agora quebrada, que eu comprei para ele. Vou jogá-las na minha lata de lixo, uma de cada vez, como se estivesse fazendo um exorcismo. São porta-retratos baratos de plástico. Eu respiro fundo. Lá vai. Bryan e eu no restaurante chinês no aniversário de 15 anos dele. Lixo. Bryan e eu na roda-gigante no parque itinerante em Florence. Lixo. Eu sentada no colo do Bryan no meu aniversário de 16 anos. Lixo. Bryan em um balanço. Lixo. Bryan e eu no dia em que tirei meu aparelho. Os meus dentes brancos e brilhantes são praticamente a foto inteira. Bryan e eu fantasiados de vampiro para o Dia das Bruxas. Isso foi há apenas sete meses. Nós não íamos nos fantasiar, mas aí vimos essas dentaduras ridículas na farmácia e *voilà*! Cobrimos o rosto com maquiagem branca, dirigimos até a casa dos primos dele e nos oferecemos para levá-los para pedir doces. Eles comeram *SweeTarts* demais e vomitaram no banco de trás do Jetta azul do Bryan.

Talvez eu não jogue esta fora ainda, já que me faz lembrar de vômito.

Bryan também tem cópias de todas essas fotos. Eu as coloquei em um álbum para o aniversário dele. Era um álbum lindo. Com caligrafia bonita. Eu me diverti muito fazendo aquilo. Perda de tempo. Provavelmente está no lixo agora.

O que mais Bryan me deu?

Minha TV. Ele me deu quando o pai e a madrasta dele, sem saberem que a mãe havia lhe dado uma TV no ano anterior, mandaram outra como presente de aniversário. Eu não queria exatamente me livrar disso.

Fico brincando com a pulseira que ele me deu no nosso aniversário de um ano de namoro. Os cinco corações de ouro branco dela são unidos por uma delicada corrente também de ouro branco. Não posso jogar joias fora, posso? Talvez eu devesse vendê-la. Eu deveria pelo menos tirá-la. Brinco com o fecho, mas ele não abre. Fantástico. Preciso que uma amiga faça isso por mim. Eu preciso ir à casa de uma amiga ou fazer com que ela me leve para fazer compras ou que venha para cá assistir a filmes tristes comigo, mas... eu não tenho nenhuma amiga. Patético, não?

Eu costumava ter amigas, mas não tenho mais. Não falei com ninguém o dia inteiro a não ser com a minha ex-patroa e o meu pai. Ah, e uma garota mais nova irritante que acha que é eu.

Por que alguém alegaria ser eu? A minha vida é uma droga. A não ser que o nome dela realmente seja Devorah Banks. Talvez haja outra. E, de alguma forma, quando deixei o telefone cair dentro do chafariz, nossas linhas ficaram cruzadas. É. Deve ser isso. Eu me sento na frente do computador e procuro pelo meu próprio nome na internet. Há 105 ocorrências. Doutora Devorah Banks! Advogada Devorah Banks! Quem diria? Então a minha linha simplesmente ficou cruzada com outra Devorah Banks. Pronto. Problema resolvido. Eu empurro a cadeira do computador para longe da mesa.

Minha nuca começa a formigar. É meio uma coincidência que a minha linha tenha cruzado com outra Devorah Banks, no entanto, não é? E aqui vai a coisa estranha: a garota do outro lado da linha soava meio familiar.

Ela soava como eu.

Há! Até parece. Talvez deixar o celular cair no chafariz tenha sido como jogar uma moeda. E eu não desejei conversar comigo mesma aos 14 anos? Fico rolando a cadeira para a frente e para trás. Há. Você não pode deixar seu celular cair dentro do chafariz e ligar para a sua versão mais nova. Isso é ridículo.

Pego o celular e olho para ele desconfiada. Aí aperto o enviar. Ele toca e cai na caixa postal. A minha caixa postal?

— Oiê, aqui é a Devi. Estou por aí e não posso atender. Desculpe. Deixe seus contatos e eu ligo para você assim que tiver um minutinho. Tchauzinho!

Bip.

Alguém está brincando comigo? Alguém deve estar brincando comigo. Até a voz na mensagem parece a minha. Mas não é a mensagem que eu tenho no meu telefone. A minha mensagem é uma gravação do Bart Simpson dizendo que eu não posso atender o telefone e para a pessoa não ter um chilique.

Bryan adora *Os Simpsons.*

Talvez alguém tenha invadido meu telefone e regravado minha mensagem?

Um arrepio se espalha pelas minhas costas. Espera. Eu gravei aquela mensagem. No meu celular. Quando era caloura.

Claro, parece uma mensagem simples de gravar, não? Mas não foi. Levou cinco tentativas até eu não parecer uma maluca com ataque de riso. Tudo bem, oito tentativas.

Mandei Karin ligar.

— É super — disse ela. Tudo era super naquela época.

Não pode ser a minha mensagem de caloura. Por que a minha mensagem de caloura ainda estaria no meu telefone?

Eu pulo da cadeira. Preciso de um lanche. Meu cérebro está obviamente subnutrido. Corro para a cozinha e vasculho a geladeira. Caixa de leite semivazia. Fatias de queijo processado. Maçãs que já viram dias melhores. Não era à toa que meu pai tinha pizzarias na discagem rápida. Eu encontro uma lata de Coca quente e uma caixa de *Froot Loops* ligeiramente dormidos no armário e me espalho pelo sofá cada vez mais cinzento da sala de estar.

Enquanto mastigo meu cereal, tento descobrir a resposta para a questão do meu telefone. O telefone deve ter apagado a minha mensagem gravada quando caiu dentro da água. E... e está tocando de novo a que eu gravei quando o comprei.

Humm. Minha teoria explica a mensagem, mas como explicar a garota que vive atendendo o telefone e dizendo que sou eu?

Ahá: talvez eu só tenha ligado para mim quando caloura por acidente. É, sei. Impossível.

Minha nuca começa a formigar novamente. O que é isso?

Talvez eu não seja muito boa em julgar o que é possível e o que não é. Nunca achei que fosse possível Bryan e eu terminarmos.

Então, quem é que sabe o que é possível? Talvez eu *tenha* feito um desejo. Talvez ele *tenha* se tornado realidade. Talvez eu tenha ligado para mim mesma no passado. Talvez eu possa continuar ligando para mim no passado. Dou mais um gole na Coca. Talvez eu esteja ficando louca.

Capítulo quatro

Sexta-feira, 9 de setembro • • • Primeiro ano

Estou na cozinha com a mamãe, contando a ela sobre o meu dia. Ela está vasculhando a geladeira atrás de ingredientes enquanto eu coloco a mesa. Ela vai fazer a receita de frango ao limão, minha preferida.

— Como foi em química? — pergunta ela. — Você ficou perdida de novo?

— Não muito. — Os corredores da minha nova escola pareciam um labirinto, mas ela não está falando sobre encontrar o caminho. Eu enfio a mão no armário para pegar três pratos.

— Só dois — diz mamãe, abrindo três peitos de frango na tábua de cortar. — Seu pai está preso no escritório. Eu esquento a comida para ele mais tarde.

Chocante. Eu coloco um dos pratos de volta.

— Eu nunca fui boa em ciências — continua ela. — Talvez seu pai possa ajudá-la.

— Se algum dia ele estiver em casa, talvez — resmungo.

Ela suspira.

— Não comece. É uma época movimentada para ele no trabalho.

— Os últimos cinco anos foram uma época movimentada — digo. — Tanto faz. Você nunca fica zangada com ele.

— Fico, sim — diz ela. — Você viu a foto do nosso jantar de aniversário de casamento que eu finalmente imprimi? Coloquei em cima da lareira.

Eu largo o guardanapo que estou dobrando e vou olhar a foto acetinada de 20 por 25 centímetros na moldura prateada brilhante ao lado da foto da Disney e um monte de fotos minhas e de Maya. Maya e eu cheias de sabão no banho. Maya e eu usando vestidos iguais, roxos de bolinhas. Maya e eu abraçadas e enfiadas dentro de um dos suéteres de lã do meu pai. Na foto do aniversário de casamento, meu pai está parecendo um pouco pálido e magricelo, mas minha mãe está super em um vestido decotado preto. Espero estar assim tão bonita quando tiver a mesma idade. Ela ainda cabe nas minhas roupas.

— Muito gata — digo a ela.

Mamãe estica um pedaço de frango na tábua de cortar e corta fora um naco de gordura.

— Então, como estava o shopping? — pergunta ela. — Comprou alguma coisa?

— Um esmalte novo. Ameixa. Bonito, não é? — Eu o tiro do saquinho para mostrar a ela. — E o que *você* fez hoje?

Corta, corta.

— A Karin encontrou os tênis?

— Encontrou. Sabe, mãe, havia uma feira de profissões no shopping hoje, perto da praça de alimentação. Havia um monte de barracas farmacêuticas e barracas de companhias de cosméticos e de telemarketing. Eu estava pensando que você devia passar por lá neste fim de semana para ver se há alguma coisa que queira fazer.

— Quer que eu faça um lanche para você? — pergunta ela, me ignorando.

— Eu mesma encontro alguma coisa — digo e abro a despensa.

— Nada de marshmallows — brinca ela.

— Há-há. Temos algum *Froot Loops*?

— Por que não come umas uvas? Acabei de lavar.

Eu abro a geladeira e puxo uma tigela de uvas pretas retiradas do cacho. Alguém tem tempo demais sobrando.

— Voltando a você arrumar um emprego...

Ela ri de novo.

— Devi, eu não tenho tempo para arrumar um emprego.

— Tem, sim. Eu entendo que você quisesse ficar em casa com a gente quando nós éramos pequenas, mas agora sou só eu, e eu basicamente tomo conta de mim mesma. Meu pai nunca está aqui, então ele também não precisa de muitos cuidados. Você precisa de um emprego. Ou pelo menos de algum hobby. Por que não passa por lá?

— Porque não quero ser atendente de telemarketing — diz ela com firmeza. — E eu tenho um hobby. Eu cozinho.

— Além de cozinhar — digo. Eu me jogo na cadeira da cozinha e pego meu esmalte novo.

Meu celular toca. Coloco o vidro de esmalte ainda fechado na mesa e olho para o identificador de chamadas. Ela. De novo.

— Não vai passar esmalte enquanto está sentada à nossa nova mesa de madeira, né? — pergunta minha mãe.

Pega no flagra.

— Humm...

— Por que não corta um pouco de queijo *gruyère* para comer com as uvas?

O telefone toca novamente.

— Porque o cortador de queijo é uma arma. Sabe quantas vezes eu já cortei meu dedo com ele? — O telefone toca uma terceira vez.

— Por que você não está atendendo? — pergunta ela.

Tenho que dizer à Garota Maluca Que Me Persegue para parar de me perturbar.

— Sim? — atendo.

— Devi — diz a garota. — Não desligue!

— Espere um pouco — digo a ela. Pego meu vidro de esmalte, subo correndo para meu quarto e fecho a porta — O que você quer?

— Estou confusa — diz ela. — E espero que você possa me explicar. A mensagem na sua caixa postal, a sua saudação, essa era a *minha* mensagem!

— Hein? — A Garota Maluca e Mal-Humorada Que Me Persegue não faz o menor sentido. Eu me sento à minha mesa, apoio o celular entre a orelha e o ombro, abro meu novo vidro de esmalte e o passo na mão esquerda.

— O que você deixou na sua caixa postal, "Oiê, aqui é a Devi!". — Ela fala com uma voz mais aguda, acho que em um esforço para soar como eu. Apesar (*está bem, e-s-t-r-a-n-h-o*) de sua voz meio que já parecer com a minha — Aquela era a minha mensagem!

O quê?

— Você tem a mesma mensagem na sua caixa postal?

— Eu tinha. Há três anos e meio.

— Humm... Está bem. — Meu pescoço começa a formigar. Eu o ignoro e passo o esmalte ameixa na unha do mindinho.

— Tem que me dizer a verdade — insiste ela. — Você é mesmo Devi Banks?

— *Sou.*

— E você é caloura?

— Sou. — Próximo dedo.

— Na Florence West?

— É. — Pelo menos nas duas últimas semanas. Não que eu vá dar nenhuma informação adicional para essa maluca. Meu estômago está meio nervoso. A garota é louca. Inacreditavelmente louca.

— Isso é loucura — diz ela. — Loucura total.

Agora minhas mãos estão formigando.

— Posso desligar agora? — resmungo. Acabei de pingar esmalte pelo dedo. A Garota Maluca está acabando com minha concentração.

— Não! Que horas são aí? Sete da noite?

Eu viro cuidadosamente meu pescoço para olhar para o despertador sem deixar cair o telefone equilibrado.

— É, são 19h04.

— Aqui também. Isso é tão doido! E que horas eram quando eu liguei para você pela primeira vez hoje?

— Humm, hora do almoço?

— Foi hoje, certo?

Isso é demais.

— Está bem. Eu tenho que desligar.

— Não! Espere! Está bem, eu sei que pareço maluca. Mas... Devi?

— Sim? — Maluca? A garota é doida de pedra. — Esse ainda é o meu nome.

— Certo. Sabe, eu estava no shopping e deixei meu telefone cair dentro do chafariz. E eu vinha pensando em todas as coisas que diria para mim mesma no passado. E agora estou falando com você.

— Do que — digo devagar — você está falando? — Eu desligaria, deveria desligar, mas ela soava tão familiar.

— Você não entende? — diz ela, parecendo explodir de entusiasmo. — Tenho quase certeza de que eu sou você. No futuro.

Capítulo cinco

Sexta-feira, 23 de maio • • • Terceiro ano

Isso não é estranho??

Pulo da cama e começo a andar de um lado para o outro do carpete.

— Eu caloura? Você está aí? — Por que ela não estava falando nada? — Eu sei, precisamos testar isso — digo. — Talvez você deva rasgar um pouco do papel de parede, sei lá, para eu poder ver. Ou deixar um bilhete para mim. Posso estar errada em relação a isso, é claro, mas acho que não estou.

Nenhuma resposta.

— Alô? — digo.

— Droga — diz ela. — Derramei meu esmalte pelo tapete todo.

— Derramou? — pergunto. Meu coração dá um pulo. — Onde?

— Perto da minha mesa — suspira ela. — Minha mãe vai me matar.

Eu ajoelho e examino a área perto das pernas da mesa. Ah. Meu. Deus. Há uma mancha castanha em formato de ampulheta no tapete! Uma mancha que não estava ali antes! Ela é realmente eu!

— Estou vendo! — grito. — Estou vendo a mancha! Você derramou esmalte e eu estou vendo! — Aquilo não estava mesmo ali há cinco minutos! É ela! É realmente ela! Quero dizer, sou eu! Sou realmente eu! Meu cérebro está girando. Não só liguei para mim mesma no passado, como, se posso ver o esmalte derramado, então mudar o presente dela afeta o *meu* presente — Sabe o que isso significa?

Silêncio.

— Alô? — pergunto — Você ainda está aí?

— Ainda estou aqui — diz ela.

— Você acredita em mim, não é?

— É claro que acredito — diz ela. — Então, como eu sou no futuro? Os carros voam?

— Estou tão feliz por acreditar em mim! — exclamo. — Não tinha certeza sobre como você, quero dizer, eu reagiria. Quero dizer, eu sei que é difícil acreditar, mas que outra explicação pode haver? Você tem que admitir, nossas vozes são idênticas, não? Bem, não idênticas, já que a minha é mais madura, mas parecidas o suficiente. Quero dizer, se eu posso acreditar em algo assim, você também pode, já que eu *sou* você. É! Mas, para responder à sua pergunta, os carros não voam. Só se passaram alguns anos. Eu só estou no terceiro ano. Me diz, que dia é hoje aí?

— É sexta-feira, 9 de setembro! — guincha ela.

— Sério? Isso é tão louco. Nove de setembro do primeiro ano?

— Humm, é.

Isso é que é *Sexta-feira muito louca.*

— Aqui também é sexta-feira. Final de maio.

— É claro que é! — diz ela com uma voz superanimada. — Onde é aqui mesmo?

Também deve ser confuso para ela.

— Quatro anos mais tarde. Na verdade, três anos e oito meses. Eu estou no último ano.

— *Ceeerto.*

— Humm, por que será que eu a peguei na sexta-feira, dia... — As minhas mãos ficam frias. Não acredito que isso esteja acontecendo. Eu sei que dia é hoje para ela. — A festa de Celia é hoje à noite, não é?

Ela faz uma pausa.

— Você conhece Celia?

— É claro que conheço! Ainda estudo com ela. Infelizmente. Então a festa dela é hoje à noite, certo? Não é?

— É...

Ai. Meu. Deus. Eu sei como realmente testar isso. Sei o que tenho que fazer. Eu vou mudar o passado. Vou consertar tudo.

— Está bem, escute — falo cuidadosamente, sentando na cadeira do computador. — Não vá. — Eu tenho um plano. Pela primeira vez em quatro anos, eu tenho um *plano*. Um plano brilhante!

— Como é?

— Não vá — repito. — Fique em casa. Assista à TV. Não... Arrume seu armário! Você vai mudar tudo para nós!

— Claro. Sem problema. Eu tenho que desligar — diz ela. — Minha chamada em espera está tocando.

Hein? Estamos tendo uma conversa importante aqui! Por que ela desejaria atender outra chamada? Que ligação seria melhor do que uma de você mesma no futuro?

— Quem é? — pergunto incredulamente.

— Minha irmã — responde ela.

— Maya? — pergunto. — Sério?

— Como é que você sabe o nome da minha irmã?

Eu rio. Maya está ligando! Uma Maya mais jovem, é claro. Tem que ser uma Maya mais jovem, porque a última vez em que fiquei ansiosa para falar com ela foi provavelmente há três anos e meio. Está bem, isso não é inteiramente verdade, mas a sensação é essa.

— Está bem, vá falar com ela — digo. — Enquanto ainda pode. Eu ligo mais tarde.

A Eu Caloura não responde, mas tudo bem. Ela está absorvendo. Assim que cair a ficha, porém, ela vai ter muitas perguntas.

O que é bom, porque eu tenho todas as respostas.

Mais ou menos uma hora depois de eu desligar o telefone com a Eu Caloura, minha mãe bate na minha porta e então abre.

— Como você está? — pergunta ela, toda preocupada. Ainda está usando sua roupa de trabalho: calça preta, blusa branca. O botão de cima da calça já está desabotoado. É a primeira coisa que ela faz quando chega em casa. Isso e comer o resto da pizza do meu pai. Nós costumávamos usar as roupas uma da outra, mas isso acabou há muito tempo.

Eu obviamente não vou contar a ela sobre o meu celular mágico. Ela só vai pensar que o fim do namoro me fez surtar.

Abro meu armário e finjo procurar alguma coisa.

— Estou meio ocupada — digo a ela.

Ela suspira.

— Bem, se quiser conversar, estarei na sala.

Tradução: ela vai se plantar no sofá e assistir ao *Food Network*, como sempre.

Uns dez minutos depois, o telefone de casa toca, e eu ouço minha mãe atender. Aí ela grita para o andar de cima:

— Devi! Telefone!

Meu coração para. Para mim? O meu celular não está funcionando... Será que é...

— Quem é? — pergunto, me levantando.

— Maya!

Ah. Maya. Minha mãe deve ter contado a ela sobre Bryan. Aposto como Maya vai jogar na minha cara agora: ela estava certa, eu não devia viver minha vida em torno de Bryan, blá-blá-blá. Eu atendo a extensão no meu quarto.

— Ei.

— Acabei de saber da notícia — diz ela. — Só queria lhe dizer que provavelmente é melhor assim.

Eu reviro os olhos.

— Valeu, Maya. É exatamente o que eu preciso ouvir.

— Não, estou falando sério, Dev. Está na hora de você ficar sozinha. Você é jovem demais pra ficar tão a sério com um cara.

Bem, não se preocupe, Maya. Em alguns minutos, toda a história de namorar Bryan nunca terá acontecido. Por causa do meu plano brilhante.

— Você precisa explorar suas opções — continua Maya.

— Não sabia que você era especialista em namoro — digo meio maldosamente.

— Não estou dizendo que sou especialista. Só estou dizendo...

— O quê?

— Deixa pra lá. Se você vai gritar comigo, pode chamar a mamãe de volta?

— Não estou gritando — digo ultracalma.

Há uma longa pausa. Quando as coisas ficaram tão esquisitas entre nós, por falar nisso?

— Então, está fazendo as malas? — pergunto, tentando mudar de assunto. — Está animada para viajar?

— Estou animada. Nervosa por causa da faculdade de direito, mas entusiasmada por ter algum tempo para passear. O que vai fazer neste verão? Agora que não está com Bryan, quer vir mochilar comigo pela Europa?

Eu estou maluca ou a voz dela perde um pouco da firmeza quando ela me pergunta isso? Maya não pode estar nervosa por me convidar... pode?

É claro que não. Provavelmente nem está falando sério.

— É, sei — digo. — Como se mamãe e papai fossem me deixar mochilar.

— Eles deixariam você vir comigo. Talvez não o verão inteiro, mas por algumas semanas. Você podia me encontrar na Itália. Ver como é a verdadeira Florença.

Imagine, Maya e eu viajando de trem pela Europa, ficando acordadas até tarde em albergues, inventando músicas e cantando aos berros em países estrangeiros... Apesar de que ela provavelmente vai acabar me passando sermão a metade do tempo. Paquerar garotos demais, não dar importância suficiente aos museus etc. etc.

— Não sei. — Algumas semanas sozinha com minha irmã? Provavelmente vamos querer nos esganar. — Eu estava planejando... — passar tempo com o Bryan, turnos eventuais na Bella — trabalhar.

— Está economizando para morar em um dormitório?

— Nós estávamos... — Paro no meio da frase. Bryan e eu falamos sobre talvez um dia arrumar um lugar fora do campus. — Talvez — digo, em vez disso.

— Você vai adorar o dormitório — diz ela. — Eu me diverti tanto no meu primeiro ano de faculdade...

— Bem, é, não sei se os dormitórios são muito legais em Stulen.

— Sempre pode pedir transferência. Pode se esforçar um pouco mais em relação às suas notas agora que Bryan não está por perto.

— Valeu, mãe — digo. Não que minha mãe me encha por causa das minhas notas. Não. Só Maya. Eu fecho os olhos. — Escuta, tenho que desligar. — Não quero passar a próxima hora ouvindo um sermão sobre todas as maneiras com que estou destruindo o meu futuro. Principalmente porque vou consertá-lo sozinha. Com meu plano brilhante.

— Está bem. Só tente não ficar obcecada com o fato de Bryan ter terminado com você.

— Pode deixar — prometo. Porque, desde que a Eu Caloura não vá à festa de Celia, eu vou terminar com ele antes.

Capítulo seis

Sexta-feira, 9 de setembro • • • Primeiro ano

— Sorriam! — ordena Joelle, esticando a câmera e espremendo eu, Tash, Karin e ela mesma no enquadramento. — Muito bem, vamos — diz ela depois que o flash pisca. Ela marcha na direção da porta da frente da casa gigantesca da Celia.

— Esperem! — grita Karin, agarrando meu braço. — Minha maquiagem está legal?

— Perfeita — digo a ela. — Como está a minha?

— Super. O batom da minha mãe fica lindo em você.

Eu lhe dou um sorrisão falso.

— Ele faz meu aparelho parecer mais ou menos óbvio?

— Menos. Definitivamente. Como está meu hálito? — Ela exala.

— Refrescante. O meu? — Solto o ar.

— Como um dia frio de outono.

— Vocês são sempre tão esquisitas antes das festas? — pergunta Tash, arrumando os óculos. Ela está usando a mesma coisa que usou na escola hoje: jeans e uma blusa preta.

— Somos — respondemos nós duas, agarrando o braço uma da outra. É o nosso ritual pré-festa.

Joelle joga os ombros para trás, faz uma pose de eu-sou-gostosa no minivestido vermelho e toca a campainha. Eu não sou muito fã de vermelho. Mas na Joelle fica bom.

— Quer um teste de hálito? — pergunta Karin para Tash enquanto estamos amontoadas do lado de fora da porta.

— Eu dispenso — diz ela.

Quando ninguém atende, Joelle vira a maçaneta. A porta abre para um hall de mármore lotado de alunos da Florence West — alguns dos quais eu reconheço mas a maioria, não. Harry Travis está de pé com Kellerman e Sean Puttin perto da escada. Os olhos de Harry são ultra-azuis, e as bochechas, ultrarrosadas. Definitivamente gato. Sean levanta a gola da camisa. Ele é supermauricinho; está sempre com cara de quem está indo jogar tênis. E Kellerman pode ser o único cara na festa usando calça de moletom em vez de jeans.

Espio em torno da sala, imaginando se Bryan está aqui.

— Joelle, Tash, oi — diz Celia, vindo na nossa direção usando jeans de cós baixo e um tomara que caia preto — Joelle, você parece que veio para uma festa de Natal. Uma graça. E Tash! Estou tão feliz que esteja aqui. Meus pais guardam a bebida em cima da geladeira, e ninguém aqui é alto o suficiente para alcançar.

— Oi, Celia — diz Tash secamente. — Conhece Karin e Devi?

A testa dela se enruga.

— Debbie?

— Devi — respondo.

— Isso é um nome?

— É diminutivo de Devorah — explico, sentindo minhas bochechas queimarem.

— Uma graça — diz ela, girando e brilhando. Definitivamente, está usando purpurina no ombro. Em seguida, ela se vira para Karin. — Seus cabelos são uma graça. Aposto que ficariam incríveis se você fizesse escova.

— Ah, humm... obrigada? — responde Karin insegura.

Celia sopra um beijo e desaparece na sala de estar.

— Meus cabelos são cacheados demais? — sussurra Karin para mim, a testa franzida.

— Ignore-a — diz Tash, fechando a porta atrás de nós. As luzes estão baixas, o R&B está no volume máximo e eu tenho quase certeza de que faz pelo menos 38 graus aqui dentro. Tiro o meu suéter e o enfio na bolsa. Espero que, com toda a loucura desta noite, eu tenha me lembrado de passar desodorante.

Eu nem tinha mesmo certeza se devia ir à festa depois do trote que recebi.

Que tipo de pessoa horrível e desagradável liga para outra garota e lhe diz para ficar em casa e arrumar o armário em vez de ir a uma festa?

Maya me convenceu a vir, de qualquer modo.

— Provavelmente é alguém que não foi convidada para a festa e não quer ser a única pessoa presa em casa — insistiu Maya durante o nosso telefonema. — Ignore. Vá. Não atenda o telefone.

Então aqui estou eu. Sempre escuto a Maya. Ela *é* a inteligente. Eu sou a bonita. Ela puxou nosso pai, eu puxei à nossa mãe. Não que eu seja bonita pelos padrões da Florence West. Só pelo padrão dos Banks.

Maya odeia quando eu digo que ela é a inteligente.

— Você é tão inteligente quanto eu. — Ela sempre me diz. — Só tem que se concentrar na escola em vez de só nos garotos.

Sinto falta de tê-la no quarto ao lado me dando conselhos constantemente. Durante o nosso rápido telefonema pré-festa, meu estômago doeu quando ouvi o som da voz dela.

— Quando vai vir passar um fim de semana em casa? — perguntei.

— Já? Eu acabei de chegar aqui!

— Mas eu sinto sua falta! Nossos pais não vão inventar letras novas para as músicas e cantá-las comigo no quintal a plenos pulmões.

— Então venha me visitar. Quer vir para o fim de semana do feriado de Colombo? Parece que rolam umas festas loucas no dormitório. Montes de gatinhos — acrescentou ela, rindo.

— Quero! — urrei.

— Vamos procurar passagens — prometeu ela antes de dizer que tinha que desligar para se arrumar para uma festa no dormitório.

Eu esperava que ela arrumasse um gatinho para si. No ano passado, eu espiei o diário dela — ela não deveria tê-lo deixado debaixo do colchão se não esperava que eu o lesse — e descobri que ela nunca havia beijado um garoto na boca.

Enquanto eu já havia beijado dois.

Talvez Maya ache um namorado na sua festa.

Eu sigo Tash para a sala de estar.

Talvez eu encontre um namorado *nesta* festa.

Estou sentada no sofá da Celia, cuidando da minha própria vida, rindo, gargalhando, tanto faz, prestes a depositar uma tortilla com molho na boca quando ouço:

— Ei, Sands!

Bryan Sanderson, o jogador de beisebol apaixonado, mas medíocre, com os cabelos espetados e o sorriso super, está na porta da sala de estar. Ele está usando um jeans desbotado e uma camiseta azul-bebê de mangas curtas por cima de uma cinza de mangas longas.

Enquanto meu estômago dá uma pequena cambalhota, minha tortilla de alguma forma se liberta dos meus dedos, voa por cima das minhas pernas e aterrissa no sofá da Celia.

Sofá branco de camurça da Celia.

Splat! Ahmeudeus. Por que alguém com um sofá branco de camurça serviria molho? Se eu tivesse um sofá branco de camurça, só serviria comidas brancas, como pastinha de cebola e couve-flor. Melhor ainda, marshmallows. Servir molho não é pedir para ter problemas? Por que um sofá seria branco, de qualquer modo? E se você tiver terra no seu jeans? Ou uma caneta aberta no bolso? E aí?

Não, não, não, não devo culpar a vítima, também conhecida como sofá, pela minha inabilidade de comer e ver um garoto bonito ao mesmo tempo.

O que eu faço, o que eu faço?

Fecho as pernas enquanto as mantenho elevadas para evitar espalhar a mancha — e medito sobre meu próximo passo. Pular de pé e tentar limpar o sofá? Fingir que não sei de nada? Confessar para Celia?

Respire fundo. *Respireeeeeeee fundoooo.* Primeiro, tenho que avaliar o dano. Talvez eu tenha imaginado a história toda. Talvez na verdade eu tenha comido a tortilla, mas como o molho era muito suave, mal o percebi. É!

Reabro as pernas e dou uma espiada. Não! A tortilla ainda está lá, enfiada na almofada do sofá como uma bandeira. Eu estico a mão muito casualmente para baixo e a arranco, rezando para que ela não tenha deixado para trás nenhum molho desobediente. Deixou?

Há um borrão vermelho no formato de um biscoito da sorte no sofá.

Droga!

Olho para cima para ver se mais alguém percebeu o desastre.

— Não é ridículo? — Joelle está dizendo, agitando os braços. Karin está rindo, a cabeça balançando junto, e Tash está mastigando um amendoim silenciosamente.

Por que eu não peguei um amendoim?

Nenhuma delas está prestando a menor atenção em mim. Nenhuma das outras milhões de pessoas aqui parece ter me notado. Talvez meu aparelho me dê o superpoder de ficar invisível.

— Karin — sussurro, mas ela não parece ouvir.

Mas Bryan Sanderson — Bryan Sanderson, o gatinho esportista — está olhando bem para mim. Olhando bem para mim e fazendo careta. Fantástico. Eu nem fui apresentada a ele e já consegui enojá-lo.

— Eu vi — diz ele sem emitir som.

Tenho quase certeza de que minhas bochechas estão da cor do molho, mas devolvi do mesmo jeito:

— O que eu faço?

Ele ergue o indicador direito.

— Fique aí — diz ele e entra na cozinha pela porta lateral.

Aposto como o sofá foi caro. A casa inteira é sofisticada, com pisos de mármore e candelabros cintilantes. Os King não encontraram esse sofá no Walmart, isso eu garanto. Aposto como foi importado de São Francisco ou da França ou da África ou de algum lugar.

E se a mancha não sair? Vou ter que pagar pelo sofá? Ou, já que eu tenho zero dinheiro, meus pais vão ter que pagar pelo sofá? Vou trabalhar para pagar o empréstimo pelos próximos vinte anos? Vou ter que largar a escola para trabalhar? Será que sou qualificada para fazer alguma coisa?

Bryan vai voltar? Espero que volte. Não só porque parecia estar planejando me ajudar, mas porque ele é *muito* gatinho.

Eu espero por ele, congelada no lugar, morrendo de medo de me mexer e causar mais estragos. Alguns instantes depois, ele volta segurando uma garrafa de água como se fosse um troféu. Ele sorri e diz:

— Chegue para lá.

O único lado positivo dessa situação? Como o molho nunca chegou à minha boca, estou cem por cento segura de que não há nada preso no meu aparelho.

Eu me levanto cautelosamente, me viro para a esquerda e me sento de novo, tomando o cuidado de não aterrissar em cima da mancha. Bryan se joga à minha direita. Ele tem um cheiro fresquinho parecido com xampu, tipo sabonete que dizem ser sem aroma, mas que na verdade não é.

— Está pronta? — Ele me pergunta pelo canto da boca como se fosse ventríloquo.

— O que você tem aí?

— Água mineral gasosa Poland Spring com sabor de laranja. E um guardanapo com vinagre escondido na manga.

O Garoto Adorável de Cabelos Espetados é muito engenhoso. Mas por que está me ajudando? Ele nem sabe quem eu sou.

— Água mineral gasosa com sabor de laranja?

Ele encolhe os ombros como que se desculpando.

— Não encontrei a água tônica.

— Mas por que laranja? A de melancia acabou?

Ele ri.

Oba, eu o fiz rir!

— Isso não é hora de rir — digo e aí dou uma risadinha. Minha risadinha para gatinhos é ainda pior que minha risadinha normal.

— Está pronta? — pergunta ele.

— Você parece ter um plano.

— Não faço planos — diz ele. — Simplesmente faço as coisas, Devi. — A voz dele é de provocação.

Ele sabe meu nome?

— Você sabe meu nome? — Não era para eu ter dito isso em voz alta.

— Eu chutei. Ia tentar Katie, mas você tem cara de Devi. De Devi Banks.

Dou um soco — de brincadeira e, espero, meio flertando — no braço dele. No braço musculoso dele. Olá, braço musculoso. Tenho que parar de olhar para o braço musculoso. Também tenho que tirar a mão do braço musculoso.

— Olha só o que vai acontecer — diz ele. — Vou umedecer a mancha...

Eu faço "shhh" para ele.

— Não use a palavra com M.

Ele ri de novo. Eu dou uma risadinha de novo.

— Vou molhar a *descoloração* com a água com gás.

— Outra palavra com M — sussurro.

— Quer deixar isso morrer?

— Outra!

— Vou tentar ser mais malandro — diz ele, os olhos se enrugando.

— Pare de mudar de assunto e volte para o que você quer que eu faça — ordeno.

— Está bem. O segundo passo é esfregar a descoloração com o vinagre.

Eu olho hesitante para a mancha — ops, descoloração.

— Tem certeza de que isso vai funcionar?

— Não. Mas eu vi em um programa de TV.

— Se você viu na TV, então deve ser verdade.

Ele ri. De novo.

Eu dou uma risadinha. De novo.

Ele inclina a cabeça de lado e olha para o teto.

— Acho que era água tônica e vinagre. Tenho quase certeza.

Está bom o suficiente para mim. Tenho quase certeza de que eu faria qualquer coisa que ele mandasse a essa altura.

— Não custa experimentar.

— Mas como vamos fazer isso sem ninguém ver? Devo esvaziar a sala? Gritar "fogo"?

— Por que eu não tento ser um pouco menos maquiavélico? Opa, outra palavra com M. Eu sou ruim nisso.

— Eu o perdoo. De novo.

— Você é o máximo.

Aw! Meu corpo voltou a ficar tenso, mas, dessa vez, é uma tensão boa.

Ele gira a tampinha e leva a garrafa até os lábios.

— Refrescante? — pergunto. Ele tem lábios bonitos. Lábios perfeitos para beijar.

— Definitivamente — diz ele. — Celia está servindo *pretzels* do lado de fora e eles estão extrassalgados. Está vendo? Há um motivo para eu estar bebendo água mineral com sabor de melancia.

— Com sabor de laranja — digo, corrigindo-o.

Se ela estivesse servindo *pretzels* aqui, em vez de molho, essa confusão toda não teria acontecido. Bom trabalho, Celia. Apesar de que, nesse caso, eu não estaria tendo um momento de limpeza com Bryan. Bom trabalho, Celia!

— Muito bem — diz ele. — Sua função é se sentar de frente para mim, para seus joelhos bloquearem a visão.

Virar de frente para ele? Isso está ficando melhor a cada segundo.

— Pronto.

— Agora, alguém está olhando?

Eu varro os muitos rostos que não estão prestando atenção.

— Liberado.

— Lá vai. — Ele leva rapidamente a garrafa para cima da mancha e a molha. Então esfrega a mancha com o guardanapo. — Isso deve resolver.

— Promete? — Não posso deixar de sorrir, mas tento fazer isso sem mostrar os dentes. Eu odeio mesmo esse negócio.

— Não faço promessas quando não tenho certeza de que vou poder cumprir. Mas vamos cruzar os dedos.

— Sands! — grita uma voz abafada. — Temos que ir! — Jerome Cohen está acenando do outro lado da porta de vidro que leva ao terraço.

Não vá, não vá!

Bryan levanta as sobrancelhas, como se dissesse: "Está tudo sob controle ou você quer que eu fique por aqui?"

— Vá em frente — digo. — Eu me viro. Muito obrigada pela ajuda. — Ele não é incrível? Tão incrível. Impressionantemente incrível. Excessivamente incrível. O mais incrível de todos.

Ele se levanta, estica os braços para cima e me dá um daqueles sorrisos super. Com duas covinhas e tudo.

— A gente se vê, Devi.

Eu adoro que ele saiba meu nome. Sorrio de volta, me lembro do aparelho e fecho a boca. Aí eu sorrio de novo. Ah, o que é que tem?

Enquanto eu o observo ir, meu celular começa a tocar. Verifico o identificador de chamadas e vejo que é o meu número novamente. O que ela quer, gritar comigo por eu ter vindo à festa? Ainda bem que ela não viu o banquete de molho no sofá. Ou viu? Eu deveria ignorá-la, como Maya disse. Desligo a bateria. Não me interessa o que a garota que anda me ligando para passar trote tem a dizer; *não* vou deixar que ela estrague minha noite adorável, romântica e ligeiramente descolorida.

Bryan tinha razão. A mancha desapareceu. Queria que ele ainda estivesse aqui para poder agradecer.

Humm. Eu fico imaginando se essa técnica funciona com esmalte.

Quando estou a salvo no banco de trás do carro do Sr. Caldwell, pegando uma carona para casa, ligo o telefone de novo. Oito novas mensagens.

— Oi! Sou eu! Só estava imaginando o que estava acontecendo. Me liga de volta.

Lá vêm o formigamento no pescoço.

Na segunda, desligaram.

Na terceira também.

Quarta:

— Na verdade, não sei se você pode me ligar de volta. Pode me ligar de volta? Eu ligo para você mais tarde.

Quinta:

— Por que você não está atendendo? Onde você está? Nós tínhamos um plano. Espero que não esteja na festa. Talvez esteja no banheiro. Da próxima vez que for ao banheiro, leve o telefone com você. Tente me ligar de volta. Senão, eu ligo para você de novo. Tipo, em dez minutos.

Sexta:

— Sou eu! Preciso falar com você! Urgente!

— Quantas mensagens você tem? — pergunta Joelle, virando-se para trás para olhar para mim.

— Oito.

— Caramba. Espero que não sejam seus pais.

A essa altura, eu queria que fosse. Deleto o resto das mensagens sem ouvi-las.

— Obrigada! — grito para o Sr. Caldwell quando ele para na frente da minha casa. Enquanto pulo os degraus acima, meu celular toca. É o meu número de novo.

Chega! Isso tem que acabar *agora*. Eu aperto enviar.

— Onde você estava? — pergunta ela.

— Espere um minuto — digo. Como o Sr. Caldwell ainda está esperando, eu destranco a porta da frente, aceno, entro, espero até eles irem embora e então volto para a varanda. — O que foi? — rosno.

— Você foi à festa, não foi? — diz mordazmente A Garota Maluca Mal-Humorada e Possivelmente Cruel Que Me Persegue e Passa Trotes.

Eu me encosto na porta da frente.

— Por que você não para de me ligar?

— Por que você iria à festa mesmo eu tendo dito para não ir? O que há com você?

— Como sabe que eu fui à festa? Você estava lá, não estava?

— Eu disse para você não ir, mas você não me escutou. Você tem que me escutar, entendeu? Eu sei o que é melhor para você!

Eu fico ereta, arrepios descendo pela minha espinha. Não sei o que fazer. Ligar para a polícia? Alô, Seu Guarda? Uma garota me disse para não ir à festa da Celia e agora está gritando comigo.

Ela solta um grande suspiro.

— Não adianta ficar chateada agora. O que está feito está feito. São 23h30 aqui, o que significa que ele está prestes a ligar para você. Quando ele a convidar para sair, você deve dizer não.

— Do que está falando? — Com a mão livre, eu esfrego as têmporas. Ela está me dando uma senhora enxaqueca. — Pode, por favor, parar de me ligar?

— Não! Eu tenho que ligar! Tenho um plano para nos salvar!

Eu sacudo a cabeça.

— Qual é o seu problema? Quem é você?

— Você não escuta?? Eu sou você! No futuro!

Eu perco a cabeça.

— Isso é impossível! Você não é eu no futuro! Não é! Você não é!

— Eu sou e ele vai ligar para você. Assim que você chegar em casa da festa, ele liga e a convida para sair. Primeiro, ele vai perguntar se você tirou a mancha de molho e aí vai convidá-la para ver um filme amanhã à noite. E então, depois do filme, vocês vão jogar boliche. Ele é obcecado por boliche. Acredite.

Ela é louca e precisa ser internada imediatamente.

— Ninguém está ligando para mim. Ninguém além de você.

— Bryan vai ligar para você! A qualquer momento!

— Bryan Sanderson? Ele não vai me ligar. Ele nem tem meu telefone. — Espere um segundo. — Como você sabe sobre a mancha de molho? Tash, é você? — Tash parece sempre estar absorvendo tudo, mesmo quando parece não estar prestando atenção.

— Eu não sou Tash! Sou eu! Você! Ele pegou seu telefone com Joelle!

— Isso é ridículo.

— Devi. Bryan vai ligar para você. Confie em mim, você acabou de chegar em casa, está no seu quarto e Bryan está prestes a ligar. Eu sei.

— Eu não estou no meu quarto! Estou do lado de fora da minha casa! Na minha varanda! Então pronto!

Bip.

— É ele! — grita ela. — Veja por você mesma!

Isso é ridículo. Bryan Sanderson não está me ligando.

— Eu quero que você suma. Para sempre. Adeus. — Clico para a outra linha. — Alô?

— Devi? Ei, é o Bryan. O cara do... — Ele ri — sofá.

Ahmeudeus. É o Bryan. É o Bryan? Meu coração acelera para uma velocidade desumana e possivelmente perigosa.

— Oi.

— Ei, está muito tarde?

— Não, humm, não está muito tarde — Bryan Sanderson está ligando para mim! Como a Garota Maluca Que Me Persegue sabia?

— Então, como foi com o molho? — pergunta ele.

— Funcionou. Valeu. Obrigada. — Meu coração dá cambalhotas. Ela sabia. Como ela sabia?

— Ótimo. Legal. Minha carona saiu cedo da casa da Celia, mas eu peguei seu número com Joelle. Aquela garota conhece todo mundo, não é?

Estou chocada demais para dizer qualquer coisa. Eu grunhi. Muito feminino.

— Então, escuta, você vai estar por aí amanhã à noite? Quer ver aquele filme novo, *101 possibilidades*? Dizem que é bom.

Um filme. Ele quer ver um filme. Amanhã.

— Claro — digo, surpresa tanto por ela saber quanto por ele estar me convidando. Bryan! Está! Me! Convidando! Para! Sair! Amanhã à noite!

Bip.

— Ótimo — diz ele. — Lá pelas 20h? Onde você mora?

Bip.

É ela. É claro que é ela.

— Na Sheraton. — Eu quero saber como ela sabia, mas também quero continuar conversando com o gatinho do Bryan!

Bip.

— Sei onde fica. Perto do Hedgemonds Park, não é?

A chamada em espera para. Ela caiu na caixa postal, provavelmente.

— É, eu estou a dois minutos a pé do parque.

— Eles têm os melhores balanços — diz ele.

Dou uma risadinha.

— Você é especialista?

— Gosto de pensar que sim.

Bip.

Ahmeudeus, ela simplesmente vai continuar me ligando até eu atender. E, de qualquer modo, eu quero saber como ela sabia que ele ia me ligar. Talvez ele tenha dito a ela? Talvez ela goste dele e esteja com ciúmes?

— Bryan, eu sinto muito, mas realmente tenho que atender. Posso ligar para você de manhã?

— Claro. Ligue — diz ele. — Boa noite.

— Boa noite — digo, tentando soar indiferente, e então passo para a outra linha. — Você gosta do Bryan? É isso?

— É, deve ser isso. Alguém me viu comendo Bryan com os olhos hoje no beisebol, adivinhou que eu gostava dele e agora quer impedir que a gente saia.

— Eu *não* gosto do Bryan. Quero dizer, eu gostava do Bryan... mas não gosto mais. Nós não gostamos mais. Ele acabou com nossa vida. Mas não é essa a questão. — Ela solta um suspiro. — Você concordou em sair com ele?

Como se eu fosse dizer não.

— Não é da sua conta — bufo.

Ela geme.

— É totalmente da minha conta. Você é *eu*. Eu sou *você*. Nós somos a *mesma* pessoa. Você não entende?

— Isso não é possível! — Se ela não gosta do Bryan, por que está me ligando? Quem é ela? Um mosquito pica meu braço, e eu o afasto com um gesto. — Pode esperar um segundo? Eu quero entrar. Ou você pode me ligar de volta. Ou eu posso ligar de volta para você? — Se a Garota Maluca Que Me Persegue me der seu telefone, talvez eu possa bloquear as ligações dela.

— Acho que isso não vai funcionar. Eu espero.

Destranco a porta, tiro os sapatos e entro em casa na ponta dos pés. Paro quando vejo a luz da cozinha acesa.

— Olá? — digo.

— Sou eu — diz meu pai, enfiando a cabeça para fora. — Só estou fazendo um lanche.

Ele ainda está de terno e gravata e segura um prato de frango ao limão. Os olhos dele parecem cansados, como se ele tivesse passado as últimas 24 horas na frente de um computador. Seus cabelos também estão começando a ficar grisalhos. O trabalho o está matando de verdade. As bolsas embaixo dos olhos dele são enormes, e o terno parece grande nele. Ele bem que precisa de alguns pratos de frango ao limão.

— Noite longa? — pergunto.

Ele suspira.

— É.

— Minha mãe está dormindo?

Ele assente.

— Só vou terminar isso e vou para a cama. Tenho que voltar ao escritório amanhã.

— Boa noite — digo, segurando meu telefone contra o peito. Espero que ela não tenha ouvido tudo isso. A Garota Maluca não precisa saber mais detalhes sobre minha vida.

Quando fecho a porta do meu quarto, pego o telefone e digo:

— Continue.

— Papai parece tão cansado — diz ela tristemente.

Ela é demais.

— *Papai*, não — digo. — Meu pai. Meu.

— Ele também é meu pai. Eu sou você. Não está prestando atenção? Posso provar para você.

Eu engulo em seco.

— Não, obrigada

— Sei tudo sobre você. Sua senha bancária é 1610. O aniversário da sua mãe.

Eu prendo a respiração. Como...? Ela deve ter descoberto o aniversário da minha mãe. Ela só faz segredo do ano. Tenho certeza de que não sou a primeira garota cuja senha bancária é o dia do aniversário da mãe, certo?

— A senha do seu computador é Ivy0508, que é uma combinação do nome que você gostaria que seus pais tivessem lhe dado em vez de batizá-la em homenagem à falecida avó do seu pai e o dia no qual você deveria ter nascido, só que mamãe entrou em trabalho de parto duas semanas antes, após ter tomado duas tigelas de sopa picante no Peking Gardens.

Meu corpo inteiro está formigando.

— Você adora comer *Froot Loops* direto da caixa. Também gosta de comer sua pizza ao contrário, para que ela não queime o céu da boca. Gosta de cheddar extraforte, do tipo branco, apesar de sempre conseguir cortar o dedão no cortador de queijo. Tem pavor de cachorros. Você se agacha quando vai ao banheiro na escola porque tem medo de pegar uma doença e às vezes faz xixi no chão sem querer.

— Isso foi só uma vez! Duas vezes. Quatro vezes, no máximo.

— Cinco, na verdade.

— Está bem, cinco.

— O motivo para não ter ido à festa de Natal na oitava série não foi porque você estava com uma febre de 39 graus, como você disse ao seu ex-namorado gatinho mas burro, Jarred, mas porque queimou o buço tentando clareá-lo e acabou com um bigode vermelho. Maya sentiu pena de você, ficou em casa e vocês assistiram a filmes juntas. Você não contou a verdade nem para Karin. Por falar na Karin, lembra quando você saiu com Anthony Flare, apesar de saber que ela gostava dele? Ah, é, você sabia. Ela nunca lhe disse que gostava nem admitiu para ninguém, mas você era a melhor amiga dela. E fez isso mesmo assim.

Minhas mãos estão tremendo. Ninguém — repito, *ninguém* — sabia que eu sabia. Acho que nunca admiti nem para mim mesma.

— Já acredita em mim? — pergunta ela.

— Eu... — minha cabeça pode explodir. Como pode ser? Não pode. Simplesmente não pode.

— Ah, eu sei uma ainda pior! Quando você tinha 6 anos, quando nós tínhamos 6 anos, escalamos a cômoda, e ela caiu em cima de nós, e o papai veio correndo do banheiro quando ouviu o barulho, e as calças dele estavam abaixadas, e nós vimos *tudo*!

— Ecaaaaaaaaaaaaa! — gemo, lembrando.

Ela dá uma risadinha:

— He-he-he-he-he.

Essa risadinha não pode ser imitada.

Santa mancha de molho, ela é eu.

Capítulo sete

Sexta-feira, 23 de maio • • • Terceiro ano

Finalmente. Consegui fazer com que ela entendesse. Com que eu entendesse. Alô, confusão.

— Não posso acreditar — diz Eu Caloura, a voz tremendo.

— Eu sei!

— Mas... Mas... Como isso aconteceu?

Então eu me deito de costas na cama e conto a ela como deixei o telefone cair no chafariz.

— Não é que eu não acredite em você — diz ela —, mas eu meio que queria ver algo concreto. Sabe, como prova.

Eu olho para a mancha castanha desbotada no meu tapete.

— A prova está no esmalte, não? E eu tentei testar — lembro a ela. — Disse para você não ir à festa.

— Bem, eu preciso saber com certeza se isso é real antes de começar a bagunçar minha vida. Talvez eu devesse fazer alguma coisa e você me diz o que fiz. Porque você veria. Em tempo real. Ou você veria se fosse realmente eu no futuro.

— Tipo o quê?

Ela dá uma risadinha.

— Se eu lhe dissesse, não seria surpresa.

Não sei bem como me sinto em relação a surpresas.

— Só vamos nos assegurar de que estamos falando a mesma língua.

— Tipo cortar meus cabelos — diz Eu Caloura. — Ou fazer um piercing no umbigo.

— Nada de cortes de cabelo amadores — digo rapidamente. — Você se lembra do desastre da franja? E, de qualquer modo, cabelo cresce de novo em três anos e meio. E eu realmente prefiro não pegar hepatite.

— E se eu entalhar alguma coisa na parede? — pergunta ela.

Agora sim.

— Vai com tudo. Mas use uma caneta. Você não vai querer cortar um dedo fora. E faça em algum lugar em que nossa mãe não possa ver.

— Tipo onde?

Eu passo os olhos pelo quarto atrás de um lugar adequado. Minha mesa, meu espelho, meu armário...

— Atrás da cômoda?

— Pode ser — diz ela.

— Mas não a vire — advirto. — Não queremos nosso pai correndo pelado.

Nós duas damos risadinhas.

Eu ouço grunhidos e então:

— Está bem, eu movi a cômoda. Agora estou escrevendo uma coisa. Pode ver? Pode ver?

— Espere aí! Ainda não estou lá. — Eu pulo da cama, corro para a parede e puxo a cômoda. Espero que esteja ali. Tem que estar ali. Vai estar ali? Olho para cima e para baixo na parede. Não estou vendo. Por que não estou vendo? Espere! Eu estou vendo! Escrito na parede estão as palavras *Coloque a mesa aqui*! Meu cérebro fica todo efervescente, como se eu tivesse bebido refrigerante demais — "Coloque a mesa aqui"! Estou vendo! Estou vendo! — Há! Ela é engraçada! Eu sou engraçada!

— Fala sério! — grita ela. — Fala sério!

Eu fico pulando.

— Estou falando sério! Está ali! Estou vendo! Eu lhe disse! Você é realmente eu!

— Então... o que quer que eu faça na minha vida vai mudar a *sua* vida? — pergunta ela. — Que, humm, na verdade, é a *minha* vida, só que ainda não?

— Isso! — As possibilidades são infinitas.

— Espere um segundo — diz Eu Caloura. — Você se lembra de ter escrito na parede?

Humm. Eu fecho os olhos e vasculho meu cérebro. Tento me lembrar de ter segurado a caneta ou de ter escrito na minha parede. Mas não me vem nada. Nadica. Zero. Fico imaginando o que isso significa.

— Não — digo. — Mas eu obviamente escrevi. Está bem na minha frente.

— Mas você se lembra de ser eu? Quero dizer, você se lembra de ser eu e falar consigo mesma no último ano?

— Não. Eu me lembro de estar no primeiro ano, mas nunca falei comigo mesma. Pelo menos não me lembro de ter falado comigo mesma. — Eu esfrego as têmporas. Então isso significa que minha realidade muda, mas minhas lembranças, não. Eu acho. — Isso está congelando meu cérebro.

— Eu sei! O meu também!

— Escreva outra coisa — ordeno.

— Está bem. O que devo dizer?

— Surpreenda-me de novo. — Eu fico olhando para a parede.

— Ops — diz ela.

— O que houve?

— Eu escrevi no dedão — choraminga ela. — Com o marcador permanente.

Ergo minha mão sem marcas.

— Não tão permanente assim.

— Ótimo. Está bem, espere.

A princípio, o espaço ao lado do *Coloque a mesa aqui* está em branco, mas, de repente, ele diz: *Isso é esquisito.*

— Isso é esquisito! Estou vendo isso!

— Está? Como é que você está vendo? Eu só escrevi "Isso". Não cheguei no "é esquisito" ainda.

— Sério? — digo. — Isso *é* esquisito.

— Por que será? — pergunta ela, parecendo em dúvida de novo. Eu não quero que ela duvide de mim. Não quero que ela questione tudo de novo.

— Talvez o meu presente mude assim que você toma uma direção no passado. Você tinha certeza de que ia escrever "Isso é esquisito", então eu o fiz por você.

— Mas e se eu mudar de ideia e escrever outra coisa no lugar? O que você vai ver?

— Bem... experimente, eu acho.

— Avise assim que você vir alguma coisa — diz ela.

Enquanto eu olho para a parede, as letras mudam. Elas não tremem nem se transformam ou fazem nada gradual. Elas simplesmente mudam como se eu tivesse trocado o canal da TV. *É esquisito* de repente diz *é maneiro. Isso é maneiro.*

— Estou vendo! Estou vendo! — O marcador permanente já era.

— Já? Mas eu só escrevi o "m"! Espere um segundo. O que você vê agora?

Maneiro vira *macaco*.

— Isso é macaco? — rio. — O que isso quer dizer?

— Sei lá! Mas eu já tinha escrito o "m", então tinha que usá-lo.

Eu balanço a cabeça.

— Mas agora "Isso é macaco" está escrito na parede do nosso quarto. Para sempre.

— Humm. Está? Até eu mudar de novo, você quer dizer.

Opa, poder demais para a Eu Caloura.

— De agora em diante, você não tem permissão para fazer nada sem discutir antes comigo.

Ela dá uma risadinha.

— Sei, tá bom.

Eu não estava brincando nem um pouco.

— Está bem, eu acredito agora — disse ela sem fôlego. — E quero saber tudo. Como mamãe está? E papai? E Maya? E Karin?

Eu me sento no tapete e estico as minhas pernas.

— Eu esqueci Karin.

— Como você esqueceu Karin? Ainda não somos melhores amigas?

— Não tanto. — Eu me deito de costas e olho para o teto.

— O que aconteceu? Ela está bem?

— Ela está bem — digo rapidamente. Aí, acrescento: — Na verdade, eu soube que ela tem sérios problemas com comida.

— O quê? Isso é terrível! Mas ela é tão saudável! Vai até tentar entrar na equipe de ginástica olímpica e tudo.

— É, bem, parece que o treinador é um louco e diz para todas as meninas na equipe que elas têm que pesar 40 quilos.

— Não pode ajudá-la? Dizer a ela que o treinador é louco?

Humm, não.

— Não aconteceu enquanto ainda éramos amigas.

— Mas por que vocês não são mais amigas? — pergunta ela, parecendo arrasada.

— É uma longa história.

Você vai ver, eu quase acrescento. Às vezes as coisas mudam. Quer você queira ou não.

— Não acredito — diz ela. — Isso é tão triste. E Joelle e a Tash? Ainda sou amiga delas?

— Não exatamente — admito. Passo os dedos para cima e para baixo no tapete.

— Então, quem são meus amigos? — pergunta ela, claramente confusa. — Eu tenho namorado? Ahmeudeus... — é o *Bryan*?

Meu estômago dá um nó.

— Não quer saber o que está acontecendo no mundo, e coisa e tal?

— Sim! É claro! — grita ela. — Existem robôs que falam? Já fomos a Marte?

Há. Como poderíamos?

— Humm, não. Só estou três anos e meio na frente. Na verdade, pouca coisa mudou. Ainda temos o mesmo presidente. Ainda temos aquecimento global. Seus peitos cresceram.

— É mesmo?

— É, para M. E sua pele está muito boa.

— Não tenho mais espinhas?

— Só quando fica menstruada. O T Escarlate já era. — Eu rio de novo.

— O que é o T Escarlate? — pergunta ela.

— Ah, qual é! Nós demos esse nome! É a linha de espinhas no seu nariz e na testa.

— Não sei do que você está falando. Quero dizer, eu sei sobre as espinhas, infelizmente, mas não o nome.

— Talvez eu ainda não tenha dado esse nome, então.

— Eu gosto — diz ela. — Acho que vou usar.

— O que é meu é seu — digo generosamente.

— E o meu aparelho? — pergunta ela. — Ele vai sair, não é?

— No começo do segundo ano.

— Um ano inteiro com esse negócio? Eu odeio isso — resmunga.

— Eu sei, mas vale a pena — prometo. Espio no meu espelho de corpo inteiro e sorrio com meus dentes perfeitos. — Acredite. Ah! Mas não ponha seu aparelho móvel em um guardanapo no refeitório no ano que vem, está bem?

— Um guardanapo? Todo mundo sabe que não se deve fazer isso.

Obrigada, sabichona.

— Só não ponha.

— Não vou pôr.

— Vai, sim — insisto. — A não ser que se lembre de não pôr.

— Então vou me lembrar de não pôr.

— Você não tem uma memória muito boa — digo. — Talvez devesse fazer uma lista. Em um caderno. Senão vai acabar escrevendo coisas em pedaços de papel e vai encontrá-los anos depois nos bolsos do casaco. Ou, eu acho, eu vou encontrá-los nos bolsos do meu casaco.

Ainda assim, isso vai ser incrível. Aquela lista mental que eu estava fazendo hoje à tarde? De coisas que eu mudaria se pudesse conversar com a minha pessoa no passado? Agora eu posso! Porém, é uma pena eu ter perdido o trem em relação ao corte da franja e ao incêndio do marshmallow.

— Boa observação — diz ela. — Acho que tenho um sobrando em algum lugar por aqui.

— Olhe na estante — digo para ela. — É lá que você guarda.

— É, eu sei — diz ela com uma risadinha.

Eu espero que ela me diga que está pronta enquanto faz barulho pelo quarto.

— Achei. Página um. Segundo ano: não colocar aparelho móvel em um guardanapo.

— Ótimo. Acho que eu o perco em algum outro momento também. Mas esqueci onde. Não se preocupe. Eu vou me lembrar. Onde você vai guardar o caderno quando não o estiver usando? Não queremos que mais ninguém o veja.

— Gaveta da escrivaninha?

Abro a gaveta da minha escrivaninha e vejo um caderno verde de espiral. Eu o abro na primeira página e leio a única coisa escrita atualmente nele: *Segundo ano: não colocar aparelho móvel em um guardanapo*.

— Perfeito.

— Genial. Agora que resolvemos o problema número um do meu futuro, a perda do meu aparelho móvel, pode me contar sobre outras coisas? Tipo por que eu não sou mais amiga da Karin e da Joelle?

Eu esfrego as têmporas.

— Você só não é.

— Então quem são as minhas amigas?

— Na verdade, você não tem nenhuma amiga.

— O que isso quer dizer? Como eu posso não ter *nenhuma* amiga?

— Você... Karin não é a única com problemas.

— Eu? — pergunta ela, parecendo em pânico. — Eu tenho problemas? Quais? O que vai acontecer? Você tem que me contar!

Não tenho certeza do que devo revelar. É meu dever ser a responsável aqui. Não quero quebrar algum tipo de lei de viagem no tempo contando a história triste. Já tenho sorte suficiente tendo uma segunda chance. Não vou ter uma terceira.

— Você tem que me contar! Ahmeudeus. Estou morta? Eu morro?

Eu reviro os olhos.

— Você não morre, boba.

— Se eu sou boba, você também é. Só prometa que não estou morta.

Bato com a palma da mão na testa.

— Eu estou falando com você, não estou?

— Você é um anjo? Está falando comigo do Além? — diz ela ofegante. — Eu contraio uma doença terminal?

— Você não fica doente. Não há nada errado com você. Tirando ser irritante.

— E Maya? E mamãe? E...

— Está todo mundo bem. — Eu abro a porta e olho para o corredor. Posso ver a luz fraca das TVs vindo do quarto dos meus pais e do escritório. — Mamãe está assistindo ao *Food Network* neste momento. Como de costume. A TV sempre está ligada quando ela não está na Intralearn.

— O que é Intralearn?

— Onde mamãe trabalha.

— A mamãe tem um emprego? Sério? Isso é ótimo! Como é que ela finalmente resolveu voltar a trabalhar?

— Ah, humm... — porcaria. Será que eu conto a verdade para ela? — É porque papai...

— O papai o quê? Ah, Deus, papai está bem? Diga-me que ele está bem!

— Você tem que se acalmar — digo. — Não posso te contar as coisas se você vai se apavorar com tudo que for ruim.

— *Tudo que for ruim?* Quantas coisas ruins há?

Eu provavelmente não deveria contar tudo a ela. Não quero deixá-la aturdida.

— O papai está bem. Está todo mundo bem — digo. E é meio que verdade. Todo mundo *está* bem. Todo mundo menos eu. Pisco algumas vezes.

— Quais são as coisas ruins, então?

Eu me sento de novo à minha mesa. O rompimento. O rompimento que parte o seu coração. É disso que eu quero poupá-la. Quero embrulhá-la em um casaco felpudo de negação e protegê-la.

— Você só se apaixonou pelo cara errado — digo cuidadosamente.

— Quem?

— Bryan.

— Ah. *Ah*.

— É. Anote isso, então.

— Anotar o quê?

— Escreva "Não sair com Bryan Sanderson". — De volta ao meu plano. Tome isso, Bryan. Você tem um plano no qual eu não estou envolvida; agora tenho um plano no qual você não está envolvido. E talvez desta vez a Eu Caloura vá me escutar.

— Mas o que há de tão ruim nele?

— Tudo! — insisto. — Confie em mim.

— Mas eu gosto do Bryan. Ele é... muito legal.

— Devi...

— Ele é legal!

— Não tão legal assim — resmungo.

— Mas, de qualquer forma, como isso tudo funciona? Se eu não sair com Bryan, significa que você também não vai sair com ele?

— É. Nós somos a mesma pessoa.

— Talvez eu possa sair com ele agora e terminar com ele ou sei lá o que antes que as coisas ruins aconteçam — diz ela esperançosamente.

— Não. — Eu endireito os ombros. — Você tem que cancelar.

Ela suspira.

— Vamos pensar sobre isso, está bem?

— Nada de pensar. Só fazer. Está tarde demais para ligar agora, de qualquer maneira. Você pode ligar para ele de manhã.

— Está bem; vamos discutir isso de manhã.

— Não, você vai *fazer* isso de manhã! — Eu fecho as mãos em punhos. — Tem que fazer. É a coisa mais importante que você pode fazer. Está entendendo?

— Está bem — diz ela humildemente.

É, eu já ouvi isso antes.

— Está bem, você promete?

— Prometo — suspira ela. — Eu vou fazer.

Capítulo oito

Sábado, 10 de setembro • • • Primeiro ano

Meus sonhos são compreensivelmente estranhos esta noite. Eu acordo às 10h30 da manhã e verifico a minha parede para me assegurar de que, na realidade, não sonhei tudo aquilo.

Não. *Coloque a mesa aqui!* e *Isso é macaco* ainda estão recém-escritos na minha parede — o que significa que eu devo ligar para Bryan para cancelar. O doce, adorável Bryan.

Enquanto entro na minha banheira amarelo-clara — minha mãe escolheu a cor, dizendo que a fazia lembrar de limões e que faziam o aposento parecer fresco — não posso deixar de imaginar: tenho mesmo que cancelar? Não, não tenho não. Apesar de que, quando o seu eu futuro lhe diz que é melhor assim, você provavelmente deveria ouvir. E eu prometi a ela. Tecnicamente, também prometi ao Bryan que iria ao cinema com ele. Mas acho que prometer para o seu eu futuro ganha de prometer para um cara com quem só falei duas vezes.

Está bem, está bem, vou cancelar. Logo depois que comer alguma coisa.

Olho para verificar se a pasta do papai não está. É, ele está no trabalho. Em um sábado. Pego um punhado dos minimuffins de limão da mamãe — ela adora limão, o que eu posso dizer? — para a mesa na varanda dos fundos. Eu vou cancelar. Eu vou. Assim que acabar de comer.

Quando acabo, volto para meu quarto. E agora? Agora eu deveria cancelar. Deveria. Mas... eu realmente não quero. Eu gosto de Bryan.

Em vez disso, ligo para Maya para ver como foi a festa. Ela não responde, então eu deixo um recado.

Assim que desligo, meu telefone toca. Infelizmente, não é Maya.

— Alôôôô? — A voz da Eu Veterana se arrasta. — Você já fez aquilo?

Eu me deito de volta na cama.

— Não posso sair com ele uma vez? Só uma vez?

— Não! — grita ela. — De jeito nenhum. Você tem que cancelar imediatamente.

— Mas ele é tão legal... E gatinho. E tem muitos conhecimentos na arte de remoção de manchas.

— Você vai sair com alguém mais legal. E mais gato.

— Quem?

— Eu ainda não sei, sei?

— Não entendo qual é o grande problema — resmungo. — O que há de tão *ruim* em Bryan Sanderson?

Ela suspira.

— Só não dá certo, está bem?

Eu bato com os punhos no colchão.

— Mas o que isso quer dizer? Nós não nos casamos?

— É claro que vocês não se casam! Eu só tenho 17 anos!

— Então qual é o grande problema? Só porque a gente acaba terminando não podemos sair hoje? Para mim, parece maluquice. Por quanto tempo nós ficamos juntos, por falar nisso?

— O ensino médio inteiro. Você desperdiça *toda* a sua experiência no ensino médio com ele. Acredite em mim, é melhor cortar isso pela raiz. Por que se daria ao trabalho de sair com ele se sabe que ele vai magoá-la? Você é algum tipo de masoquista?

— É claro que não — digo. — Mas o que ele faz?

— Ele faz coisas ruins! — diz ela, engasgando.

— Tipo o quê?

— Coisas!

— Que coisas? Preciso saber todos os detalhes antes de mudar o curso da minha vida.

— Ele termina com a gente, está bem? — grita ela.

Er.

— Só isso?

— Não! Ele também é o motivo de você não ser mais amiga da Karin, da Tash e da Joelle.

— Sério? Ele disse para você não ser mais amiga delas?

— Mais ou menos... Vocês passam o tempo inteiro juntos e afastam todas as outras pessoas.

— Bem, isso foi burrice nossa — digo. — E não é realmente culpa dele.

— Não é só isso. — Ela limpa a garganta. — Ele a trai. Nos trai.

Meu coração afunda.

— Ele trai?

— Trai.

— O que acontece?

— Que diferença faz? Acontece. Mais de uma vez.

— Ah.

— É — cospe ela. — Eu lhe disse. Ele não presta.

Eu prendo meus cabelos em um coque. Não acredito que ele faça isso comigo. Não que eu o conheça tão bem assim. Tive duas conversas com o cara. Mas ainda assim. Eu não sabia que o cara doce do molho podia ser tão canalha.

— Eu vou fazer. Vou ligar para ele. O que vou dizer, exatamente?

— Diga a ele que você consegue coisa melhor do que um idiota como ele e que espera que ele apodreça no inferno.

— Não posso dizer isso!

— Ele merece. — Ela limpa a garganta novamente. — Diga a ele que você não está interessada. Agora. Vou ligar de volta para você em cinco minutos. — Ela desliga o telefone.

Então está bem. Vou começar a procurar o número dele nas minhas ligações quando o telefone toca.

— Não se passaram cinco minutos — digo. — Me dê um segundo.

— Para quê? — pergunta Karina.

— Ei!

— Oi! Eu soube que um certo alguém pediu seu número — cantarola ela. — Conte-me tudo! Ele já ligou? Ele a convidou para sair?

— Convidou! — exclamo. Ele convidou mesmo! Ele gosta de mim! — Como você sabia?

— Ele ligou para Joelle quando ainda estávamos no carro. Liguei para você dois segundos depois, mas deixei um recado na caixa postal. Achei que você me ligaria assim que falasse com ele.

— Desculpe — digo. — Eu não ouvi. E aí, depois que desliguei o telefone, fiquei... — Ocupada demais desenhando na parede para divertir meu eu do futuro —... cansada.

— Então, você está superanimada? — grita ela.

— Estou muito animada — digo. — Só que não posso ir. — Bu.

— O quê? Por que não?

— Porque... — Porque meu eu do futuro não quer me deixar sair com ele. Isso provavelmente parece meio loucura. — Eu só... — Não quero sair com um traidor desgraçado. — Acho que não estou a fim de sair hoje à noite. Não estou me sentindo bem.

— Ah, não! O que houve?

— Estou doente. Muito doente. Acho que é gripe.

— Bem, você não vai querer espirrar em cima dele. É nojento.

— Nem me fale.

— Acho que isso significa que você não pode ir ao shopping comigo amanhã?

— Ah, humm... — Buuuuuuu. — Acho que não.

— É, é melhor você descansar — diz ela.

Assim que desligamos, eu fico imaginando por que acabei de mentir para Karin. É assim que começa o fim da amizade? Com uma mentira? É por isso que não somos mais amigas? Não que eu tivesse escolha.

Eu respiro fundo. A seguir, Bryan. Não quero ligar para ele. Talvez seja melhor só mandar uma mensagem em vez disso. É! Aí eu não tenho que falar com ele.

```
Oi, Bryan! Sinto muito! Não posso sair hoje à
noite. Estou doente. ☹ Sinto muito mesmo. Eu o
vejo na escola! ☺ Devi
```

Feito.

Eu tento ligar para meu número para ver se esse negócio de celular mágico funciona nas duas direções, mas só cai direto na minha caixa postal. Minha caixa postal do primeiro ano.

Acho que não.

Deixo o celular na mesa e desço para pegar um copo de suco. Talvez a vitamina C melhore meu ânimo, além da minha gripe de mentira. Não sei por que estou triste. Bryan ainda não me traiu. Eu mal o conheço.

Mas agora nunca conhecerei.

Capítulo nove

Sábado, 24 de maio • • • Terceiro ano

— Então, o que vai acontecer com a formatura? — pergunta minha mãe de seu lugar no sofá.

Minhas costas ficam tensas enquanto eu abro o armário de louça.

— Eu não vou.

Ela faz uma pausa no *Best chef* e se vira para olhar para mim.

— De jeito nenhum?

— De jeito nenhum — digo. Em vez de olhar para ela, eu pego um copo.

— Mas e seu vestido? — pergunta ela.

Um vestido de formatura vermelho curto está pendurado no meu armário. Bryan me adorava de vermelho. Ele achava que me deixava sexy.

— Sei lá. Talvez eu o devolva.

— Não pode devolver vestidos de ocasiões especiais — diz ela. — Bryan ainda vai?

— É melhor que não. Ele queria que nós fôssemos como amigos, mas pode esquecer. Ele não pode partir meu coração em um trilhão de pedaços e depois estourar a champanhe comigo. Que fique em casa infeliz. Como eu.

Ela faz uma cara triste e levanta os braços no ar, querendo me dar um abraço.

— Ah, querida...

— Eu vou ficar bem, mamãe. — Ou ficaria se a Eu Caloura só fizesse o que devia fazer.

— Ainda faltam duas semanas. Você não pode ir com outra pessoa? Ou talvez com algumas amigas?

Se pelo menos eu tivesse outra pessoa com quem ir. Se pelo menos tivesse outras amigas. Apesar de quê, se tivesse outras amigas, eu estaria com elas agora, em vez de com minha mãe.

— Não é nada demais... — Abro a torneira.

E é aí que acontece.

A pulseira de corações no meu braço desaparece. Num segundo, ela está confortavelmente no meu pulso, e, no segundo seguinte, ela... sumiu.

— Minha pulseira! — grito.

— Que pulseira? — pergunta minha mãe.

— A que Bryan me deu! — Será que ela caiu pelo ralo? Eu desligo a água e tento vê-la.

— Bryan quem? — pergunta ela.

— Bryan-Bryan — digo, enfiando os dedos dentro do ralo.

Mamãe vem até mim.

— Quem é Bryan? Eu já o vi?

Os meus dedos ficam congelados. Hein? Minha mãe não sabe quem é Bryan?

Espere. A pulseira que ele me deu sumiu. Minha mãe parece ter esquecido que ele existe. Isso significa o que eu acho que significa? Eu levanto os olhos para minha mãe.

— Você realmente não sabe quem é Bryan?

Ela franze a testa.

— Não que eu me lembre. Ele é seu amigo?

Ai. Meu. Deus. A Eu Caloura fez mesmo. Ela cancelou seus planos com o Bryan. Eles não vão sair hoje à noite. Nós nunca saímos. Não há pulseira nenhuma. A minha mãe não sabe quem é Bryan.

— Você realmente nunca o encontrou?

— Não me parece familiar — diz ela, franzindo a testa.

Santa curva do tempo.

— Preciso dar um telefonema! — Subo correndo para o meu quarto para ligar para a Eu Caloura.

— Você fez! — digo assim que ela atende. — Você é demais! Minha pulseira sumiu! E mamãe não tem a menor lembrança do Bryan. Nenhuma. Isso não é loucura? Eu ainda me lembro dele, mas ela não faz ideia! — Dou uma pirueta no lugar, girando, girando e girando. Só paro quando vejo a foto. A fotografia do Dia das Bruxas. Ou o que anteriormente era a fotografia do Dia das Bruxas e agora é um close de Karin, Tash, Joelle e eu — de aparelho — rindo. Estamos no caminho de uma garagem. Os braços da Joelle estão esticados, como se ela tivesse tirado a foto. — A última foto do Bryan também sumiu! Acho que a que está aqui agora é de vocês ontem à noite na casa da Celia! Funcionou! Você se livrou dele!

— Então é isso? — pergunta ela baixinho.

Eu examino a fotografia para me assegurar.

— É. Bom trabalho. Estou tão orgulhosa de você! De nós. Nós conseguimos! Nos livramos do Bryan para sempre!

— Isso soa um tanto longo.

Nada de Bryan. *Nada de Bryan.* Eu estremeço. Quem sou eu sem Bryan?

— Ah, não — digo, vendo a parede em frente à minha cama. Minha parede nua. Braço nu e parede nua.

— O que foi? — pergunta ela com uma ponta de esperança na voz. — Ele ainda está aí?

— Não, não é isso — digo. — É a minha TV. Ela também sumiu.

— Que TV? A da sala?

— Não, a TV no meu quarto — TV: sumiu. Bryan: sumiu.

— Quando passamos a ter TV no nosso quarto?

— Esqueça. — Eu afasto os remorsos do Bryan-já-era. — Não é importante. O que importa é que nós nos livramos do Bryan. — Olho de novo para a foto. — Um conselhozinho para o caderno? No futuro, você não deve usar esse batom de aparelho. Fica ridículo. Na verdade, você provavelmente não deveria usar nenhum batom. Eu me concentraria no delineador, se fosse você. O que eu sou.

— Eu achei que ficasse bom — diz ela com voz aguda.

— Bem, não fica. Sinto muito, Eu Caloura.

— Não me chame de Eu Caloura. É confuso. Me chame de Devi.

— *Isso é confuso* — digo a ela. — Eu sou Devi. Por que eu não a chamo de Devorah e eu sou Devi?

— De jeito nenhum — diz ela. — Não quero ser Devorah. É assim que mamãe e papai nos chamam quando estão zangados.

— Então eu vou ser a Veterana e você pode ser...

— A Caçula?

— Eu ia dizer Cal.

— Cal — repete ela. — Gostei. Mas não gosto de Veterana.

— Señorita?

— Não.

— Coroa?

Ela ri.

— Não.

— Gênio? — pergunto, sorrindo. — Ah, já sei! Eu vou ser Ivy.

— Eu também quero ser Ivy! — diz ela com inveja. — Adoro esse nome, Ivy!

— Eu também. Mas nós duas não podemos ser Ivy. A questão toda é essa. E eu falei primeiro. — Tecnicamente, eu faço tudo primeiro. E sei tudo primeiro. Sei tudo o que vai acontecer com ela nos próximos três anos e meio.

Ou tudo o que deveria acontecer. Até eu intervir.

Ah. Meu. Deus. Se posso impedir Bryan e eu de namorarmos, posso impedir que outras coisas ruins também aconteçam. Posso consertar o mundo inteiro. Eu preciso pensar. Meditar. Preciso de uma lista.

— Cal, preciso ligar para você depois — digo a ela.

Assim que desligo, puxo o caderno verde surrado para fora da gaveta, o coração martelando. A lista de Cal não precisa ser só sobre Bryan e meu aparelho móvel perdido. Eu posso contar a Cal todas as coisas ruins que aconteceram no mundo desde que eu era caloura e ela pode impedir que ocorram. Ela pode consertá-las. Eu sou uma super-heroína moderna, correndo para salvar o dia! Eu sou a Garota do Futuro! Só preciso de uma capa.

Folheio até a última página do caderno e tento pensar em algumas das coisas ruins que aconteceram nos últimos três anos e meio. Eu deveria começar com coisas grandes. Tipo guerras e fome e furacões. E então passar para coisas ruins mais específicas. Tipo no ano passado, quando o irmãozinho da Janice Michael comeu um resto de amendoim e teve uma reação alérgica e entrou em coma. Ou no último verão, quando aquele cara um ano na minha frente, Kyle Borster, ficou bêbado, pegou o volante do carro e bateu em um ônibus, mandando três pessoas para o hospital. Quando Joelle deixou a água correndo na banheira e inundou o porão. Quando Karin parou de comer.

Ou quando meu pai foi demitido do emprego e nós perdemos o nosso seguro de saúde. Maya teve que arrumar um emprego para pagar a faculdade porque sua bolsa de estudos não era suficiente e eu arrumei um emprego de verão na Bella e minha mãe teve que aceitar um emprego na Intralearn.

Vai ser uma lista longa. Mas talvez eu deva deixar a história do meu pai de fora. Pelo menos por enquanto. Por que ela deveria se preocupar quando não há nada que possa fazer? Como ela poderia impedir? Dizendo a ele para não ir trabalhar no dia da demissão?

Eu passo o resto do dia debruçada sobre o caderno, escrevendo Não acredito quantas coisas chatas aconteceram durante os últimos três anos e meio. Continuo até meu estômago começar a roncar e eu perceber que ficou escuro do lado de fora. Eu estico os braços à minha frente.

Um lampejo.

Hein? Eu seguro meu braço e fico olhando. A pulseira de ouro está de volta no meu pulso. Que diabos?

Empurro a cadeira para trás e agarro o porta-retratos. O batom feio com o aparelho — sumiu. O que seria bom, a não ser por Tash, Karin e Joelle também terem sumido. Bryan e eu estamos de volta às nossas fantasias de Dia das Bruxas, dentes de vampiro brilhando para a câmera.

Capítulo dez

Sábado, 10 de setembro • • • Primeiro ano

Através do olho mágico, eu vejo Bryan de jeans desbotado e camisa verde para fora da calça, de pé na minha porta da frente, segurando uma caixa de... sopa.

Meu coração dá uma cambalhota. Ahmeudeus. Ele está aqui. Para me ver. Com sopa. Isso não é a coisa mais fofa do mundo? O que eu devo fazer? Sei que a Eu Veterana — er, Ivy — desejaria que eu o mandasse embora, mas... como é que posso mandar embora um cara que me traz sopa? Um cara gostoso que me traz sopa gostosa.

Eu puxo a porta para abri-la.

— Oi!

— Ei — diz ele, as pontas das bochechas ficando vermelhas. — Como está se sentindo?

Certo. Eu tusso. Duas vezes.

— Estou bem. Entre! — Ele me segue para dentro de casa e se senta ao meu lado no sofá.

— Eu trouxe canja de galinha para você. — Ele levanta a caixa de plástico. — Eu sei que é idiota, mas preciso que se sinta melhor para o próximo fim de semana.

— Isso é tão gentil — digo. Ele não podia ser mais fofo. Quero dizer, sério. Ele me entrega a caixa. Não sei bem o que fazer, então a pego e a coloco em cima de uma revista na mesinha de centro.

— Então, nós podemos fazer algo no fim de semana que vem? Ver um filme, talvez?

Podemos! Quero dizer, não.

— Podemos — digo. Definitivamente, sim. Não posso dispensar Bryan. Simplesmente não posso. Eu não quero.

Ele me dá um grande sorriso com covinhas.

— Ótimo.

Meu celular começa a tocar no quarto. Eu o ignoro.

— Então, como está sendo o seu fim de semana? — pergunto.

— Sem grandes acontecimentos. Joguei um pouco de bola hoje.

O celular toca de novo. E de novo. La, la, la, não estou ouvindo. Quando ele finalmente para, eu relaxo os ombros.

Então escuto:

— Alô, telefone da Devi.

Ahmeudeus. Minha mãe acabou de atender meu celular. Minha mãe. Acabou de atender. Meu celular.

— Mãe, não! — grito, mas é claro que é tarde demais. O que significa ela ter atendido? Ela reconheceu minha voz mais velha?

— Devi — diz minha mãe, descendo as escadas segurando o meu telefone, com um olhar confuso. — É alguém chamado... Ivy? Ou Ivan, talvez? Não consegui saber se era um menino ou uma menina. Mas ela, ou ele, disse que é urgente. Perguntou se você estava conversando com um garoto, mas eu disse que você não estava. Ah. — Ela para atrás do sofá quando vê Bryan. — Eu não sabia que você estava com um amigo.

Eu agarro o telefone da mão dela e o seguro atrás das costas.

— Mãe, este é meu amigo Bryan.

Bryan se levanta e estica a mão.

— É um prazer conhecê-la, Sra. Banks.

Mamãe sorri e aperta a mão dele.

— Posso trazer alguma coisa para vocês beberem ou comerem? Acabei de fazer brownies de maçã.

— Parece delicioso. Obrigado.

Minha mãe desaparece, dentro da cozinha, e eu pego o telefone e o aperto contra a orelha.

— Posso ligar mais tarde? — pergunto. — Estou meio ocupada agora.

— Não diga! — rosna ela. — A pulseira está no meu pulso de novo. A foto está no porta-retratos de novo. Você estragou tudo!

— Mas eu... eu...

— Diga a Bryan para ir se catar!

— Mas eu não quero! — Eu quero que ele fique. Quero sair com ele. Quero ver um filme com ele!

— Diga a ele que ele é um canalha! — grita ela no meu ouvido.

Eu me viro para ficar de costas para ele.

— Ele me trouxe canja de galinha — sussurro.

— Cuspa a sopa na cabeça dele! — berra ela.

Eu aperto o telefone com mais força contra a orelha para que ele não ouça.

— Não quero. Quero sair com ele — sussurro novamente.

— Cal — diz ela, a voz tremendo —, você tem que me escutar. Não desperdice três anos e meio com ele. Você tem tantas coisas mais importantes para fazer com seu tempo! Não deixe que ele estrague sua vida.

— Mas...

— Ele parte seu coração. — Ivy continua enfática. — Você tem que confiar em mim.

Meus olhos estão quentes. Eu não quero mandá-lo embora, mas o que posso fazer? Como posso não confiar no meu eu do futuro?

— Está *beeeemm* — resmungo, desligo o telefone e o largo na mesinha de centro.

— Sinto muito, Bryan. — E agora? Respiro fundo. — Eu não estou doente de verdade.

A testa dele se enruga.

— Não está?

— Não. É só que... — O meu eu do futuro não quer deixar que eu saia com você? Humm, não. — Eu tenho namorado — É! Eu tenho namorado. Ele não pode argumentar contra isso, e também não vai magoá-lo.

Ele dá um passo para trás.

— Eu não sabia.

Meu coração afunda. Eu sei que não deveria me importar com o que ele pensa ou sente, mas me importo. Eu quero que ele sorria de novo! Sinto falta do sorriso com covinhas!

— Eu deveria ter lhe dito. Você me pegou de surpresa quando me convidou para sair e... bem... eu sinto muito.

O celular toca de novo. Eu o ignoro.

Ele inclina a cabeça para o lado.

— Isso quer dizer que você não quer a sopa? Não é feita em casa nem nada, mas ainda é boa.

— Fico feliz que não seja feita em casa — digo a ele. — Senão eu me sentiria *muito* mal.

Ele ri.

— Comprado na loja, eu juro.

— Ufa — sorrio. — Eu realmente sinto muito.

— Eu entendo. Sem problema. — Bryan começa a andar até a porta.

Minha mãe enfia a cabeça para fora da cozinha.

— Já vai? Não quer um brownie de maçã?

— Você deveria comer um brownie de maçã — digo. É o mínimo que eu posso oferecer.

— Em troca da sopa? — pergunta ele.

— Claro. É feito em casa — digo a ele. — A receita secreta da minha mãe.

— Eu adoraria um, obrigado. Mas, na verdade, já estava saindo. Só dei uma passada... — Ele se vira para mim, mordendo o lábio de baixo. — Então, eu a vejo na escola?

— Isso. Na segunda-feira.

— Para onde você está indo? — pergunta minha mãe.

É, Bryan, para onde você está indo?

— Jogar boliche — diz ele.

Meu estômago despenca. Com quem ele vai jogar boliche? Ele já está me traindo?

— Vou embrulhar um para a viagem — diz minha mãe, desaparecendo de novo para dentro da cozinha.

— Mas talvez eu tenha que dividir com os caras — acrescenta ele.

Ah, ótimo. Caras. Não que tenha importância.

Mamãe volta com um saco de papel marrom cheio de gostosuras, entrega-o a ele e pisca.

— Aproveite.

— Obrigado. Tenho certeza de que sim. Aproveite a sopa — diz ele para mim.

— Boa noite — digo, engolindo o caroço do tamanho de um brownie na minha garganta. Conforme fecho a porta atrás de mim, meu telefone imediatamente começa a tocar de novo.

— Ele já foi, está bem? — explodo.

— Eu sei! A foto e a pulseira de ouro também sumiram. Você derrubou a sopa nele?

— Não, não derrubei. Mamãe deu brownies para ele. — Eu coloco a caixa de sopa na geladeira.

— Não os brownies de maçã! Eu adorava os brownies de maçã dela. Ela nunca mais fez. Não acredito que ela os tenha desperdiçado com ele. Pode comer mais um por mim?

Eu pego outro brownie.

— Quer ver um filme? — pergunta minha mãe.

— Quero — digo a ela. Então eu bocejo. Alto. Esse dia todo me deixou exausta — Ivy, se incomoda se a gente desligar, agora que a questão do Bryan está resolvida? Estou cansada, e não consigo ver filme e conversar ao mesmo tempo.

— Sei, sei, vá relaxar. Você merece. Ah, e, Cal, no futuro... — Ela ri. — No seu futuro, quero dizer, não deixe seu telefone por aí. Tive que disfarçar minha voz quando a mamãe atendeu, ou ela saberia que estava acontecendo alguma coisa, com certeza.

— Certo. Foi mal.

— E não conte à mamãe sobre mim. Não conte a ninguém.

— Por que eu não deveria? — pergunto.

— Acho melhor manter isso US por enquanto, não? Veja como você ficou apavorada. O desejo era que eu pudesse falar com você. Não com todo mundo no passado. Não quero arriscar estragar tudo.

— Espere... o que é US?

— Sério?

— É uma expressão nova?

— Significa "ultrassecreto".

— Ah, legal — T Escarlate, US... Posso começar um dicionário do futuro.

— Só não conte para ninguém — diz ela. — Eu também não vou contar. Vai ser o nosso segredo.

— Está bem — troco o telefone para a outra orelha. — Então, o que acontece agora?

— Como assim?

— Eu vou... falar com você de novo?

Ela ri.

— Vai! É claro. Amanhã. Precisamos garantir que Bryan continue de fora. Ele é como uma barata.

Meu coração bate um pouco mais rápido. Então minha vida agora vai ser comandada pela polícia do Bryan? Brincadeirinha. É claro que eu quero falar com ela novamente. Ela é eu no futuro. Eu sou a garota mais sortuda do mundo.

— Ligo para você no almoço — diz ela — Tenho uma lista inteira de coisas que preciso que você acrescente à sua lista. Você vai salvar o mundo. Então tenha uma boa noite de sono. Vai precisar do descanso.

— Super — digo.

— Coma mais um brownie, está bem?

— Você vai me fazer engordar 10 quilos.

— Confie em mim; eu aviso se engordar 10 quilos.

Eu rio antes de desligar.

Fico feliz que ela esteja feliz. Sério, eu fico. E ela deve saber o que é melhor para mim. Ela tem que saber. Certo?

Então, por que me sinto tão... fria? Eu puxo um cobertor de tricô por cima das pernas e abraço os joelhos no peito. Isso não ajuda.

Jogo o cobertor para longe. Sei o que vai me esquentar. Uma tigela de sopa.

Capítulo onze

Segunda-feira, 26 de maio • • • Terceiro ano

Vai ser uma ótima segunda-feira.

Eu saio da minha casa e respiro fundo. O sol está brilhando, os pássaros estão cantando. O ex-namorado que acabou com minha vida não é mais meu ex-namorado. Vou ser a garota que sempre quis ser — com o nome que sempre quis. As possibilidades são infinitas.

Claro, eu tenho que andar até a escola em vez de pegar uma carona com Bryan. E vou ter que me sentar sozinha no refeitório. E estou com uma leve irritação inexplicável no queixo. Mas eu aguento.

A foto de Bryan do Dia das Bruxas e a pulseira de corações não voltaram ontem. Foi um dia sem Bryan. Passei a maior parte do tempo dando à Cal uma lista de coisas que ela precisa consertar para transformar Florence — e o resto do mundo — em um lugar melhor. Só 73 coisas. Estou começando pequeno.

— Mas como é que vou impedir Kyle Borster de ficar bêbado e dirigir? — perguntou ela.

— Esconda as chaves dele! Ou diga-lhe que ele vai se arrepender mais tarde, quando seus três amigos estiverem no CTI depois que ele bater em um ônibus.

— Mas por que ele me escutaria? — perguntou ela, parecendo confusa.

— Vamos pensar em alguma coisa — disse a ela. — Temos dois anos para bolar um plano. — Na verdade, temos muito tempo para a maioria dos itens. Vamos pensar em tudo juntas.

Depois de muitas tentativas e erros, descobrimos uma maneira de Cal entrar em contato comigo, já que ela parece não ser capaz de telefonar.

— Mande um texto para você mesma — disse para ela. — Digite um texto para você mesma, envie e então salve.

— Está bem, espere aí. Vou mandar! — Alguns segundos mais tarde, ela deu um grito. — Mandei!

— Salve! — gritei de volta.

Humm. O único texto no meu celular era o enviado por mim. Esquisitice de viagem no tempo? Ou eu era minha única amiga?

Você é demais. Ora, sim, eu sou. Também descobri que posso responder aos textos dela e lhe mandar textos novos.

Fom! Fom! Fom!

Eu congelo no lugar. Bryan?

É um Honda Civic prata. Joelle e Karin estão na frente. Por que elas estão aqui? Vieram pegar um vizinho?

Fom! Fom! Fom!

Eu olho pela rua para ver se há alguma outra pessoa para quem possam estar acenando. Além de um idoso cortando a grama, eu sou a única pessoa aqui. Elas parecem estar acenando e buzinando para mim.

Joelle abre o vidro da janela.

— Ei! Temos que ir. Ainda temos que pegar Tash e precisamos dos nossos sucos Kogurt!

Por que elas vieram me pegar quando eu mal falei com elas em três anos e meio? E eu bebo suco Kogurt?

— Vamos, sua lesma — diz Karin.

Ah. Meu. Deus. Será que isso significa o que eu acho que significa? Corro até o carro, abro a porta para o banco de trás e escorrego para dentro.

— Oi — digo, tentando manter a voz firme. Se eu nunca saí com Bryan, então nunca parei de ser amiga de Karin, de Tash e de Joelle. Eu tenho amigas! Ahá!

A. Melhor. Notícia. Do. Mundo. Eu quero passar os braços em volta das duas e puxá-las para um abraço de urso. Mas me controlo.

Karin se vira para mim e sorri.

— Oi!

Eu tento não me encolher. Apesar de ver Karin todo dia na escola, eu não estive tão perto assim dela desde que ela ficou tão magra. Os braços dela parecem gravetos. O rosto parece encovado. Quando éramos mais novas, nunca pensei que o nariz dela fosse largo demais, mas, no novo rosto, ele parece ter o dobro do tamanho. Fico feliz que isso esteja na minha lista.

— O que há com seu telefone? — pergunta ela. — Eu liguei para você um milhão de vezes ontem. Não tem nem caixa postal.

— Ah. Ele está... com problemas.

Espero que minha mãe não tente entrar em contato. Ela pode me forçar a comprar um novo.

— Você ainda está tonta com o fim de semana? — pergunta ela.

Talvez elas tenham ouvido falar sobre o rompimento e estejam tentando ser gentis.

— Acho que o canalha contou para todo mundo que terminou comigo — resmungo.

Joelle olha para mim pelo retrovisor.

— Canalha? — pergunta ela. — Que canalha?

— O canalha! Bryan! — Espere. Pare. O que eu estou dizendo? Todo o relacionamento, incluindo o *grand finale*, — agora é apenas imaginação minha. Tenho que me lembrar disso.

Elas estão olhando inexpressivamente para mim.

— Do que ela está falando? — pergunta Joelle.

— Não faço ideia — diz Karin. — Está falando sobre Bryan Sanderson?

— Er, deixa pra lá — respondo rapidamente.

— Você bateu com a cabeça ou algo assim? — pergunta Joelle, rindo. — Quando você saiu com o ex da Karin?

— O quê da Karin? — solto. Karin namorou Bryan Sanderson? Meu Bryan? Como disse?

— Eu mal o chamaria de ex — comenta Karin, rindo. — Nós ficamos juntos por tipo dois meses.

Eu tento afastar minha cara de arrasada. Respire fundo. Respire fundo. Então eles ficaram juntos por pouco tempo. Não importa. Acabou. Para nós duas.

— Talvez você tenha se divertido mais na sexta à noite do que eu pensei — diz Joelle. — Eu sei que você ficou com Harry, mas eu não sabia de Bryan...

— Eu não fiquei com Bryan! — Meu queixo cai. Harry quem? Harry... Travis? — Esperem. Eu fiquei com Harry Travis?

Elas duas riem.

— Você estava bêbada? — pergunta Karin. — Eu não a deixaria ficar com um cara se achasse que você estava bêbada.

Eu fiquei com Harry Travis na sexta-feira? Eu não estava em casa na sexta à noite esperando para falar com Cal? Pelo menos achei que estava. A não ser que agora tudo tenha mudado...

Mas ainda assim. Eu não acredito que beijaria outro cara quando acabei de terminar com Bryan! Apesar de Harry Travis ser extremamente gato. Ou pelo menos era da última vez em que o vi — quando me escondi dele sexta-feira no shopping. E, de qualquer modo, eu não acabei de terminar com Bryan. Tecnicamente, a garota que terminou com Bryan não é a mesma que ficou com Harry. Até onde eu sei, a garota que ficou com o Harry esteve apaixonada por ele durante os últimos três anos e meio.

Como é que eu vou saber o que Cal andou aprontando desde o primeiro ano se só o que eu tenho são as minhas lembranças originais?

— Eu não estava bêbada — acabo dizendo. — Só estou brincando com vocês! Há-há, só brincando. Eu me lembro total de ficar com Harry. — É. Claro que me lembro. — Mas nunca fiquei com Bryan. Nunca. Nunca, jamais.

— Você pode, se quiser — diz Karin para mim. — Sério, eu não ligo. Você sabe que a gente só ficou algumas vezes.

Eu engulo o bolo de vômito na minha garganta.

— Já falou com ele desde aquele dia? — pergunta Joelle.

— Com Bryan? — pergunto.

— Não. Com Harry.

Er.

— Acho que não. — Eu falei? Eu verificaria meu identificador de chamada, se meu telefone funcionasse direito. Mas, se ele funcionasse direito, eu certamente não receberia um telefonema de Harry Travis. — Sempre imaginei como seria beijar Harry.

Joelle estala a língua.

— Não foi como se fosse sua primeira vez.

Isso está ficando cada vez melhor.

— Não foi?

— Alô? — grita Karin. — Você não se lembra do Dia das Bruxas?

Eu me *lembro* de ter levado os priminhos de Bryan para pegar doces. Eu me *lembro* deles vomitando no banco de trás do novo Jetta azul-claro de Bryan — mais um presente desculpe-por-eu-morar-em-outro-país do pai dele.

— É claro que eu me lembro. Mas me contem a história; quero ouvir a versão de vocês.

Karin ri.

— A minha versão de como você e Harry deram uns amassos no quarto dos pais de Celia King na festa de Dia das Bruxas dela?

Essa garota dá muitas festas. Os pais dela nunca estão em casa? Eu espero ter ficado longe do sofá desta vez.

— Certo — digo. Acho que todo mundo tem novas lembranças. Lembranças da eu atualizada e melhorada.

Deito minha cabeça de volta no assento. Eu beijei Harry Travis. Duas vezes. Duas vezes que eu saiba. Espere! Passo a mão pelo queixo. A vermelhidão é por causa da barba por fazer dele!

— Eu preciso que vocês passem lá em casa esta semana — diz Joelle, encostando na entrada da casa da Tash. — Já acabei de fazer meu vestido de formatura e quero saber o que vocês acham. Agora só preciso que Jerome me convide e vai estar tudo pronto. Eu contei como o show dele ontem foi incrível? Juro, ele vai ser famoso.

Eu estou ficando com outros caras. Eu nunca saí com Bryan. Estou sendo convidada para ir à casa de Joelle. Ainda sou a melhor amiga de Karin.

Nós estacionamos na porta da frente de Tash.

E da Tash.

Tash acena da porta, não parecendo nem um pouco surpresa em me ver.

— Olá, moças — diz ela, abrindo a porta do carro. Está usando o mesmo uniforme em que eu a vi nos últimos quatro anos: jeans e uma blusa preta. Ela se espreme ao meu lado e dá um tapinha no meu joelho.

— Então, você e Harry Gostoso não conseguem ficar com as mãos longe um do outro, hein?

Karin ri.

— Ela não se lembra.

— Ela precisa de uma dose extra de gérmen de trigo na vitamina de banana — diz Joelle, pisando no acelerador.

— Para o Kogurt Sucos — incentivo, tentando afastar qualquer imagem de Bryan e de Karin. Devo me concentrar no bom. Nova bebida. Novo romance. Novas, ou melhor, velhas amizades.

Capítulo doze

Segunda-feira, 12 de setembro • • • Primeiro ano

Bryan escolhe hoje para almoçar na escola. Eu observo secretamente enquanto ele e Jerome Cohen se dirigem para fora e se sentam em um banco novo de madeira. A escola renovou a área externa durante o verão.

— Então, você vai sair com ele no fim de semana que vem? — pergunta Joelle, escorregando para seu assento. — Ele é uma graça.

— Não. Ele não é o cara certo para mim — digo com mais certeza do que sinto.

— Cada um com seu cada um — diz ela e morde um palito de frango. — Isso significa que vocês não vão sair comigo e com Jerome? Se Jerome um dia notar a minha presença?

— Tenho certeza de que Jerome vai notá-la. Acho que ninguém poderia deixar de notar a sua roupa ensandecidamente maravilhosa. — Hoje ela estava usando botas até a coxa e um vestido estilo combinação azul-marinho.

— Estou morrendo de fome — diz Karin, mastigando um sanduíche de atum. — Acordei cedo para treinar meu salto de costas.

— Onde vão ser os testes? — pergunta Tash.

— No ginásio — responde ela entre uma mordida e outra.

Eu a observo engolir. Eu a observo saborear o sanduíche. Penso no número nove da lista da Ivy.

Se não estivesse na equipe de ginástica, Karin não teria um transtorno alimentar. Essa é a oportunidade perfeita para salvá-la!

— Tem certeza de que quer entrar para a equipe?

As três ficam olhando para mim.

Karin toma um grande gole de suco.

— Tenho. Por que não teria?

Porque vai fazê-la ficar doente.

— Eu soube de uma garota que entrou e ficou totalmente anoréxica porque o técnico a pressionava demais.

Os olhos da Karin se arregalam.

— Sério? Quem?

Argh.

— Uma amiga de... Maya. Foi o que Maya disse. É. Eu falei com ela ontem à noite, e ela perguntou sobre você e não achou uma boa ideia entrar para a equipe de ginástica. Não mesmo.

Os ombros de Karin despencaram.

— Eu não fazia ideia. Podemos ligar para ela? Eu adoraria saber mais detalhes.

— Nós poderíamos, mas ela está muito ocupada hoje. A semana inteira, na verdade. Ela tem um monte de trabalhos. Falou que estaria na biblioteca e que o telefone estaria desligado... — Eu encolho os ombros. Se ela ligar agora, vou estar em sérios apuros. Mas eu falei com ela ontem à noite, então ela provavelmente não vai ligar.

Karin se vira para Joelle.

— O que eu devo fazer?

— Eu ouvi dizer que o técnico é mal-humorado — admite Joelle. — E que todas as meninas da equipe têm transtornos alimentares. Eu não quis dizer nada porque você estava muito determinada a tentar entrar, mas esse é o papo que rola por aí.

Karin suspira.

— Não posso imaginar não fazer nenhum esporte este ano. Já perdi o futebol na semana passada. Acho que ainda há o tênis na primavera...

— Você provavelmente não deveria ser tão afobada — diz Tash. — Por que não vai ao teste e avalia? Fazer o teste não significa que você tenha que entrar para a equipe.

Karin descansa o queixo na palma da mão.

— Posso nem conseguir entrar.

Não, não, não.

— Você vai conseguir — digo. Esse é o problema. — Espere! E a... torcida?

Joelle quase cospe o suco.

— Você quer que Karin seja líder de torcida?

— É um esporte — digo, gostando da ideia. As líderes de torcida que eu vi pela escola até agora parecem ter pesos corporais surpreendentemente normais. — E ela adora isso. Quantas vezes nós assistimos a *As apimentadas*? E *as apimentadas — mandando ver*? *As apimentadas ardendo até não aguentar mais de exaustão*? Ela vai ser incrível. É flexível e sabe dançar e vai ser divertido. Por que não?

Joelle cruza os braços.

— Ela é inteligente demais para ser líder de torcida.

— Não sou bonita o suficiente para ser líder de torcida — diz Karin.

Eu sacudo a cabeça.

— Você é bonita o suficiente, sim. E dizer que todas as líderes de torcida são burras é como dizer que todos os gênios são nerds. Olhe só para Tash!

— Eu sou meio nerd — diz Tash com um meio-sorriso.

— Não é, não! De qualquer modo, ser líder de torcida é uma forma super de conhecer caras. Vamos lá. Não há nenhum risco em tentar.

— Só a completa mortificação social — diz Karin.

— Você vai ser uma ótima líder de torcida — garanto. — Nós vamos torcer para você nos testes!

— Você seria uma ótima líder de torcida — acrescenta Tash.

Karin se vira para Joelle.

— O que você acha?

Joelle aperta os olhos.

— Se você nos trocar por suas amigas de torcida, eu vou ficar com raiva.

Os olhos da Karin se arregalam.

— Eu nunca abandonaria as minhas amigas!

— Então, vai com tudo — diz Joelle.

— Vai com tudo — repito.

A Karin sorri.

— Está bem. Acho que vou tentar.

Ivy vai ficar tão orgulhosa de mim. Acabei de salvar Karin. Eu sei disso.

Capítulo treze

Segunda-feira, 26 de maio • • • Terceiro ano

— Eu a vejo na nossa mesa na hora do almoço! — grita Karin para mim no corredor antes do quarto tempo. Yes! Acho que não vou me sentar sozinha afinal de contas.

Depois de encontrar um assento na aula de francês, eu desligo, pensando na minha nova vida. Antes de hoje, meus almoços eram normalmente no Subway, onde Bryan e eu nos sentávamos à mesa mais distante perto da janela. Bryan pedia maionese extra. Eu pedia mostarda extra e normalmente a deixava cair na minha camisa. E na camisa dele. Ou íamos no carro dele ao drive-through do McDonald's e comprávamos dois McLanches Feliz, com ketchup extra para as batatas. Ou, às vezes, se minha mãe tivesse feito algo gostoso na noite anterior, o que era raro hoje em dia, eu embalava duas porções e nós as comíamos do lado de fora no banco de madeira. O nosso banco. Até entalhamos nossas iniciais nele no primeiro ano. *BTS + DAB*. Éramos sempre só nós dois.

Bryan teve uma inflamação de garganta durante uma semana no segundo ano. Eu me sentei com Karin, Joelle e

Tash na segunda e na terça, mas quando chegou quarta, o clima estava constrangedor, e eu comi sozinha na biblioteca.

Eu era tão patética.

Nós dois éramos. Ele continuou amigo do Jerome e ainda jogava beisebol, mas, na maior parte, era tudo ligado a mim.

No verão passado, a mãe dele o fez ir a um cruzeiro de dez dias pela América do Sul para o aniversário de 50 anos de casamento dos avós, e todos os primos e tios e parentes foram convidados. Esposas e maridos e noivos. Todo mundo oficial. Todo mundo menos eu. Ele passou a viagem inteira na sala de computador me mandando mensagens. Depois disso, a mãe do Bryan disse que nunca mais faria aquilo. Que ele foi a infelicidade em pessoa o tempo inteiro. Ela disse que da próxima vez que eles saíssem de férias em família, ou me levariam junto ou o deixariam em casa.

Eu fecho brevemente os olhos. Acho que ele já superou isso agora. Aposto que, nesta nova realidade, ele passou momentos incríveis no cruzeiro. Devi quem?

Eu giro o lápis entre os dedos enquanto a aula se arrasta. É bom que, a essa altura, as aulas não contem. A faculdade Estúpida Estadual — também conhecida como Stulen Estadual — já me aceitou. Não que isso seja uma realização. A taxa de aceitação é de cem por cento — eles aceitam qualquer um.

Humm. Talvez eu não tenha que ir para a Stulen. Cal me ajudou a me livrar do Bryan e a me reaproximar das minhas amigas. Talvez ela também possa me ajudar a entrar em uma universidade melhor...

Quando o sinal toca, eu guardo os meus livros. No corredor, passo pelo comitê vendendo ingressos para o "Baile de Formatura Velho Oeste dos Veteranos — próxima sexta-feira!". Eu desvio os olhos o mais rápido possível. Mas então olho de novo. Eu sei que não vou ao baile com Bryan... mas será que eu vou? Talvez eu vá à formatura com outra pessoa. Com Harry, talvez? Ou talvez iremos só as meninas. Quatro melhores amigas em uma limusine. Sem acompanhantes. Quem é que precisa de um acompanhante, de qualquer maneira? Como descobrir sem parecer que eu apaguei nos últimos seis meses? Preciso verificar minhas redes sociais e meus e-mails. Deve haver alguma informação sobre isso por lá. O baile é em menos de duas semanas! Eu jogo os livros no armário.

Assim que ponho os pés no refeitório, procuro minhas amigas. Minhas novas/antigas BFFs. Em vez disso, bato de frente com Harry Travis. Ó. Céus.

Ele está igualzinho ao que me lembro, antes de saber que nós ficamos. Cabelos escuros. Ainda gato. Com a barba por fazer. Ele me dá um olhar intenso e então põe a mão na parte de baixo das minhas costas, de uma maneira familiar demais.

— Ei, gata — diz ele.

Harry Travis está tocando minhas costas! Na escola. No refeitório.

— O-oi, Harry.

Ele vai me beijar aqui mesmo? Ah. Meu. Deus. Ele não pode. Meu rosto ainda está em carne viva. De qualquer modo, Bryan pode ver. Não que Bryan fosse se importar. Este Bryan. O velho Bryan o teria derrubado com um soco.

Mas ainda assim! Isso é esquisito! Muito esquisito! Por que ele está me agarrando no meio do refeitório? Ele está invadindo meu espaço pessoal. Ah, Deus, eu nem sei o que a gente fez. Nós só nos beijamos? Fizemos mais do que isso?

A mão dele está no momento acariciando minhas costas — costas com as quais ele parece extremamente familiarizado. O que mais lhe é familiar? Acho que vou vomitar.

— Quer dar uma volta?

— Humm... não posso. Desculpe! Na verdade, eu tenho que ir — balbucio, me livrando da pegada dele e andando rapidamente na diagonal pelo refeitório e saindo pela porta para o pátio, onde eu vejo o banco de madeira. O meu banco. O nosso banco.

Eu me jogo no assento do banco, e ele ainda me dá a sensação de segurança. Mais segurança que no refeitório. Meus dedos percorrem a madeira para ver se o entalhe do Bryan ainda está lá, mas o banco está liso. Eu engulo o bolo na minha garganta. Será que algum dia isso vai passar? De que adianta se livrar de todo o relacionamento com Bryan se parece que há um bloco de cimento apertando o meu peito?

E agora? Eu deveria ligar para Cal. Eu havia dito a ela que ligaria no almoço. Disco meu número, mas cai direto na caixa postal. O que há com ela? Por que não está atendendo? Ah, droga. Ela almoça no horário do primeiro e do segundo ano, que acabou. Este é o horário de almoço do terceiro e do quarto ano. Não consigo fazer nada direito.

Eu puxo meu telefone e digito: `Oi! Desculpe não ter ligado. Eu ligo depois da aula! Bjs, eu.`

Pode ser estranho mandar beijos para mim mesma, mas eu mereço um pouco de carinho. Um carinho não-Harry-Travis-invadindo-o-espaço-pessoal.

— Ei, Dev — escuto. Meu coração para. Bryan?

Eu olho para cima. É Jerome Cohen. Só Jerome Cohen.

Ele está usando a camiseta verde de sua banda, os Spanks. Ele toca bateria. Quando Bryan e eu ficamos juntos pela primeira vez — quando Jerome estava com Joelle — Bryan também estava pensando em começar a tocar bateria, mas isso nunca aconteceu. Ele estava ocupado demais comigo.

— Nós podemos dar um tempo aqui? — pergunta ele.

— Quem é "nós"? — pergunto rapidamente.

— Só eu e o Sands. — Ele balança o saco com seu almoço em círculos no ritmo que está na cabeça dele.

Eu pulo do banco como se ele estivesse em chamas.

— É todo seu. Eu preciso... fazer umas coisas. Tchau.

Corro de volta para dentro como se estivesse tentando entrar para a equipe de atletismo. Vejo Joelle e Tash na mesa ao lado da janela. Uma mesa da melhor qualidade. Nada mal, garotas. Eu me sento ao lado delas. Vou pegar algo para comer em um minuto.

— O que acabou de acontecer? — pergunta Joelle.

— Com o quê?

— Com Jerome! Eu vi você conversando com ele lá fora. Ele falou alguma coisa sobre mim?

Eu sacudo a cabeça.

— Sinto muito.

Ela encolhe os ombros.

— Você realmente deveria ter ido comigo ao show ontem à noite. Ele arrasou na guitarra.

Hein?

— Ele não é o baterista?

Ela me lança um olhar estranho.

— Nããããooo. Bryan Sanderson é o baterista.

— Desde quando? — dou um grito agudo.

— Desde... sempre? Sei lá. Você já foi aos shows. Não se lembra? Foi onde ele e Karin ficaram.

Informação demais.

— Cadê Karin? — pergunto, tentando manter o suco Kogurt desta manhã no estômago. — Ela disse que nos encontraria aqui, certo?

— Ela tem treino de torcida no almoço às segundas-feiras.

— Ela é líder de torcida? — pergunto. — Desde quando?

Elas duas olham para mim de um jeito estranho.

— Nós só fomos a todos os jogos dela — diz Joelle.

— Fomos? Quero dizer... nós fomos! É claro! Só estou brincando. Há-há! — Minha mente está a mil. Karin não era líder de torcida. Isso eu teria percebido. Essa mudança tem que estar relacionada a Cal.

Meu estômago ronca, e eu peço e como um pedaço de pizza — de cabeça para baixo, é claro —, me perguntando o tempo inteiro o que a Cal disse para fazer isso acontecer. Estamos prestes a juntar nossas coisas e voltar para nossos armários quando eu vejo Karin saltitando na nossa direção, seus cachinhos voando.

— Oi! — cantarola ela. — Queria falar com vocês antes de o sinal tocar... — Ela se joga ao meu lado.

Eu fico olhando. Ela parece... diferente de hoje de manhã. O que está acontecendo?

Ela sorri e pega uma das minhas batatas.

Ela está comendo batatas fritas?

O que há de estranho nela? Mudou os cabelos ou alguma coisa assim? Eu a olho dos pés à cabeça. Os braços e as pernas dela não estão parecendo tão frágeis. Eles têm mais carne. Como costumavam ter quando éramos calouras. E estão bronzeados. Muito bronzeados. Está ensolarado lá fora, mas não *tão* ensolarado.

— Como é que você está tão... bronzeada? — pergunto.

— Não estou mesmo — diz ela, sacudindo a cabeça. — Eu estava justamente pensando que preciso fazer uma visita ao salão de bronzeamento artificial. Alguém quer vir comigo depois das aulas?

— Não, eu passo — diz Joelle. Tash e eu balançamos a cabeça.

Mas há algo mais. O rosto de Karin parece diferente. Mais redondo. Suas bochechas estão mais cheias. Ela definitivamente parece mais saudável. Mas não é isso.

— Karin! — grito. — Seu nariz! — O nariz dela está perfeitamente reto. Perfeitamente. Reto. E fino. O que aconteceu com a curva? O que aconteceu com a largura?

Os dedos dela tremulam até o rosto.

— Aconteceu alguma coisa durante o treino? Diga que não!

— Não aconteceu nada — diz Joelle. — Ele está ótimo.

— É só que ele parece tão reto — deixo escapar. — E fino.

Ela tira a mão e ri.

— Ótimo. Não foi barato.

Ah. Meu. Deus. Encosto minhas mãos na mesa para que elas parem de tremer.

— Karin, me diga de novo, quando você operou?

— Meu aniversário de 16 anos. Lembra? Você levou um bolo para o hospital.

— Certo — digo. Quanta consideração da minha parte.

— O Dr. Honig é o melhor — diz ela. — Nós também o agendamos para meu presente de formatura.

— Seu o quê? — Tenho um mau pressentimento em relação a isso.

— Você sabe — diz ela e então baixa a voz. — Meus peitos.

Ah, Deus. Ah, não.

— Tenho que pegar uma coisa no meu armário — digo ofegante para as meninas, e saio correndo do refeitório. De volta ao meu armário, escorrego para o chão, puxo meu telefone e aperto enviar.

Cai direto na caixa postal. Eu desligo e digito um texto em vez disso.

`Cal!` escrevo. `Que &%#* você fez?`

Capítulo quatorze

Segunda-feira, 12 de setembro • • • Primeiro ano

Estou sentada nas arquibancadas do ginásio com Joelle e Tash, vendo Karin fazer o teste, quando meu telefone toca. É meu número.

— Oi! — digo. — Acabei de ligar meu telefone. Você se esqueceu de mim no almoço?

— Acho que você não...

O resto da frase dela é abafado pelas competidoras gritando a plenos pulmões:

— *Entrei no rio! E comecei a me afogar! Pensei: Florence Fins! E não podia afundar!*

Karin está arrasando. Ela definitivamente vai entrar para a equipe. Eu sou um gênio.

— Repita o que você disse! — grito. — Está barulhento aqui!

— Eu...

— *Disse um, dois, três, quatro, cinco, com os Florence Fins eu não brinco, disse seis, sete, oito, nove, dez, vamos começar a torcida outra vez!*

Eu tapo a orelha que não está com o celular encostado.

— Desculpe, não ouvi de novo. Repete?

— Onde você está?

— Nos testes para líder de torcida!

— O quê? Por quê?

— Na verdade...

— *Entrei no rio! E comecei a me afogar! Pensei sobre os Blue Hill Lions e desta vez afundei! Disse um...*

— Isso é ridículo! — berra ela. — Vá para um lugar silencioso!

— Espere aí, mandona... — Eu me viro para Tash e Joelle. — Volto já. — Eu saio das arquibancadas e vou para o corredor. — O que houve? Onde você está?

— Estou andando para casa e pegando um pouco de ar fresco — explode ela. — Não ferrando com o futuro como você.

O-ou.

— Do que você está falando?

— Viu meus textos?

— Não. Espere um segundo. — Eu afasto o telefone e procuro. Dois textos. O último não é tão carinhoso quanto o primeiro.

— Diga-me o que você fez com Karin. E que tem a ver com líder de torcida.

— Eu a salvei! — digo. — Por quê? O que houve? Ela se machucou torcendo ou algo assim? Ela não quebrou uma perna, quebrou?

— Por que raios você está nos testes para líder de torcida? — pergunta ela. — Não estou entendendo o que aconteceu. Pode começar do começo?

Eu mudo o telefone para a outra orelha, respiro fundo e conto tudo o que aconteceu do almoço até agora.

— Bem, ela vai conseguir — diz Ivy quando eu termino. — Ela ainda é líder de torcida.

Funcionou! Funcionou! Uhuu!

— Isso é ótimo! Ela ainda tem um distúrbio alimentar?

— Não.

É! Eu a curei!

— Então qual é o problema? Eu fiz o que devia fazer, não fiz? Espere? Ela nos rejeita? Fica toda obcecada com as amigas de torcida e se esquece de nós?

— Também não.

— Então por que você parece tão chateada?

— Ela fez plástica no nariz.

Eu quase deixo o telefone cair.

— Ah.

— Ah, é.

— Mas por quê?

— Sei lá. Estou presumindo que tenha algo a ver com ser líder de torcida.

— Mas ela não tem nariz grande — digo, ainda sem acreditar.

— Ela sempre achou que tinha.

— Mas não tem!

— Agora é tarde demais!

— Não sei o que dizer. — Mordo o lábio inferior. — Mas talvez não seja tarde demais. Talvez eu possa consertar. E, de qualquer modo, uma plástica no nariz é melhor do que um distúrbio alimentar, não é?

— Acho que sim — diz Ivy. — Relativamente mais saudável. O corpo dela definitivamente parece mais saudável. A pele, não. Parece couro.

Eu faço uma pausa.

— Não faço ideia do que isso significa.

— Ela está bronzeada. Bronzeada artificialmente. Parece que vive em uma cabine de bronzeamento.

— Isso ainda é melhor do que ser anoréxica — digo. — Eu ainda a ajudei. Não ajudei?

— Não tenho tanta certeza. Adivinhe o que os pais vão dar para ela de formatura?

— Um carro? — quão ótimo isso seria? Talvez eu também ganhe um!

— Uma plástica nos seios.

— Uma o quê?

— Uma plástica nos seios.

Eu não previ isso.

— Ops.

— É, ops. Um grande ops.

— Juro que não sabia que isso ia acontecer — digo.

— Tenho certeza de que não. E eu entendo por que você a impediu de fazer o teste para a equipe de ginástica. Mas, de agora em diante, você deve me informar sobre qualquer mudança no passado antes. E acho que acabamos de ter uma aulinha de viagem no tempo, não acha? Tentar consertar as coisas pode realmente bagunçar tudo.

— Droga — digo. — E agora?

— Você precisa impedi-la de fazer o teste para a torcida.

Ainda posso ouvir os gritos vindo de dentro.

— Acho que é tarde demais. E, de qualquer maneira, cirurgia plástica ainda é melhor do que anorexia.

— É, mas os dois são meio que uma porcaria. Você vai ter que discutir essas coisas comigo.

— Mas e o resto da lista? As 72 coisas que temos que consertar?

— Eu dificilmente diria que Karin foi consertada. E não sei mais sobre o resto... E se você piorar as coisas? Vamos deixar a lista quieta por enquanto. E, de agora em diante, você tem que me avisar sobre tudo. Tudo.

É, ela já mencionou isso. Três vezes. Eu troco os pés de posição. Só porque ela é mais velha, isso faz dela a chefe?

— Mas...

— Nada de mas. Karin vai operar os seios, e é tudo culpa sua — explode ela.

— Ela ainda não operou. Talvez você possa convencê-la a não operar.

— Vou ter que consertar sua confusão de algum modo, não vou?

Eu reviro os olhos. O que ela sabe? Ela nem tinha amigos dois dias atrás. Há mais gritos atrás da porta.

— Acho que devo voltar lá para dentro. Diferentemente de você, eu quero dar força às minhas amigas.

— Ah, Deus! — Eu ouço uma respiração agora. — Eu tenho que ir. É o Bryan.

— Mas vocês terminaram... Quero dizer...

Ela desliga.

E agora, o que eu faço? Não posso deixar minha melhor amiga virar uma viciada em cirurgia plástica. Preciso consertar isso. Eu preciso de um plano.

Capítulo quinze

Segunda-feira, 26 de maio • • • Terceiro ano

Estou na Fleet, entre a escola e minha casa, e Bryan está meio quarteirão na frente, ao lado de uma placa de "Pare". Ele está usando a camisa verde — minha cor favorita nele — e está sorrindo. Posso ver as covinhas daqui. Bryan, o meu Bryan.

Exceto pelo fato de ele estar de mãos dadas com Celia King. Eu paro imediatamente. O quê. Ele. Está. Fazendo? Por que ele a está tocando? Nós odiamos Celia! Ela é irritante! A única coisa que gostamos nela é o fato de termos nos conhecido na casa dela! Tirando isso, nós a consideramos uma baladeira esnobe que usa glitter demais e que transforma todos os elogios que faz em insulto.

Ele se inclina. E a beija.

Ah. Meu. Deus.

Minhas pernas congelam. Meus braços congelam. Meu sangue é gelo líquido. Ele já não fez estrago suficiente? Está tentando me fazer ter um ataque cardíaco? Ele ergue a mão e a passa na parte de trás dos cabelos dela, como faz comigo.

Como fazia comigo. Ou como ele não fazia mais comigo. Dou dois passos para trás, como se ele tivesse me dado um chute no estômago. Preciso me sentar. Preciso ir para casa. Se eu bater os meus saltos um no outro, consigo ir para casa? Por favor? Coisas mais estranhas do que isso aconteceram esta semana.

Eu tento. Não funciona.

Eu preciso correr. Para casa. Agora. Viro na esquina seguinte, um trajeto um pouco maior para casa, e corro. Meus olhos estão ardendo com as lágrimas, mas eu não vou chorar. A imagem deles se beijando ainda está queimando meus olhos. Mas não vou chorar. Se eu conseguir chegar em casa, não vou chorar.

Meu coração bate zangado contra minhas costelas, mas eu não paro até estar na minha casa, no meu quarto, na minha cama.

Nunca achei que me sentiria tão enjoada. Vê-lo com outra garota — imaginá-lo com outra garota — é ainda pior do que ele ter terminado comigo. É pior do que qualquer coisa.

Eu tenho um segredo. Menti para Cal.

Bryan nunca me traiu.

O que mais eu deveria dizer? Ela não estava me escutando! Ela teria saído com ele. Eu tinha que lhe dizer algo que ela pudesse entender. Algo ruim. Era melhor do que inventar algo pior, tipo que ele era viciado em drogas ou um assaltante de bancos ou sei lá o quê.

Eu não teria dito isso. Apesar de ter passado pela minha cabeça.

Mas de que outra forma eu poderia explicar? Você não pode entender o que é ter seu coração pisoteado até ter passado por isso.

Ela não teria entendido a verdade: que ele terminou comigo não porque não me ama — foi o que ele disse —, mas porque quer ver quem ele é sem mim. Porque, apesar de termos decidido ir para Stulen juntos, ele decidiu experimentar uma coisa nova, uma outra coisa, uma coisa diferente. Porque ele achou que estava na hora de uma mudança. Porque o pai dele o convenceu a ir para uma universidade em Montreal, onde ele mora, e onde as notas do SAT não têm importância. Porque ele fez planos que não me incluem. Porque ele vai me deixar. Sem nada.

— Quem sabe? — disse ele na noite do nosso rompimento. — Se fomos feitos um para o outro, talvez a gente volte algum dia. Mas no momento, é isso o que eu tenho que fazer. Não tem a ver com você. Tem a ver comigo.

Mas o problema era esse, não era? Tudo o que eu fazia tinha a ver com ele.

Eu me viro de costas e bato com os punhos fechados no edredom.

Quem te ama não te deixa. Estou melhor sem ele.

E agora ele tem uma nova namorada. Ou uma velha namorada. É claro que ele tem uma namorada. Por que não deveria? Só porque eu não tenho fotos dele no meu quarto não quer dizer que outra pessoa também não tenha. Fico imaginando há quanto tempo eles estão juntos. Será que estão apaixonados? Ele gostava dela quando estava comigo?

Talvez eu estivesse certa, afinal de contas. Talvez ele *tenha* me traído. Canalha.

Fico imaginando o que terá acontecido com todos os outros porta-retratos que joguei fora. Ele também sumiu daquelas fotos? Eu vasculho o lixo e as puxo para fora.

São todas de Karin, Tash, Joelle e eu. Nós, erguendo palitinhos japoneses e comendo sushi. Nós do lado de fora de um baile da escola. Nós em sacos de dormir, fazendo bico de beijo para a câmera.

Divertido. Mas e Bryan?

Ele sumiu. Ainda está sumido. E o bolo na minha garganta? Ainda está lá.

Eu olho para o meu pulso nu. Levanto os olhos para o meu quadro de avisos. Há fotos minhas e das meninas, cartões de aniversário que não me lembro de ter recebido, colagens de palavras e fotos que eu não entendo ou de cuja importância não me lembro. Uma foto da cabeça do Harry Travis em um corpo desenhado.

O cartão que Bryan fez para mim para nosso aniversário de dois anos de namoro. Sumiu. O cartão que ele comprou para mim no Dia dos Namorados. Sumiu. A carta de aceitação da Estúpida Estadual que estava presa no meu quadro de avisos. Sumiu.

Espere um segundo. Eu fico sentada em um pulo. Em vez da folha de papel branco me parabenizando por entrar na Estúpida, preso com uma tachinha no meu quadro de avisos, está um papel verde-limão.

Ele diz *Parabéns! Você foi aceita na Ballor State!*

Eu fui?

Pulo e o arranco do quadro. É. Ele definitivamente diz que eu fui aceita na Ballor. Claro, a Ballor é uma universidade de quarta categoria, mas é melhor do que a Stulen. Eles não aceitam todo mundo.

Mas como *isso* aconteceu?

Talvez... porque eu não tenha passado todo o tempo com Bryan, e sim ficado mais tempo estudando. E, por passar mais tempo estudando, tirei notas melhores e entrei para a Ballor.

Maya estava certa o tempo todo.

Se eu me dedicar desta vez, não preciso ter uma média B-. Posso ter uma média A. Ou uma média A+. Maya não tem que ser a única garota Banks a entrar para uma boa universidade. Eu também posso.

Ao não namorar Bryan, posso mudar mais do que a história do meu relacionamento. E a história das minhas amizades. Posso mudar minha aprovação nas universidades.

Com Cal do meu lado, posso estudar em qualquer lugar que quiser. Na UCLA, talvez. Por que não? Se Maya pode, por que eu não posso? Não preciso ser apenas a garota Banks bonita. Também posso ser a inteligente.

Há um milhão de possibilidades.

Nem preciso refazer minha prova de classificação nem nada. Só preciso instruir Cal sobre o que fazer de maneira diferente e então ver a carta de aprovação mudar na minha parede.

É! Desta vez, não vou deixar um garoto qualquer me distrair e me impedir de ser alguém. De jeito nenhum. Desta vez, não vou deixar um garoto que vai me dispensar de qualquer jeito destruir o meu futuro. Desta vez, vou me concentrar na escola e entrar para uma ótima universidade.

Desta vez eu tenho um plano.

Eu ligo para Cal imediatamente.

— Adivinhe para onde nós vamos?

— Posso fazer xixi primeiro? Cheguei em casa há dois segundos.

— O importante é que você está em casa. Porque você tem trabalho a fazer. Você vai para a UCLA!

— Quer dizer, no fim de semana? Para visitar Maya?

Eu rio.

— Não, tolinha. Quero dizer depois. Daqui a quatro anos.

— Eu vou?

— Vai! Você vai. Você vai mudar a nossa vida, para melhor. Antes de mim, você não ligava para a escola. Não valorizava seus amigos.

— Eu valorizo, sim...

— Não os valorizava o *suficiente*. Bryan apareceu e a colocou embaixo das asas dele. Claro, ele a carregou no início, mas então ele a jogou em uma grande pilha de lama. Então eu estou aqui para guiá-la. Para lhe dizer do que você precisa. Para salvá-la. Você não só vai se livrar de Bryan e manter os seus amigos, como também vai nos levar para uma universidade decente. Para a UCLA, talvez.

Posso ver nitidamente. A nova eu. Rindo com minhas amigas. Indo para uma ótima universidade, meus cabelos encharcados de sol voando com o vento da Califórnia. Uma eu despreocupada, feliz, superinteligente.

— Para que universidade eu devo ir? Quero dizer, para que universidade você entrou?

— A questão é essa. Nós deveríamos ir para a Stulen.

— Estúpida Estadual — diz ela, sem acreditar. — Você só conseguiu entrar para a Estúpida Estadual? O que você fez, repetiu no penúltimo ano?

— Não, eu não *repeti*. Eu só não *tentei*. Não me importava com a universidade. Só queria estar com Bryan, e ele também não se importava com a universidade — ou era o que dizia —, e nós achávamos que íamos só economizar e... deixe para lá. Acabou. A questão é que, a partir de hoje, eu fui aceita na Ballor.

— Isso é bom?

— É tipo meio degrau acima da Stulen. Mas você vai nos fazer entrar em uma universidade melhor. Uma universidade sensacional. Se Maya pode, por que nós não podemos?

Ela fica em silêncio por um momento, e então ri.

— Porque é Maya quem tem o cérebro.

— Não diga isso! É uma coisa horrível de dizer. Você é inteligente. Eu sou inteligente. E tudo é possível, não? Se eu posso conversar comigo no passado, com certeza posso entrar para a UCLA!

— Muito bem, espertinha, então como exatamente nós vamos entrar para a UCLA?

— Vamos ver — digo, pensativa. — Maya tinha média A.

— Você acha que eu também posso conseguir isso? — pergunta ela. — Eu não tinha média A nem no ensino fundamental.

— Vai ter que estudar muito. Mas você consegue. Quais são mesmo as suas matérias?

— Inglês, álgebra, história, economia, química, francês e... estou me esquecendo de alguma coisa. Ah, educação física.

— Está bem. Vamos pensar nisso com calma. Seu problema em inglês é que você nem sempre termina o livro a tempo. Esse é o truque. Leia o livro antes da aula. Se fizer isso, vai tirar muito mais dele, e então vai ser capaz de tirar 10 na redação.

— É claro que eu posso fazer isso. Estou lendo *Jane Eyre* agora. Por que eu não terminaria o livro? Eu gosto de ler.

— Você gosta? Ah, é, você gosta. Mas gosta mais de ficar com seu namorado. Mas agora você vai terminá-lo hoje, quando desligarmos o telefone — ordeno.

— Hoje à noite? Mas nós vamos para a casa da Karin e...

— Não tem tempo para Karin — digo. — Você tem que estudar.

— Mas...

— Nada de mas, Cal! Você quer que isso dê certo ou não? — Como ela não fala nada, eu continuo: — Próxima. Álgebra. Essa é fácil. Preste atenção! E se não entender um conceito, faça aulas particulares com outro aluno. Se você entender o que estão dando na aula, vai se sair bem nas provas. Próxima.

— História.

— Certo! Isso não é problema. Karin gravava todas as aulas nessa época?

— Grava. Todas.

— Ela ainda faz isso. Ela está na minha turma de história mundial este ano. Não que a gente sente junto. Quero dizer, não costumávamos sentar quando Bryan e eu... — Eu limpo a garganta. — Está tudo bem agora. Você parou de estudar com Karin quando começou a passar tempo demais com Bryan, mas isso não vai mais ser um problema, então está tudo bem. E é a mesma ideia de álgebra: se entender os conceitos, vai gabaritar. Tente não só decorar as datas. Próxima.

— Economia.

— Você só precisa ler os capítulos que ele mandar. As provas e os testes saem direto do livro. Próxima?

— Química.

— Mamão com açúcar. Tash vai ajudá-la. Ela vai fazer faculdade de medicina na Brown, sabe.

— Ela vai? Isso é tão sensacional! Conte-me mais! E a Karin e Joelle? Para onde elas vão?

— Pelo que eu ouvi na escola, Joelle vai para a FIT...

— Isso é fantástico. Ela ainda usa as roupas mais maneiras do mundo?

— Sim. Ela faz a maior parte das roupas que usa, agora.

— Uau. E Karin?

— Karin vai para Buff State, pelo que eu ouvi dizer. Mas o assunto ainda não surgiu nas conversas, então presumo que ainda seja isso.

— Legal. Bom para elas.

É, bom para elas. Elas foram em frente com a vida. Todo mundo foi em frente. É hora de eu correr atrás e ir também. Em frente até a UCLA!

— Agora, onde estávamos?

— Francês.

— Humm — murmuro. — Essa é difícil. Ninguém fala francês a não ser... — A não ser Bryan. Tendo morado em Montreal, ele é bilíngue. Bryan costumava falar comigo em francês quando estava tentando ser fofo. Mas eu não vou pedir ajuda a ele. Não desta vez. Nunca. — Você simplesmente vai ter que se concentrar. E fazer o dever de casa.

— Fazer o dever. Entendi.

— Você está anotando isso tudo, certo? — pergunto.

— Onde?

— No seu caderno! Lembra?

— Lembro.

Abro a gaveta da minha escrivaninha, puxo o caderno verde para ver se ela está realmente anotando. Não.

— Mentirosa.

— Espere aí — suspira ela. Eu a ouço vasculhando para encontrá-lo. As palavras aparecem na página. — Pronto. Próxima?

— Educação física. Quem você pegou mesmo? O Zetner?

— É.

— Não é muito difícil. Você não tira 10, mas, se eu me lembro corretamente, também não se sai tão mal. Não é como se tivesse dever de casa.

— Então, o que eu faço? Nada?

— Só se esforce mais. Você não se esforça muito. Se tentar um pouco, aposto como pode tirar 10.

— Vou tentar em educação física. Próxima?

— SATs. Maya teve 98 por cento de acerto.

— Isso é superalto. Qual foi o seu percentual?

Minhas bochechas ficam quentes.

— Não foi 98.

— Então eu preciso ter uma boa média e uma nota alta. Super. Posso me preocupar com o SAT quando estiver no penúltimo ano, então?

— Os atletas olímpicos começam a treinar um ano antes de competir? De jeito nenhum. Você precisa começar a se preparar agora. — Enquanto eu digo isso, meu pai passa pela porta, ainda de roupão. Alguma hora ele se veste?

Ela realmente vai ter que se concentrar na nota do SAT. Como Maya, eu vou precisar de uma bolsa de estudos, se quiser ir para uma universidade renomada. Meus pais definitivamente *não* podem bancar isso.

— Como é que eu faço isso, exatamente? — pergunta ela, me trazendo de volta para o presente. Ou para o presente-passado. Tanto faz.

Humm.

— Seu ponto fraco era realmente o verbal. Sabe, essas palavras malucas. Tipo "aglutinar".

— O que isso significa?

— Exatamente o que eu quero dizer. Talvez, se começarmos agora, você seja um gênio verbal. — Se memorizar uma palavra por dia, ela pode ter o vocabulário de um professor universitário de literatura a tempo para o SAT. — É! Excelente ideia!

— O que é? — pergunta ela nervosa.

— Decorar uma palavra do SAT por dia. Quando você estiver no penúltimo ano, vai saber o dicionário inteiro.

— Começando quando?

— Hoje, é claro. Com "aglutinar".

— O que isso significa?

— Um segundo — digo e vou para o antigo quarto da Maya. Na estante dela há uns vinte livros de preparação para o SAT (nunca abri nenhum deles). De acordo com o livro SparkNotes de preparação para o SAT, significa "engrossar, compactar".

— Pode usar isso em uma frase?

— O suco de laranja que sobrou no meu copo aglutinou e virou uma crosta de sujeira.

— Isso é nojento.

— É, bem, eu não vou beber. — Eu me sento na antiga cama da Maya e folheio o livro. Por que eu nem me preocupei em estudar da primeira vez? Eu me lembrei do dia da prova, do surto de esperança que senti de que talvez eu pudesse tirar 10 sem me preparar. Eu surpreenderia todo mundo. Surpreenderia a mim mesma. — Você anotou isso? — pergunto a ela.

— Anotei — diz ela e eu a ouço rabiscando.

— Agora, voltando a nós. E a entrar na UCLA. Não tem a ver com tirar 10.

— Não tem?

— Não — digo com desgosto. Meu barquinho sem rumo não sabe de nada. — Você vai estar ocupada.

— O que devo fazer?

— Coisas. Você precisa fazer coisas.

— Pode ser mais específica?

— Posso. Você precisa de um currículo diversificado. Para entrar em uma boa universidade, você precisa fazer atividades extracurriculares.

— O que Karin, Joelle e Tash fazem? No último ano, quero dizer.

— Vamos ver... Karin era ginasta, mas aparentemente ela é uma líder de torcida com uma plástica no nariz...

— Sinto muito sobre isso — diz ela timidamente. — Mas é melhor que um distúrbio alimentar. E eu vou pensar em um plano para ajudá-la.

— Nada de planos sem me consultar — lembro a ela. — Tash está em alguns dos clubes de ciências.

— Elas têm namorado?

— Karin tem. Um cara chamado Stevey que ela conheceu no shopping. Ele estuda na Florence East. É muito gatinho. Ele é o melhor nadador da escola dele, ou algo assim. Mas acho que Tash não saiu com ninguém.

— Sério? Ninguém? Isso é triste. Ela ainda é tímida?

— É. Nunca fala dos caras de quem ela gosta. Ela se concentra nos estudos. Não é fácil entrar na Brown, sabe.

— E Joelle? — pergunta ela.

— Ela é editora do livro do ano — respondo.

— Ah, ela entrou para a equipe esta semana! Isso é tão emocionante. Algum namorado?

— Ela esteve com Jerome Cohen por alguns meses no primeiro ano. Mas é só o que eu sei.

— Sério? Ela está? Quero dizer, ela esteve? Isso é tão legal! Ela é apaixonada por ele!

— Eu me lembro — digo. — Acho que ajudamos a juntá-los. — Enquanto as palavras saem da minha boca, eu fico imaginando se talvez daqui por diante eu não deva contar tanto a ela sobre o futuro. No caso de o futuro acabar que nem o nariz da Karin: em construção.

— Ah, divertido! Como?

Não vai acontecer como aconteceu antes, de qualquer modo. Acho que posso contar.

— Ele pede a Bryan para me perguntar se ela gosta dele. Quem sabe? Talvez sem mim e Bryan eles não saiam.

— O quê? Isso é tão triste! Ela gosta dele de verdade! Eu não quero que ela não saia com Jerome só porque Bryan nos traiu. Isso é tão injusto.

Certo. Ok.

— Nós não temos certeza de que eles não saem. Talvez ele peça os detalhes para outra pessoa. Deixe-me descobrir se alguma coisa mudou antes de nos sentirmos mal, está bem? — Da próxima vez vou ficar de boca fechada.

— Tudo bem — diz ela.

— Agora, voltando a você. Precisa de alguma atividade extracurricular. Quer tentar ser líder de torcida também?

— Não. Primeiro, eu não sou tão animada. Ou flexível. Segundo, os testes foram hoje. Eu não fiz. E não quero acabar com uma plástica no nariz também.

Eu afasto as pernas em um V e me esforço para abri-las inteiramente.

— Consegue fazer um espacate?

— Humm, não. Você consegue?

— Não! Mas eu conseguia. Tem certeza de que não consegue? Tente.

Ela geme.

— Eu acho mesmo que não...

— Só tente!

Eu a ouço se revirando e então um "Ai!".

— Não. Eu não consigo — diz ela.

— Antigamente a gente conseguia.

— Quando tínhamos 6 anos.

— Ainda assim! — digo. — O que houve com a gente? A "nós" de 6 anos conseguia. Aposto que, se a "nós" de 6 anos fizesse isso todos os dias, nós ainda conseguiríamos fazer.

— Então ligue para nós aos 6 anos — resmunga ela.

Faço uma pausa.

— Eu ligaria, se pudesse.

— Que outras atividades extracurriculares eu posso fazer? — pergunta. — Uma que não envolva transformar meu corpo em um *pretzel*.

— Que tal o livro do ano?

— Parece chato.

— Não, vai ser como fazer um livro de recortes.

— Eu faço livros de recortes?

Eu fiz um. Há muito tempo. Em um mundo que não existe mais.

— Você pode trabalhar com Joelle — digo, em vez disso.

— Acho que sim. Mas acho que a inscrição foi na semana passada.

— Confie em mim, eles não vão se incomodar se você entrar. É o livro do ano. Não há testes para entrar.

— Acho que Joelle tem uma reunião do livro do ano durante o almoço amanhã.

— Perfeito! Você também vai.

— Ótimo. Isso basta?

— Por hoje! Rápido: aglutinar! Use em uma frase!

Ela limpa a garganta.

— O meu cérebro está começando a aglutinar.

Capítulo dezesseis

Terça-feira, 13 de setembro • • • Primeiro ano

Quando o sinal do almoço toca, eu grito para Joelle:

— Você vai para o livro do ano?

— Vou. — Ela abre um sorriso grande. — Quer vir?

— Eu estava pensando nisso.

Tradução: Ivy está me forçando a fazer isso.

Ela também está me forçando a fazer teste para a peça da escola, *A Bela e a Fera*, na qual eu muito provavelmente vou ser escalada para ser um prato, já que não tenho nenhum talento.

— Super! — Ela agarra uma pasta prateada na qual está escrito *Livro do Ano* debaixo do braço. — O que a fez mudar de ideia?

— Ah, você sabe... — digo. — Inscrições para a universidade.

Ela cai na gargalhada.

— Sério? Está pensando nisso agora? No primeiro mês do ensino médio?

Acho que parece mesmo loucura. Encolho os ombros.

— Nunca faz mal planejar com antecedência.

Ela passa o braço em volta dos meus ombros.

— Eu não sabia que você era tão determinada.

Eu também não.

— Onde é a reunião?

— No porão — diz ela.

Eu não sabia que havia um porão. No final do corredor, Joelle e eu descemos as escadas. Entre o escritório do jornal da escola e o clube de francês fica a sala do livro do ano. É uma sala quadrada de concreto que abriga alguns computadores e uma mesa do tamanho de uma mesa de jantar. Há cerca de dez de nós aqui, a maioria estudantes do segundo ano. Joelle e eu vamos para o fundo da sala.

— Então, você quer ser editora do livro do ano algum dia, ou algo assim? — pergunta ela, jogando os cabelos.

— O quê, eu? Não. Você vai ser... — Paro no meio da frase. Ela ainda não sabe que vai ser editora do livro do ano, então eu provavelmente não deveria dizer a ela.

— Eu vou ser o quê?

Aponto para a pasta dela.

— Você vai ser a melhor integrante do livro do ano de todos os tempos.

— É — diz ela com um sorriso. — Não precisa nem dizer.

— Pode me mostrar o que eu tenho que fazer? — Ou talvez eu possa poupar tempo e perguntar ao meu eu do futuro o que já fiz. Brincadeira.

— A Joy vai nos dizer — diz ela.

Joy, a lourinha veterana sentada à mesa do professor, acena.

— Ei, obrigada por virem!

— O prazer é meu — digo.

— Por que vocês não começam olhando livros do ano antigos para tirarmos ideias para layouts de páginas? Além disso, se alguém tiver alguma ideia para levantar fundos, avise-me assim que possível. Nós somos pobres, pessoal, e precisamos de ajuda.

— Parece bom — digo, e ela me entrega os livros dos últimos cinco anos.

Nós começamos imediatamente. A maioria é dividida da mesma maneira: corpo docente, algumas páginas para cada ano, e então cerca de quarenta páginas para os veteranos. Cada formando tem um quarto de página para escrever sua declaração. A maioria é constituída de citações e ditados, tipo *Carpe diem*, e letras de músicas de "Lost In The Wind" e mensagens para amigos, tipo "hrrarno escurinho V/W" e "GH: pelo Roxo". Ou a declaração de 5 anos de idade de Erika Pallick para MX: 1º amorverdadeiro. Vcehtdopmim". Ou a da Lisa Viergo: "Para Kayla, minha BFF: VlwPorMeS2Tanto & MeConhecerMlhr q eu msm".

Fico imaginando o que aconteceu com Erika e MX. Ele ainda significa tudo para ela? Eles foram juntos para a faculdade? E será que Lisa e Kayla ainda são melhores amigas? Ou perderam o contato quando foram para a universidade?

— Alguma ótima ideia? — pergunta Joy, agachando-se ao meu lado.

— Eu queria que a gente pudesse fazer uma sequência com algumas dessas pessoas. Ver o que aconteceu com elas — digo.

Joy inclina a cabeça de lado.

— Não pode só procurá-las no Google?

— É... — admito. — Mas aí eu me sentiria como se as estivesse espionando. E seria legal ter isso impresso.

Joelle tamborila os dedos em um livro do ano passado.

— Se incluirmos uma página de "Onde eles estão agora?", podíamos começar a vender os livros para ex-alunos. Como uma lembrança. E talvez até conseguir que alguns deles façam doações.

— Exatamente — digo.

— Adorei! — nos diz Joy, batendo palmas. — Vocês duas vão ser minhas estrelas do rock. Já posso ver. Vou arrumar uma lista de ex-alunos e vocês podem começar a mandar e-mails para ver quem tem novidades. Essa definitivamente é uma página que vale a pena fazer.

— Super — digo, apertando o braço da Joelle. O comitê do livro do ano é bem maneiro. Quem diria?

Eu folheio de volta para os comentários dos veteranos. Mal posso esperar para escrever o meu. Quem sabe o que — ou quem — eu vou ficar triste de deixar para trás? Acho que sempre posso perguntar a Ivy. O sinal toca e eu fecho o livro do ano com força. Mas isso meio que tira a graça da coisa.

Capítulo dezessete

Terça-feira, 27 de maio • • • Terceiro ano

— Ei — digo, escorregando para a carteira vazia ao lado da Karin na aula de história mundial.

— Oi — diz ela, a testa se enrugando. — E aí?

Eu jogo meu estojo de lápis na mesa.

— Nada demais. E você?

— Nada. Você tem algo para me contar?

— Humm... não? Eu deveria?

— Então por que você está aqui?

— Por que estou na aula de história mundial?

Ela enrola um cacho em volta do indicador.

— É. Não deveria estar na turma avançada de história mundial do Draker neste momento?

Hein? Ah!

— É! — digo, levantando de um pulo e agarrando meus livros. — É claro que deveria. Só queria lhe perguntar o que vai fazer depois da aula. Quer ir lá para casa?

— Claro — diz ela, acenando. — Vejo você no almoço.

Com a cabeça girando, eu corro de volta para meu armário. É esquisito como mais ninguém parece estranhar as mudanças instantâneas no meu mundo. Para todas as outras pessoas, é só um dia normal. Karin costumava ter aula de história mundial com sua ex-melhor amiga. Aí, ela tinha aula com sua melhor amiga. Aí, sua melhor amiga estava na turma avançada de história. La, la, la. Ela tinha um nariz torto. Não tem mais. La, la, la, la.

Eu fico olhando para meu cronograma de aulas, que está colado com fita adesiva no lado de dentro do meu armário. Eu costumava ter aulas normais. Agora? Todas de colocação avançada. La, la, la, la.

Claro, é confuso, mas... bom trabalho, Cal! É bom que as provas avançadas tenham sido duas semanas atrás, ou eu estaria em sérios apuros. Mas as aulas pós-provas são as melhores. Nós assistimos a *Romeu e Julieta* na aula avançada de inglês.

Estou andando nas nuvens até a hora do almoço, quando vejo Celia e Bryan.

Se beijando. No meio do corredor. Os braços em volta um do outro. As mãos dela nas costas dele.

— Argh! — digo, desviando o olhar. Espero que a saliva deles coagule e os sufoque. Eu gosto mais dela quando ela está insultando os outros.

— O que houve? — pergunta Karin.

— Estou um pouco enjoada.

— Por causa da demonstração pública de afeto da Celia e do Bryan? Eu também.

— Você não gosta dele ainda, gosta? — pergunto. Acho que não posso aguentar isso.

— Nããããoooo. Eu sou louca pelo Stevey.

— Graças a Deus. Quero dizer... que bom. — Dou um tapinha no ombro dela. — Humm, há quanto tempo eles namoram mesmo? — Faço um gesto para o casal de depravados com o queixo.

— Humm, talvez desde fevereiro?

Só três meses. Tome isso, Celia. Eles não têm o que nós tínhamos.

— Não vai durar de jeito nenhum — acrescenta Karin. — Ele é galinha demais.

Agora eu realmente fico congelada. O quê? Ele é? Como foi que *isso* aconteceu? Sorrio para mim mesma. Então isso significa que a única garota com quem ele podia ter um relacionamento de quatro anos era eu?

Conforme passamos por eles no corredor, a mão da Celia desce para o topo do jeans dele, e o sorriso é rapidamente varrido do meu rosto. Vadia.

— Então, fale sobre o baile de formatura — eu peço. Em outras palavras, eu tenho um acompanhante?

— O que é que tem?

Tenho que prosseguir com cuidado.

— Lembre-me quais são os planos...

— A limusine vai pegar eu e Stevey primeiro, e aí nós vamos pegar você e Harry, então vamos pegar a Tash e depois Joelle.

Eu e Harry. Eu vou ao baile de formatura com Harry Travis. Loucura. Mas não vai haver nenhum beijo. Não quero um ralado no rosto nas minhas fotos do baile.

Nós pegamos duas bandejas de ravióli de queijo (pelo menos Karin está comendo!) e nos sentamos na nossa mesa ao lado da Tash, que já está devorando uma salada de frango.

— E aí, moças? — pergunta ela.

— Só estamos discutindo os planos para o baile de formatura — digo a ela.

— Mal posso esperar — diz, revirando os olhos. — Não acredito que vocês estão me forçando a ir.

Karin a cutuca no lado com o cotovelo.

— É claro que a estamos forçando a ir!

— É — acrescento. — Vai ser divertido. Karin, Stevey, você e Joelle, eu e... Harry. — Eu e Harry!

— Não sei por que você não me deixa arrumar um acompanhante para você — diz Karin para Tash. — Pode ser divertido.

— Não quero ser obrigada a passar a noite de papo furado com algum qualquer — diz Tash, sacudindo a cabeça.

— Mas algum qualquer pode ser divertido — diz Karin, olhando em volta do aposento. — E os que são gatinhos ficam bem nas fotos.

Tomara.

Karin ergue sutilmente o queixo na direção de um cara no canto.

— Que tal Nick Dennings? Você tem algumas aulas avançadas com ele, certo? Vocês dois podem conversar sobre experiências científicas. Além disso, ele provavelmente pode levá-la em uma limusine grande.

A mãe do Nick Dennings vendeu seu negócio na internet por um zilhão de dólares no ano passado. Além disso, a acne dele sumiu durante o verão. Ele foi de Gosmento para Gostoso do dia para a noite.

Tash balança a cabeça.

— Ele vai levar a namorada. Uma garota do segundo ano.

— Então, esqueça. — Karin continua procurando. — Jonah Stoller?

— O piercing que ele tem na língua me dá arrepios.

Eu também posso jogar esse jogo!

— Que tal... — Vejo Sean Puttin na fila do almoço. — Sean Puttin! Ele é bem gatinho, se você gostar do visual de Connecticut.

Karin deixa o garfo cair dentro do prato de ravióli.

— Está brincando comigo?

— Por quê? — pergunto. — Qual é o problema?

Tash olha intensamente para o meu rosto e ri.

— É como se você tivesse amnésia, sei lá.

— Certo. Amnésia. Há-há! — Eu me retorço na cadeira.

— Ele é um cretino — diz Karin. — Nós o odiamos.

— É claro que sim! — Rio nervosamente. — Por que é mesmo que nós o odiamos?

— Por causa do que ele disse — explica Tash — sobre você.

Eu largo o meu garfo.

— O que ele disse sobre mim?

— É sério que você não lembra? — pergunta Karin espantada.

— Eu me lembro, eu me lembro... é só que... — Preciso inventar uma explicação para meus lapsos severos de memória. Rápido. — É só que eu... sofri um acidente de carro.

— O quê? — gritam elas.

— Quando? — pergunta Karin, passando o braço em volta dos meus ombros, a preocupação visível no rosto dela.

— Durante o fim de semana — continuo. — Eu estou bem, mas bati com a cabeça. E o médico disse que posso ter alguns problemas de memória. Por alguns dias.

— Por que você não nos contou? — pergunta Karina.

— Eu não queria preocupá-las — digo, baixando os olhos para as minhas mãos. Não acredito que elas estão engolindo essa. Mas acho que parece mais plausível do que viagem no tempo. — Mas, de qualquer modo, vou ficar bem. Vocês só vão ter que ter paciência comigo e preencher as lacunas por algum tempo. Como com Sean Puttin. O que foi que aconteceu mesmo?

Tash encolhe os ombros.

— Talvez seja melhor bloquear algumas coisas.

— Eu tenho algumas coisas que gostaria de bloquear — diz Karin. — Contei para vocês que vi minha mãe e meu pai transando na semana passada?

— Contou — diz Tash. — Você nos contou diversas vezes. E agora eu também não consigo bloquear isso.

— Por favor, contem — imploro.

Karin hesita.

— Foi sobre sua técnica de beijo.

— Qual é o problema com minha técnica de beijo? — Bryan não tinha nenhum problema com minha técnica de beijo. Pelo menos, ele nunca disse nada sobre minha técnica de beijo.

Ela hesita novamente.

— Ele disse que você beija como um peixe.

O meu queixo cai.

— Ele falou o quê? Como é que ele sabe como eu beijo?

Karin e Tash trocam um olhar de Devi-é-um-alien.

— Porque você o beijou. No ano passado. Também bloqueou isso?

Sim. Parece que sim. Como é que um peixe beija? Peixes não beijam. Sean Puttin é um idiota de um mauricinho! Eu *não* beijo como um peixe. A não ser que seja por isso que Bryan tenha terminado comigo. Porque eu beijo como um peixe.

Eu ergo os olhos. Tanto Karin quanto Tash estão olhando para mim.

Acho que eu deveria dizer alguma coisa.

— Esqueçam Sean, então. Nós definitivamente não o queremos na nossa limusine. — Eu mando um texto rápido para Cal: `Não beije Sean Puttin. E cuidado com a barba do Harry! Ela machuca! Bjs Ivy.`

— Esqueçam a ideia de eu ir com alguém — diz Tash, voltando à sua salada de frango. — Joelle não tem acompanhante, então para que eu preciso de um?

Joelle não mencionou no carro outro dia algo sobre esperar que Jerome Cohen a convidasse? E eu não deveria descobrir o que aconteceu com Jerome Cohen, por falar nisso?

— Alguma chance do Jerome Cohen convidá-la? — pergunto, esperando que elas não me lancem outro olhar Devi-está-maluca.

Elas me lançam outro olhar Devi-está-maluca.

Tash funga.

— Se Joelle mencionar Jerome Cohen mais uma vez, eu vou ter que estrangulá-la.

Karin assente.

— Ela realmente precisa esquecê-lo.

Ahá! Então eles saíram.

— Eles saíram há tanto tempo... quando éramos calouras, certo? — Espero que isso ainda seja verdade.

— É — resmunga Tash. — Há um milhão de anos.

— E ela ainda está a fim dele — digo. Acho que estou entendendo.

Tash revira os olhos.

— Você acha?

— Ela deveria ter dito sim para Kellerman — diz Karin. — Ele daria um acompanhante decente para o baile. Desde que não usasse calças de moletom. Vocês acham que ele tem um jeans?

— Não, ela prefere não se comprometer por causa da chance zero de Jerome convidá-la. — Tash balança a cabeça. — Aposto como ele nem vai. Hipsters como Jerome não vão a bailes.

Eu olho em volta do aposento.

— Cadê Joelle, por falar nisso?

Tash pega mais uma garfada da salada.

— Livro do ano, eu acho. Ei, você também não deveria estar lá?

— Deveria? — pergunto.

Karin ri.

— Você não é a coeditora?

— Experimente para eu ver! — pede Karin, deitada em cima da minha cama. — De que cor ele é mesmo?

— Vermelho — digo, abrindo meu armário.

— Sério? Achei que você odiasse vermelho.

— Eu odeio, mas... — Bryan achava que vermelho era sexy. Deixa pra lá. O vestido que me olha de dentro do armário não é vermelho. É prateado, até o tornozelo e drapeado. Estilo Cinderela, mas sem o pufe. Uau. É perfeito.

— Eu me esqueci. Meu vestido é prateado. — Dou uma risadinha esquisita.

— Sua memória está seriamente danificada. Mas adorei o vestido. É Izzy Simpson?

Eu olho a etiqueta.

— Falsificado. É da Raffles.

— Belo achado.

Jogo minhas roupas no chão e enfio o vestido novo.

Karin fecha o zíper nas costas, e eu dou um giro.

— Uau. Você está incrível. Sério.

Eu admiro meu reflexo no espelho. Parece muito bom mesmo. O que eu estava pensando com o vermelho? Eu devia estar louca.

— Que sapato você comprou? — pergunta ela.

Boa pergunta. Eu vasculho o armário. Vejo o sapato de salto vermelho para o baile. Mas nenhum prateado. Como isso foi acontecer? Esse não vai ficar bom.

— Acho que ainda preciso de um — digo.

— Só falta uma semana e meia. Seria bom nós fazermos compras esta semana. Vai comprar salto 10?

— Está maluca? Por que eu faria isso? Não vou conseguir andar.

— Tom não tem tipo 1,90m?

Hein?

— Tom? Quem é Tom?

A testa dela se enruga de preocupação.

— A sua amnésia está se manifestando novamente. Tom Kradowski? Seu acompanhante para o baile?

Meu o quê? O que aconteceu?

— Certo... Tom Kradowski.

Aparentemente, Cal fez alguma coisa e eu tenho um novo acompanhante para o baile. O que houve com Harry? Harry é gato! Eu olho meu reflexo de novo e vejo que não tenho mais um ralado no queixo. Será que isso significa que não fiquei mais com Harry na sexta-feira? Será que o aviso sobre a barba fez Cal desistir?

Eu mal conheço Tom Kradowski! Acho que nunca troquei duas palavras com ele. Mas devo ter trocado, certo? Pelo menos para convidá-lo para o baile ou para aceitar o convite dele. No momento, só o que eu sei sobre Tom é que ele é muito alto. Tipo 1,90m. Meio que me lembra uma girafa. Buuuuu. Eu quero Harry Gostoso de volta!

— Acho que vou precisar de um salto mais alto.

— A não ser que use salto-agulha, ainda vai passar a maior parte da noite olhando para cima.

Depois de trocar de roupa de novo, eu me sento no lado oposto da minha cama e olho para o quadro de avisos. *Parabéns, você foi aceita em Hofstra!*

Novo acompanhante para o baile, nova universidade... logo, logo, vou ser uma eu novinha em folha.

Capítulo dezoito

Terça-feira, 13 de setembro • • • Primeiro ano

— Ainda está fazendo o dever? — pergunta minha mãe. Os meus deveres estão espalhados pela mesa da cozinha.

— Estou — digo, reprimindo um bocejo.

— Já passa das dez. Você não deveria ir para a cama?

— Logo — digo a ela, imaginando por que Ivy não ligou para saber das coisas. — Só tenho que terminar de ler um capítulo para a aula de economia. Nós temos um teste amanhã.

— Você está estudando há horas — diz ela. — Nunca a vi estudar tanto.

Porque eu nunca estudei tanto.

— Sei que o ensino médio pode ser opressor, mas não exagere — diz.

Mesmo que todo mundo tenha ido para o shopping depois da aula, eu vim para casa para estudar. Claro, não vou trocar meus amigos pelo Bryan — vou trocá-los por dever de casa. Eu não queria — mas fiz. Porque foi isso o que Ivy me disse para fazer. Mas se ela nem se dá ao trabalho de ligar — mesmo eu tendo mandado dois textos —, então não vou mais dar ouvidos a ela.

— Obrigada por me ajudar com a música do teste para a peça — digo a ela.

— Sem problema. Eu costumava ajudar Maya o tempo todo. E você vai se sair muito bem amanhã.

As mães são os juízes mais imparciais, não são? Eu vou cantar "Beije a moça", de *A pequena sereia*. Já que a peça é *A Bela e a Fera*, achei melhor ficar na família Disney no teste.

Ivy finalmente telefona, meia hora depois.

— Onde você estava? — pergunto, amarga. Eu fecho os livros com força. — Eu estava esperando.

— Karin estava aqui — diz Ivy.

— Estava? Que bom que você pode ficar com seus amigos quando eu tenho que estudar.

— Eu tive que estudar durante o almoço, muito obrigada. Reunião do livro do ano.

Aninho o telefone entre a orelha e o pescoço e carrego meu trabalho escada acima.

— Você ainda está no livro do ano? Não é divertido? É muito trabalho, verificar todos aqueles layouts de fotos e páginas, mas ainda assim é divertido.

— Não tenho como saber, não me lembro de ter feito nada disso! Mas devo ter feito, não é? As provas das páginas já chegaram. Fizemos uma festa comemorativa com pizza com o que sobrou das nossas vendas e páginas de ex-alunos. Você não acreditaria quanto os ex-alunos dão para ter seus nomes listados na seção "Onde eles estão agora".

Estou irritada demais com ela para ficar feliz com o fato de a minha ideia com os ex-alunos ainda estar sendo usada três anos depois.

— Então você está indo a festas de pizza e andando com os meus amigos enquanto eu estudo e ensaio "Beije a moça" sem parar até soar como um CD arranhado.

Ela ri.

— Acho que sim. Mas está funcionando, não? Nós entramos para a Hofstra e eu sou editora do livro do ano.

Hein?

— Você é? Achei que Joelle fosse a editora do livro do ano.

— Ah, não. — Não me diga que você roubou o trabalho dela!

— Relaxe. Nós somos coeditoras. Você não a usurpou.

Eu largo os livros em cima da mesa.

— *Unsurpou*?

— Não. "Usurpou". Sua palavra do SAT de hoje, amiguinha. Significa "apoderar-se de algo à força, apossar-se sem direito".

Parece uma marca cafona.

— Entendi. Usurpou.

— Você consegue usá-la em uma frase?

Ivy está usurpando toda a minha diversão.

— Eu me sentiria muito ruim se usurpasse a posição da Joelle.

— Mal — diz ela. — Você se sentiria mal. Eu acho. Não sei. Tanto faz. Mas não vamos nos esquecer da parte discursiva do SAT. Você não pode parecer analfabeta. E o que é "aglutinar"?

— Engrossar — digo, no piloto automático.

— Muito bom. Você está se saindo maravilhosamente bem. Obviamente está indo bem nas aulas.

— Eu definitivamente entendi o que está acontecendo em álgebra — digo. — E Karin disse que eu posso ir à casa dela escutar as gravações quando quiser. E Tash disse que vai me explicar o que está acontecendo em química amanhã no almoço.

— Legal! Você só precisa de mais algumas atividades e nós vamos chegar lá.

Eu fecho os olhos.

— Mais atividades? Está brincando?

— Eu sei, eu sei, sinto muito. Você deve estar sobrecarregada, mas... é o melhor para nós. Eu juro.

— Ivy, não sei quanto mais posso fazer. Entre o livro do ano e decorar as coisas para a peça e manter meus estudos em dia, vou ter muita coisa para fazer. Ahmeudeus, perdi a estreia do *TTYL*! Como é que eu fui esquecer meu programa favorito?

— Eu posso lhe dizer o que acontece — diz ela. — Eles todos...

— Não seja uma desmancha-prazeres! — grito, cobrindo as orelhas e deixando o telefone cair no tapete. Ops... — Só vou pegar o telefone se você prometer não me contar o que acontece! — Eu afrouxo as mãos.

Ouço a promessa abafada dela e pego o telefone de novo.

— Eles todos morrem — diz ela.

Aaaaahhh!

— Eu vou matar você!

— Estou brincando, estou brincando. Eles não morrem. Acontece um acidente de carro e eles sofrem de perda de memória recente. — Ela dá uma risadinha.

— Isso nunca aconteceria no *TTYL*! É meloso demais.

Ela dá outra risadinha.

— É o que você pensa. Mas estou brincando com você. Sinceramente, nem assisto mais ao programa, então não faço ideia do que esteja acontecendo.

Eu dou um suspiro de alívio.

— Ótimo. Vamos manter assim.

— De volta ao mundo real. As universidades gostam de currículos abrangentes. Acho que você precisa de um esporte.

Isso não parece divertido.

— Podemos falar sobre isso amanhã? Estou muito cansada. — Eu bocejo. Alto.

— São só 22h30!

— Está tarde! Amanhã tem aula!

Ela ri.

— Você é tão covinhas...

Eu suspiro e planto a minha cabeça bem no meio do meu travesseiro.

— E o que isso quer dizer?

— Ah, é só uma expressão que nós usamos, eu uso, para dizer "fofo". Esqueça.

— Pode deixar. — Fecho os olhos. Minhas pálpebras estão superpesadas. — Então, posso ir para a cama agora? Mais alguma coisa?

— Na verdade, sim. Mais uma. Sei que estou pedindo muito, mas eu estava pensando que você deveria fazer algum trabalho voluntário.

— Você quer dizer que devemos experimentar nossa lista de Salvar o Mundo de novo.

— Eu quis dizer mais tipo lamber envelopes para a Cruz Vermelha. Alguma coisa para acrescentar ao seu currículo. Alguma coisa pequena, sabe? Ainda acho que devemos consertar todas as coisas na lista em algum momento, mas o negócio da operação plástica ainda me assusta. Não quero fazer nada pior.

— É. Eu entendo.

— De qualquer modo, provavelmente é melhor firmar sua posição primeiro. Antes de tentarmos as coisas importantes, sabe? É mais seguro usarmos nós mesmas como boneco de teste até conseguirmos aparar todas as arestas.

Eu suspiro.

— Bom argumento. — Acho que salvar o mundo pode esperar mais alguns dias. Não estamos tipo ficando sem tempo. Na verdade, eu meio que acho que temos tempo demais. — Então, por que você diz "sabe" no final de todas as suas frases?

— Não digo, não!

— Diz, sim. Você acabou de dizer "Antes de tentarmos as coisas importantes, sabe?".

— Não sei do que você está falando — diz ela, bufando.

Tanto faz. Eu bocejo novamente.

— Mais alguma coisa?

— Sim! Você recebeu o meu texto hoje?

— Sobre a barba do Harry? Recebi. Por que ele deixaria a barba crescer? Que nojo.

— Só esqueça que eu disse qualquer coisa, está bem? E a parte do Sean?

— Não beijá-lo? Sim, eu recebi. — Eu estava planejando beijar Sean Puttin? Não, não estava. Apesar de ele ser meio gatinho.

— Ótimo. Ele diz para todo mundo que você beija como um peixe.

Eu mordisco o lábio.

— Por quê?

— Porque ele é um imbecil.

— Por que eu o beijo se ele é um imbecil, então?

— Sei lá. Eu nem me lembro de isso acontecer. Mas, se eu fosse você, o que sou, eu não o beijaria, para começo de conversa. Você anotou no seu caderno?

Tenho quase certeza de que isso é algo de que vou me lembrar, mas desço da cama, acendo a luz de novo, encontro meu caderno de espiral e o abro. Então escrevo NÃO BEIJAR SEAN PUTTIN.

— Feito — digo. E acrescento: — Eu não beijo como um peixe, beijo?

— É claro que não! — diz ela, novamente bufando. — Você tem um excelente beijo.

— Jura? — pergunto, nervosamente.

— É claro. Aposto que ele beija como um peixe e você estava tentando compensar.

— Não faço ideia de como eu beijo — admito. — Nunca beijei ninguém.

— É isso mesmo. Você ainda não deu seu primeiro beijo.

— Obrigada por jogar na minha cara.

— Não estou jogando. É covin... bonitinho.

Eu abraço meu travesseiro contra o peito.

— Quando vou dar meu primeiro beijo? Beijo de verdade, quero dizer. Não como com Jarred e Anthony. De língua.

Ela ri.

— Você é realmente uma graça.

— Não ria! — digo, minhas bochechas ardendo. — Só me conte a verdade. Como é meu primeiro beijo de verdade?

Eu sei como quero que seja meu primeiro beijo. Como eu o imagino. Doce e macio e romântico com alguém que me faz sentir como a garota mais sortuda da Terra.

— Ah. Bem... Eu não sei.

Do que ela está falando?

— Como é que você não sabe? Você sou eu no futuro! Deve ter tido um primeiro beijo.

— É. Sorte sua que eu não seja Maya.

Eu rio, mas aí me sinto mal. Sinto falta da minha irmã.

— Ela está na faculdade agora. Tenho certeza de que beijou alguém. — Eu tenho andado tão ocupada com Ivy que meio que me esqueci dela. O papel dela foi *usurpado*.

— Como é que eu vou saber? Não é como se a gente conversasse sobre essas coisas.

— Mas e *meu* primeiro beijo?

— Eu me lembro do que aconteceu comigo, Cal — diz ela baixinho. — Mas o que vai acontecer com você não é a mesma coisa que aconteceu comigo. Entendeu?

Ahá.

— Seu primeiro beijo foi com Bryan.

Obviamente.

Ela não diz nada.

— Ivy? Você ainda está aí?

— Sim, estou. E foi.

— Então eu acho que você não sabe com quem foi meu primeiro beijo. Já que vai ser diferente do seu.

— O seu vai ser diferente. — Ela repete, e a voz dela parece distante, sei lá. — Tenho que desligar.

— Boa noite — digo. Mas ela já desligou.

Capítulo dezenove

Terça-feira, 27 de maio • • • Terceiro ano

Mesmo que ela nunca o vivencie, eu não consigo parar de me lembrar.

O primeiro beijo.

Não foi depois da noite do cinema-transformado-em-boliche. Nem três dias depois, terça-feira — hoje para Cal —, no nosso primeiro almoço no Subway. Foi naquela noite de sexta-feira, 16 de setembro. Eu o convidei para minha casa. Experimentei umas nove roupas fofas-mas-casuais antes de me decidir por jeans e uma blusa stretch de gola em V que destacava tanto meus olhos quanto meus peitos. Pintei as unhas das mãos e dos pés de rosa-claro. Depois de uma sessão extralonga de gel-e-arrumação para cachear, prendi meu cabelo em um rabo de cavalo, para dar um ar mais despreocupado. Fiz minha maquiagem superleve para parecer natural e escovei os dentes umas sete vezes só para garantir.

Meu pai estava trabalhando, mas minha mãe fez biscoitos de manteiga de amendoim e chocolate branco para nós e desapareceu para dentro do quarto dela. Bryan estava sentado ao meu lado no sofá. É claro que eu não conseguia me concentrar na TV. Como eu poderia, quando o garoto mais gatinho da história do mundo estava sentado bem do meu lado? Quando os créditos subiram, ele me perguntou se eu queria ir dar uma volta.

— Aonde? — perguntei.

— Hedgemonds Park? — disse ele. — Vamos avaliar seus balanços em uma escala de um a dez.

Eu enfiei as minhas sandálias pretas favoritas. Era uma daquelas noites perfeitas de setembro em Florence. Quente, fresca, com estrelas brilhantes salpicadas pelo céu.

Nós nos sentamos um ao lado do outro nos balanços. Empurrando para a frente e para trás, para a frente e para trás. Ele começou a se mostrar, empurrando cada vez mais alto. Eu empurrei cada vez mais alto.

Minha sandália saiu voando.

Ele começou a rir e pulou do balanço para ir pegá-la.

Ele a pegou, e eu achei que ele fosse fazer toda uma cena de Cinderela, mas, em vez disso, só ficou de pé ao lado do meu balanço, e eu parei bruscamente.

É claro que eu sabia o que ia acontecer.

Ele colocou a mão em cima da minha e se inclinou para me beijar.

Os lábios dele eram macios e leves e doces, e todo o resto desapareceu, exceto o beijo e o momento. O beijo perfeito no momento perfeito.

Tudo o que eu sempre quis, imaginei. Acontecendo comigo. Aconteceu comigo. E agora...

Se você beija um garoto e ele não se lembra, o beijo aconteceu?

Se não aconteceu, por que as lembranças ainda machucam?

Capítulo vinte

Quarta-feira, 14 de setembro • • • Primeiro ano

Estou ensaiando minhas falas na cabeça quando dou de cara com Bryan. E eu quero dizer *de cara*. Ele está de pé no corredor. Eu não estou prestando atenção. Dou um encontrão nele. Meus livros voam pelo ar como pombos sob ataque.

— Você precisa ser declarada como uma área de desastres nacional — diz ele com uma risada.

— Nem me fale — digo, sentindo minhas bochechas arderem. — É minha culpa. Eu estava tentando fazer duas coisas ao mesmo tempo.

Ele se abaixa para me ajudar a pegar minhas coisas.

— O quê? Andar e respirar?

Dou uma risadinha.

— Não, espertinho; andar e ensaiar minhas falas para a peça.

Pego o meu teste de economia. O Sr. Jacobs os entregou de volta na hora e eu tirei 10! Sou um gênio da economia. Mas agora não é hora para me gabar... a gracinha do Bryan está falando comigo!

— Ah, você é a garota do programa de teatro — diz ele.

— Quando você fala assim, soa meio mal — digo com outra risada. Ahmeudeus. O que estou fazendo? Estou flertando com ele! Não posso flertar com ele. Não é permitido flertar com Bryan! Mesmo que ele seja uma graça. Mesmo que eu esteja toda entusiasmada.

O sorriso dele mostra covinhas perfeitas.

— Você me parece mais santinha do que saidinha.

— Isso é um elogio ou um insulto? — pergunto.

— Um elogio.

Eu empilho o último livro nos meus braços e olho direto para ele. Droga. Por que ele ainda é tão gatinho?

— Como vai o namorado? — pergunta ele.

Estou prestes a dizer: "O quê?". Mas então eu me lembro.

— Ah, ele está bem.

— Como é mesmo o nome dele?

— Humm, o nome dele? — Qual é o nome dele? — É... humm... Ivy. — Ah! — Ivan.

Ele assente como se eu não tivesse acabado de parecer uma idiota.

— Em que escola ele estuda?

— Ah, ele não estuda aqui. Ele mora... não muito longe. Em Buffalo.

— Vocês se veem muito?

— Não. Mas nos falamos muito. — Eu aceno com o meu celular. — Interurbano liberado.

Ele me dá mais um de seus sorrisos com covinhas. Uma graça. Espere um segundo! Foi por isso que Ivy inventou a expressão "covinhas"? Porque Bryan é um fofo?

— Boa sorte — diz ele.

Hein?

— Com meu namorado?

Ele ri de novo.

— Com os testes para a peça.

Certo.

— Valeu. A gente se vê depois. — Eu faço um "até mais" com a mão e depois saio andando rápido.

O armário da Karin é diagonal ao meu, e Joelle e Tash já estão esperando por nós.

Joelle está dançando.

— O que vocês, meninas, vão fazer agora? Alguém quer ir lá para casa?

— Eu tenho treino — diz Karin com um sorriso grande. — Desculpe!

É, Karin entrou para a torcida. Não que eu esteja surpresa, já que sabia que ela entraria. Eles postaram a lista no almoço. Pensei em tentar fazê-la desistir, mas eu não sabia exatamente o que deveria dizer. Saia agora antes de ficar obcecada por cirurgia plástica? Mas aí e se ela tiver outro distúrbio alimentar? Ou ficar obcecada por tatuagens? Ou se tornar uma viciada em drogas? É como Ivy disse: tentar consertar uma coisa pode levar a consequências involuntárias. Decidi tentar uma abordagem mais sutil.

— Eu também não posso ir. Tenho o teste para a peça — digo para Joelle. Então, me viro para Karin novamente e acrescento: — Antes que você vá, eu só queria comentar que você está super hoje.

— Valeu — diz ela, sorrindo.

— Sério — digo a ela. — Seus peitos estão maravilhosos com essa blusa.

Ela cora e brinca com a blusa.

— Humm, valeu?

— Não é? — pergunto para as outras meninas. — Eu queria ter os peitos dela.

Meu plano é elogiar os peitos dela durante os próximos três anos e meio.

Tash está da mesma cor que Karin.

Joelle põe a mão no quadril.

— Deixa eu ver... É, ela tem peitos bonitos.

— Vocês duas usam o mesmo tamanho de sutiã que eu — diz Karin.

— Pode ser — digo. — Mas os seus têm o formato perfeito.

Joelle projeta o peito para fora.

— Está dizendo que os meus têm formato imperfeito?

— Você também tem peitos com formato perfeito — digo. Tenho que ter cuidado. Não quero levá-la para a faca também.

— Ah, obrigada — diz Joelle.

— Podemos voltar a falar sobre a peça? — pergunta Karin. — Vocês estão me assustando.

— Sim, a peça — diz Joelle. — Contei que estou ajudando com os figurinos e a direção de arte? Talvez eu vista você de Bela.

Eu rio.

— Não conte com isso. Eu não tenho nenhum talento. Sou mais uma garota tipo pano de fundo.

Joelle para de dançar e se vira para Tash.

— Por que você também não faz o teste?

Tash quase deixa que os livros caiam.

— Está brincando?

— Não, estou falando totalmente sério.

Tash sacode a cabeça.

— Eu não sou exatamente uma pessoa de teatro...

— Nem eu — digo. — Você deveria fazer. — Assim que eu digo as palavras, porém, tento engoli-las de volta. Não devo encorajar minhas amigas a fazer coisas aleatórias que podem mudar o curso da vida delas. Quem sabe para que caminho perigoso a peça da escola pode levá-la? Que se dane. Ela não vai fazer o teste. Na biblioteca, durante o almoço, enquanto ela me ajudava com química, eu disse que ia fazer o teste, e ela não demonstrou o menor interesse.

Joelle aperta o ombro da Tash.

— Não quer entrar em uma boa faculdade de medicina? Talvez isso ajude.

Você já entrou para a Brown, eu quero dizer a ela, mas não digo. Isso seria esquisito.

— Seria bom para você — continua Joelle irritantemente. — Ajudaria você a sair da sua casca. Vamos lá. Se Devi pode fazer, você também pode.

Tash muda a mochila para o outro ombro. Eu espero que ela diga que de jeito nenhum. Que diga que não está interessada. Que diga obrigada, mas não, obrigada. Ela encolhe os ombros.

— Está bem.

Hein?

— Bom para você! — cantarola Joelle, dando tapinhas nas costas dela.

Bom nada! Ivy vai me matar! O futuro da Tash é ótimo. O futuro dela é excelente. Ela vai para a Brown! Está estudando medicina! Ela quer achar a cura para o câncer! Não posso deixá-la fazer o teste para a peça. Isso pode estragar tudo.

— Não, não, não! — choramingo.

Elas todas ficam olhando para mim.

Tash pisca.

— Você não quer que eu faça o teste?

— Não. Quero dizer, quero. Humm, é claro que quero. Mas você não tem o script. Sabe... para o teste. Você deveria ter me dito no almoço que queria fazer o teste, e aí teria tido tempo de estudar, mas, a esta altura... — Eu balanço a cabeça.

— O que eu tenho que fazer? — pergunta ela.

— Você tem que ser capaz de ler o script. Sabe... para interpretar. Os testes são agora. Não vai ter tempo de decorar. E, além disso, você precisa preparar uma música.

— A memória dela é bem fotográfica — diz Joelle. — E ela não pode só cantar "Parabéns pra você"? É uma música, certo?

"Parabéns pra você"! Por que eu não pensei nisso? Não teria tido que ensaiar a música um milhão de vezes e quebrar todos os espelhos da minha casa.

— Você vai cantar? — pergunto a ela. — Em público?

Tash se encolhe.

— Eu não sei...

— Ah, cale a boca! — diz Joelle. — Você vai fazer. Eu a desafio. E Devi vai estar bem ao seu lado. E eu vou para dar apoio. Você vai fazer isso nem que eu mesma tenha que arrastá-la. Devi, dê aqui esse script.

O que eu posso fazer? Entrego o papel e rezo para não estar prestes a destruir a saúde futura da humanidade.

Capítulo vinte e um

Quarta-feira, 28 de maio • • • Terceiro ano

Eu vejo logo depois que termino de jantar. Vejo e dou um gritinho.

— O que houve? — pergunta minha mãe, abrindo minha porta. — Você está bem?

Eu aponto para a carta de aceitação no meu quadro de avisos.

— Eu entrei para a Tufts! Essa é de primeira linha! Está em 28° lugar entre todas as universidades do país! Em 28°!

A mamãe olha para a carta e então de volta para mim.

— Eu sei, querida. Estamos muito orgulhosos de você.

— Você sabe? — É claro que eles sabem. Eu não entrei hoje.

Isso é tudo tão incrível! Coloquei Cal no caminho certo e pronto — Tufts, aqui vamos nós! Claro, houve três anos e meio de trabalho duro para isso, mas eu simplesmente não consigo me lembrar. Eu ligo para Cal para parabenizá-la assim que minha mãe sai do quarto.

— Adivinhe o que você fez? — cantarolo.

Ela hesita.

— Humm, sei lá.

— Qual é, adivinhe!

— Não tem a ver com uma certa alguém fazer teste para a peça da escola, tem? Porque isso não foi ideia minha. Foi da Joelle. E aí eu pensei, bem, se não veio de mim, então talvez não seja um problema. Mas é?

Hein?

— Do que você está falando?

Ela faz uma pausa.

— Do que *você* está falando?

— Estou falando de Tufts. Você entrou.

— Ah. Isso é bom?

— Está brincando? É o máximo!

Ela dá uma risadinha.

— Esqueça, então.

— Não, acho que não. Diga sobre o que você estava falando. — Meu coração dispara. — O que você fez? Isso tem a ver com Karin? Você disse a ela para fazer outra coisa?

— Humm, na verdade eu disse uma coisa para Karin, mas não foi nada demais. Eu juro.

Ela está me assustando de verdade.

— O que você disse? — pergunto e esfrego minha têmpora esquerda. Esse negócio de viagem no tempo vai me envelhecer prematuramente.

— Estou tentando fazê-la se sentir mais segura de si. Para que ela não faça cirurgia plástica. Então eu disse que ela tem peitos lindos.

Tudo bem.

— E como ela reagiu a isso?

— Ela achou que eu estava sendo meio estranha. Mas acho que é um bom plano! Porque Karin obviamente tem problemas de autoestima, certo? Não importa o que ela faça: ginástica, torcida, tanto faz; ela é insegura em relação à aparência. O que ela precisa é de que as amigas dela a façam se sentir melhor consigo mesma.

Isso faz sentido.

— Não é um plano horrível.

— Eu sei, não é?

Eu solto o ar, aliviada.

— Então Joelle disse para Karin fazer o teste para a peça da escola?

— Não, ela disse para Tash fazer.

Hein? Fecho os olhos. Dor de cabeça ficando pior.

— Tash não entraria para a peça. Ela não é uma pessoa teatral. Ela mal fala em público.

— Foi o que eu pensei! Mas ela fez o teste!

Eu sacudo a cabeça.

— Eu não acredito!

— Eu sei, eu também não acreditei!

Isso pode ser ruim. Muito ruim.

— Bem, você acha que ela passou?

— Não sei! Ela não foi horrível. Quero dizer, ela estava nervosa, e a voz estava trêmula, e ela não a projeta muito bem, mas a maioria dos calouros não foi tão bem assim, e alguém tem que formar o coro, certo? Você acha que importa muito?

Ai. Deus. E se ela entrar? E se ela for ótima? E se o teste da Tash mudar o rumo da vida dela para sempre?

— E se ela se apaixonar por ser atriz e largar os estudos para se mudar para Hollywood?

— Isso seria uma droga — diz ela. — A não ser que ela consiga papéis super. Como no *TTYL*. Ahmeudeus, você pode verificar? Isso seria tão maneiro!

— Maneiro nada! — digo. — Ela tem planos! Era para ela ir para Brown!

— Você sempre pode ir para L.A. e trazê-la para casa.

— O único jeito de eu ir para Los Angeles é se eu entrar para a UCLA, e isso ainda não aconteceu. Isso é um problema. — Eu começo a sentir falta de ar. — Isso é ruim. Muito ruim. Muito bem, acalme-se — digo a mim mesma. — Tenho certeza de que está tudo bem. É melhor eu ligar para ela para verificar.

— Boa ideia! — diz ela com voz aguda. — Ligue para ela do telefone fixo e me deixe no celular.

Os meus dedos não conseguem parar de tremer enquanto eu disco. O celular está pressionado contra minha orelha direita, e o telefone fixo, contra a esquerda. Eu sei que estou ridícula. Ele toca. E toca de novo. A caixa postal dela atende. Em vez da sua antiga mensagem — "Oi, é a Tash. Não posso atender" —, uma música toca no meu ouvido.

"You are the dancing queen
Young and sweet
Only seventeen!"

Houston — ou, humm, Hollywood —: acho que temos um problema.

— Eu ligo para você depois — digo para Cal.

— Mas...

Desligo, pego minha bolsa, enfio os pés nos sapatos e corro para baixo.

— Mãe, posso pegar o carro emprestado?

— Claro, querida — diz ela. Eu a beijo na bochecha e então corro para fora, escorrego para trás do volante e disparo para a casa da Tash.

Em um sinal vermelho, deixo minha mente divagar. Tash se apaixonou pela atuação e então largou os estudos para se mudar para Hollywood. Ou para a Broadway. Ela não vai mais para Brown. Não vai mais estudar medicina. Ela não vai mais descobrir a cura para o câncer.

Isso parece um pouco radical, não?

Então ela tinha a música do *Mamma Mia!* no celular. Ela pode só gostar de musicais nessa nova realidade. Eu piso fundo quando o sinal fica verde.

Encosto na entrada da garagem dela uns cinco minutos depois, salto do carro, tranco as portas, corro escada acima e toco a campainha. Uma, duas vezes. Três vezes.

A madrasta da Tash, uma morena mignon, atende à porta.

— Oi — digo sem fôlego. — Sra. Havens, a Tash está? Eu preciso muito falar com ela.

Ela sacode a cabeça.

— Não vemos Tash há algum tempo.

Ah, Deus. Ah, não. Ela largou a escola. Ela se mudou da cidade para tentar ser atriz. Todos os sonhos de achar a cura para o câncer esquecidos. Eu sabia.

— Desde quando ela não aparece?

— Desde hoje de manhã — diz a Sra. Havens. — Ela disse que iam pedir o jantar na escola. Devi, você não está nas cenas que eles vão ensaiar hoje à noite? Você está em *Mamma Mia!* também, não está?

A peça. A peça da escola. *Mamma Mia!* é a peça da escola este ano. Certo. Eu sabia disso. E estou nela.

— Sinto tê-la incomodado.

— Quer esperar por ela?

— Não, não, eu preciso ir para casa. Só diga a ela que eu passei por aqui.

— Pode deixar — diz ela, fechando a porta.

Eu rio comigo mesma. Alô, exagero. Tash ainda é aluna da Florence West. Ela só está na peça. É uma pena que eu tenha que esperar até amanhã para descobrir se ela ainda vai cursar medicina. Enfio a mão na bolsa para pegar a chave do carro. Nenhuma chave de carro? Espio pela janela do carro e vejo que elas ainda estão na ignição. E agora?

Eu ligaria para minha mãe ou para meu pai virem me buscar, mas nós só temos um carro. E meu celular não funciona.

Eu abro o celular e aperto "enviar".

— Cal — digo a ela —, escreva isto no seu caderno com letras grandes, está bem?

— Está bem — diz ela nervosa. — Pode mandar.

— Quando você for à casa da Tash na quarta-feira, 28 de maio, terceiro ano, não, eu repito, não...

— Não o quê? — pergunta ela, parecendo em pânico. — O que foi que eu fiz?

— Não deixe a chave trancada dentro do carro.

Ela ri.

— Entendido.

Capítulo vinte e dois

Quarta-feira, 14 de setembro • • • Primeiro ano

— Acho que você deveria esquecer o teatro e praticar um esporte em vez disso — diz Ivy, mais tarde naquela noite. — O que acha de futebol?

Não que eu me oponha a largar a peça, só que, com o livro do ano e tentando tirar dez em todas as minhas matérias, parece que estarei bem ocupada sem tentar um novo esporte. Mas acho que devo escutá-la. Não que ela tenha que me dizer o que fazer para sempre. Só até entrar na universidade que ela quer. Quero dizer, estou achando que vamos continuar nos falando para sempre. Por que não nos falaríamos? Mas ela não vai ser sempre mandona desse jeito. Certo? Eu abro meu caderno em uma página em branco, encontro uma caneta na mesa da sala de estar e escrevo *FUTEBOL*. Mas então me imagino correndo atrás de uma bola. E tropeçando por cima da bola. Não sei se seria capaz de me concentrar em correr e chutar ao mesmo tempo.

— Isso parece difícil demais.

— Não seja tão covarde — desdenha ela.

Eu rolo sobre o sofá. Fácil para ela dizer.

— Com licença, mas em quantos times você está?

— Isso não vem ao caso.

— Não tenho coordenação suficiente para jogar futebol. Preciso de um esporte em que a pessoa se concentre em uma coisa de cada vez. Que tal beisebol?

— Nada de beisebol — diz ela estridentemente. — De jeito nenhum. Você odeia beisebol.

— Odeio?

— Confie em mim, você odeia. E nunca pegou em um taco na vida.

— Mas eu fiquei assistindo aos testes no outro dia e pareceu meio divertido.

— Talvez você goste de assistir quando há gatinhos jogando — vocifera. — Mas você não gosta. Próximo.

O que ela tem contra beisebol? Ah. Ela deve ser contra qualquer coisa ligada ao Bryan.

— Boliche? — pergunto para testar minha teoria.

— *Nããããoooo*!

É. Eu tenho que praticar um esporte, mas ele não pode fazê-la lembrar do Bryan de forma alguma. Acho que beijar está fora. Não que seja um esporte. Não que eu tivesse como saber.

— Que tal golfe? — pergunta ela. — Você e Maya costumavam jogar minigolfe, lembra? Você gostava. Ah, não.

— O que foi?

— Só tem um tracinho no celular. Esqueci de carregá-lo. Cadê o meu carregador? Aqui está. Problema resolvido. Agora, de volta a você, Senhorita Golfista.

— Há uma equipe feminina de golfe? — pergunto.

— Não. Acho que não. Espere! — diz ela, a voz ficando aguda com a empolgação. — Você vai criar uma equipe! Isso vai ficar incrível nas inscrições para as universidades.

Eu enterro o rosto debaixo de uma manta.

— Com licença? Como é que eu vou fazer isso? Eu mal sei jogar; como posso começar uma equipe?

— Você vai falar com Zetner. Vai jogar sua nota de educação física para cima. Eles já têm uma equipe masculina, então não deve ser tão difícil.

— Mas eu vou ser a única na equipe!

— Você vai encontrar mais jogadoras. Pode pendurar cartazes pela escola. Pode até levantar fundos para a equipe. Faça feiras de bolos, essas coisas. Mamãe vai ajudar. Ela vai adorar: — isso vai dar a vocês uma chance de se aproximarem.

Eu hesito. Seria legal começar a minha própria equipe. Vou poder desenhar os uniformes. Olá, adoráveis saias-shorts de golfe cor-de-rosa!

— Tudo bem. Só que eu ainda não faço ideia de como jogar golfe de verdade.

— Você bate na bola para ela cair no buraco. Moleza.

— Acho que você está certa. Papai joga, então não pode ser tão difícil.

— Você é adotada, ou algo assim? Ele não joga.

— Joga, sim. Ele jogou neste verão. Naquele torneio de contadores. Ele tem uma camiseta de lá e tudo.

— Sabe de uma coisa, Cal? Você pode ter razão. Ele jogou, sim. Uma ou duas vezes apenas, mas jogou.

— Ele não joga mais? — pergunto.

— Não há mais torneios de golfe da empresa depois que você é demitido.

Meu coração despenca.

— O quê? Papai foi demitido? Quando?

Silêncio.

— Alô? — grito. — Ivy, por que você não me contou?

— Porque não há nada que você possa fazer!

Agora tudo faz sentido.

— Foi por isso que mamãe arrumou um emprego?

— Foi.

Minha cabeça lateja.

— Quando isso acontece?

— No segundo ano — admite.

— Coitado dele — digo.

— Eu sei. É péssimo.

— Então, o que ele faz?

— Ele começa a trabalhar por conta própria — diz ela, um pouco vaga demais.

Agora minha cabeça está realmente latejando.

— Você está mentindo? Ele ainda não tem um emprego?

— Mais ou menos — admite.

— Posso ligar depois para você? — pergunto. Sem esperar pela resposta dela, eu desligo. Desligo o telefone totalmente antes que ele comece a tocar e subo correndo para o quarto dos meus pais.

Estão ambos na cama. Minha mãe está assistindo à TV e meu pai está trabalhando.

— Ei — digo, muito casualmente.

— Ainda está de pé? — pergunta minha mãe. Meu pai está sentado ao lado dela, o laptop dele descansando em cima dos joelhos.

Eu faço que sim com a cabeça.

— Só queria ver o que vocês dois estavam fazendo.

— Relaxando — diz minha mãe. — Pelo menos eu estou.

Meu pai sopra um beijo para mim sem tirar os olhos da tela, e o meu coração se parte um pouco. Ele está trabalhando tanto e para quê? Para nada.

— Pai — começo. — Como vai o trabalho?

— Agitado — diz ele, coçando a lateral da cabeça. — Como sempre.

— Você já pensou em procurar outro emprego?

— Por que eu faria isso? — pergunta.

— Porque... porque... o seu parece muito difícil.

— Não se pode ter medo de trabalhar duro — diz.

— Ela não tem — diz minha mãe, baixando o volume da TV. — Devia vê-la estudando ultimamente. É como se fosse outra pessoa. Ela é como... — ela para antes de dizer "Maya" — uma estrela.

— O que você queria ser quando era criança? — pergunto, ajoelhando-me no colchão.

— Jogador profissional de xadrez — responde ele, erguendo os olhos da tela.

Dou uma risadinha.

— Além disso.

— Pai.

Dou outra risadinha.

— Além disso.

— Ortodontista.

— Sério? Você já viu a comida que fica presa nos meus dentes?

Ele dá de ombros.

— Eu gosto de dentes retos.

— Mas os seus são tortos — observo.

— Eu seria meu primeiro paciente.

— Bem, talvez você devesse fazer um curso noturno...

— Se ele começar agora, talvez, quando for demitido, seja capaz de encontrar outro emprego. Ou pelo menos de tirar meu aparelho.

Minha mãe ri.

— Acho que uma pessoa não pode simplesmente fazer um curso e se tornar ortodontista.

— Espero que não, considerando quanto custam os tratamentos — resmunga. — O Dr. Martin com certeza ganhou na loteria do emprego.

— Exceto pelo fato de que ele tem que olhar dentro da boca das pessoas o dia inteiro — diz minha mãe.

Ele concorda.

— Boa observação. Acho que vou ficar onde estou. O que há de errado em ser contador, de qualquer forma?

— Nada — digo rapidamente. — Nada mesmo.

Saio do quarto deles e me sento na escada. Preciso pensar. Ele vai perder o emprego. Nós vamos ficar falidos, ou quase falidos.

Precisamos de dinheiro, muito dinheiro. Se tivéssemos muito dinheiro, não teria importância se papai perdesse o emprego.

Mas onde vamos conseguir muito dinheiro?

As palavras do meu pai me vêm à mente.

A loteria do emprego. A loteria. Eu posso ganhar na loteria. Ivy vai me dar os números, e aí todos os nossos problemas estarão resolvidos.

Capítulo vinte e três

Quinta-feira, 29 de maio • • • Terceiro ano

Assim que encostamos do lado de fora da casa da Tash, na manhã seguinte, eu sei que há algo diferente, mas não sei dizer exatamente o que é.

Primeiro, ela vem andando toda afetada para o carro. Tash, afetada. Braços balançando, cabelos soprando ao vento, quadris rebolando. Eu nunca vi Tash afetada. Nunca.

Ela abre a porta do carro com um grande sorriso.

— Oi, meninas.

Em segundo lugar, ela está usando lentes de contato. E delineador. Ela está incrível. Isso é por causa da peça? Deve ser. Como posso descobrir sem perguntar: "Então, você tem feito as peças da escola nos últimos três anos? É por isso que está parecendo tão sexy e confiante?" É esquisito ver suas melhores amigas mudando a cada segundo. Não que seja esquisito para elas. Elas não parecem saber que a vida delas está sempre mudando, então eu não deveria me sentir culpada.

Não culpada demais, de qualquer modo. E não é possível que a mudança seja para melhor?

Se pelo menos houvesse um registro dos últimos anos. Algo que registrasse as peças e quem era a estrela, e se eu consegui fazer minha equipe de golfe decolar — do campo.

— Dev — diz Joelle, entrando no estacionamento da escola —, ainda temos um dinheiro do livro do ano sobrando. Quer pedir comida chinesa para a equipe hoje?

Certo. Existe um registro. E eu sou a coeditora do livro do ano.

Joelle estaciona em uma vaga livre no estacionamento dos estudantes, à esquerda de um Jetta azul. O Jetta azul do Bryan. Minhas costas enrijecem. Ah, não. Ele ainda está no carro. Eu tenho evitado esse momento há quatro dias. Respire fundo. Eu posso fazer isso. Nós saímos do carro ao mesmo tempo. E agora ele está bem ao meu lado.

— Oi — digo, engolindo em seco.

Ele tranca casualmente a porta, como se não houvesse nada estranho. Só mais um dia normal na escola. La, la, la.

— E aí, galera — diz ele.

E aí, galera? É só o que eu ganho? *E aí, galera?*

Ele sorri para Karin e então para mim. Eu fico olhando fixamente. Não posso evitar. Sei que ele saiu com Karin. Sei que ele nunca saiu comigo. Mas nenhuma parte dele se lembra? Eu procuro reconhecimento no rosto dele.

Racionalmente, eu sei que ele não tem as mesmas lembranças que eu. Sei que ele não se lembra de ter namorado comigo. Eu sei que esse Bryan não namorou comigo.

Mas uma parte de mim sempre achou que o que nós tínhamos ia além disso. Que algo dentro dele — uma parte da alma dele, talvez, e sim, eu sei que isso parece cafona — estava conectado a mim. Estava preso a mim. Que se lembraria de mim.

Eu procuro nos olhos dele. Eles piscam.

Nada.

Ele não faz ideia de quem eu sou. De quem eu era. Ele não se lembra nem um pouco de mim.

Sentindo-me enjoada, penduro minha mochila no ombro e bato a porta do carro.

Capítulo vinte e quatro

Quinta-feira, 15 de setembro • • • Primeiro ano

Antes de ir para minha primeira aula, eu visito a Sra. Kalin, a orientadora encarregada do Interact, e me inscrevo. Ontem à noite, Ivy me fez prometer que eu me inscreveria em algum trabalho voluntário, mas ela me assegurou de que o envolvimento era mínimo. As reuniões são às segundas-feiras no almoço.

É claro que eu contei a ela sobre meu plano da loteria, mas ela não curtiu muito. Arriscado demais.

— Papai está bem — insistiu ela. — Não precisamos ganhar na loteria. Não é legal interferir *tanto* assim no futuro.

Buuu.

A caminho da aula, eu passo pelos avisos da escola. Tash e eu entramos para a peça. Os ensaios são às terças e quintas depois das aulas.

Eu falo relutantemente com a Sra. Zetner depois da aula de educação física no segundo tempo.

— Uma equipe feminina de golfe... é uma ideia maravilhosa! — diz ela enquanto dribla com uma bola de basquete. — Adoro ver iniciativas de alunos. Posso conseguir algum dinheiro extra do orçamento se você achar que há interesse suficiente. E eu tenho uma vaga de treinadora às segundas e quartas depois das aulas. Por que você não espalha uns cartazes e nós nos reunimos na próxima terça-feira no almoço?

— Na verdade, eu tenho livro do ano às terças e quintas. Podemos nos encontrar na próxima sexta-feira no almoço?

Na saída, recebo uma mensagem da Ivy.

`Ah. Meu. Deus. Você não faz ideia de como os músculos dos meus braços estão magníficos. Nós somos gostosas pra caramba. Golfe é demais!`

Fico feliz pelos músculos dos meus braços. Fico feliz que só falar com a Sra. Zetner tenha tornado a equipe feminina de golfe uma realidade. Mas é assim que meu cronograma semanal vai ficar:

Segunda-feira: Interact no almoço, golfe depois das aulas.

Terça: livro do ano no almoço, peça depois das aulas.

Quarta: golfe depois das aulas.

Quinta: livro do ano no almoço, peça depois das aulas.

Domingo: mais ensaio da peça.

Fico exausta só de pensar. Quando é que eu vou fazer o dever de casa? Quando vou sair com meus novos amigos? Quando é que vou dormir? Por que eu tenho que fazer todo o trabalho e Ivy ceifa todas as recompensas?

Ahmeudeus, eu acabei de usar a palavra "ceifar", e nem foi de propósito. Por quê? Porque ontem à noite Ivy também achou que eu deveria passar uma hora a mais aprendendo palavras do SAT. Não é nada *equitativo*.

Joy está doente hoje, então, em vez do livro do ano durante o almoço, eu levo meu almoço para a sala de artes e faço cartazes. Nenhuma das minhas amigas está interessada em jogar golfe — Karin diz que acha chato, Joelle diz que prefere bater com um taco na cabeça e Tash que tem péssima mira —, mas elas todas me ajudam com os cartazes, porque são maravilhosas. Ivy é uma louca por perdê-las.

— Então, eu ouvi dizer que você tem namorado — diz Joelle enquanto desenha.

Minhas bochechas coram.

— Onde você ouviu isso? — pergunto.

— Eu ouço tudo — diz ela e então ri. — Não entendo. Você não podia simplesmente dizer a Bryan que ia lavar os cabelos, como uma pessoa normal?

Eu suspiro.

— Eu disse a ele que estava doente, mas ele me levou canja de galinha.

— Persistente — diz Tash, cortando as pontas de um cartaz.

Ele desistiu bem rápido, se querem saber minha opinião.

— Não vou estragar seu disfarce — promete Joelle.

— Por que você não quer sair com ele, por falar nisso? — pergunta Karin, o braço enfiado em glitter rosa.

— Ele só não é o cara certo para mim — digo.

— Eu acho que ele é gatinho — diz Karin. — Eu sairia com ele.

Quase deixo minha purpurina cair. Ela não pode sair com ele. Ivy ia pirar. Eu ia pirar.

Meu telefone vibra antes que eu possa reagir.

— Tenho que atender — digo para as meninas.

— Ah, claro — diz Joelle. — Deixa que a gente faz todo o trabalho enquanto você tira uma folga. Com quem você está conversando, por falar nisso? Com seu namorado de mentira?

Meu celular vibra de novo.

— Com Maya — minto. Por falar em Maya, ela me deixou um recado há alguns dias, e eu ainda não tive a chance de ligar de volta para ela.

— E, de qualquer modo — diz Karin para Joelle —, você está adorando isso.

Joelle assente.

— É porque eu sou um gênio dos cartazes.

Ela é um gênio dos cartazes. Diferentemente de nós, ela sabe realmente desenhar. Cada cartaz mostra um desenho fofo de uma adolescente no meio de uma tacada.

— Boas notícias — diz Ivy.

Eu entro no corredor e fecho a porta atrás de mim.

— Você entrou para a UCLA e eu posso tirar um cochilos?

— Não que eu saiba, até agora. Mas Tash ainda vai para a Brown. Ela só vai fazer duas faculdades. De medicina e teatro. Ela é equilibrada. Está fazendo a mãe em *Mamma Mia!* este ano, e, no ano passado, fez a Roxie em *Chicago*. Ao contrário de você, que continua no coro, todo ano, ela é uma atriz nata.

Quatro anos de coro? Eu sou patética. Mas Tash... Espio pela janela de vidro da porta e a vejo encurvada por cima do cartaz. Quem diria?

Sinto uma onda de orgulho.

— Super! Mas ainda posso sair da peça, certo? Quero dizer, estou fazendo golfe e Interact e livro do ano, então posso sair da peça.

— Acho que sim. Eu definitivamente não quero estar em *Mamma Mia!* daqui a duas semanas. E, vamos lá, você começou sua própria equipe de golfe. Quem é que pode ganhar disso?

Eu endireito os ombros.

— Funcionou mesmo? A equipe de golfe?

— Funcionou — diz ela. — Você é oficialmente capitã da equipe do Florence Cats.

— Espere: nós não arrumamos um gato, não é?

— Não, é claro que não. O papai é alérgico.

— Então por que eu batizo a equipe de Cats?

— Eu não invento essas coisas, só estou lendo para você. A equipe vence algum campeonato no segundo ano, por falar nisso.

Sensacional! Eu sou uma estrela do golfe.

— Como é que você sabe disso tudo?

— Estou olhando as provas na sala do livro do ano. E folheando os livros antigos.

Isso é assustador à beça. Eu olho para meu relógio. O almoço está quase acabando.

— Ei, você não deveria estar na aula?

— Os editores do livro do ano podem almoçar no horário do primeiro e do segundo ano de vez em quando. E, de qualquer modo, só faltam algumas semanas de aula.

O sinal toca. Também ouço o sinal pelo telefone.

— Tenho que ir.

— Até mais — diz ela.

Tash, Joelle e Karin estão colocando os cartazes no beiral da janela para secar.

— Obrigada, galera. Vocês são o máximo! — Eu reúno os restos do nosso almoço e os jogo no lixo. Karin e Joelle estão na frente quando eu me viro para Tash.

— Ouça, Tash, eu tenho pensado na peça e não sei se vou ter tempo de fazer. Sabe, já que estou começando minha própria equipe de golfe.

Ela dá de ombros.

— Sem problema.

Ufa.

— Então você não se incomoda de fazer sozinha?

— O quê? Eu? — Ela fica pálida e sacode a cabeça. — De jeito nenhum. Não tem importância. Eu nem estou louca para fazer. Foi só um capricho. Ainda não acredito que fiz o teste.

O-ou.

— Não, não, não, você tem que participar.

Ela arruma os óculos.

— Não quero fazer a peça sozinha. Não tem problema. Eu não ligo se a gente vai fazer, juro. É tão não a minha cara fazer.

Ahhhh! E agora? Ela tem que fazer! Ela adora! Ela é boa! *É* a cara dela fazer, ela só não sabe ainda. Mas como vou conseguir lidar com todas essas atividades além de manter meus estudos em dia? Eu suspiro.

— Não, nós vamos fazer — passo meu braço pelo dela. — Vai ser divertido.

Ela dá de ombros novamente.

— Como você quiser, Dev. Realmente não é importante para mim.

Talvez não. Mas um dia vai ser.

Capítulo vinte e cinco

Quinta-feira, 29 de maio • • • Terceiro ano

Eu permaneço na minha cadeira por muito tempo depois que desligo, olhando as declarações do livro do ano. Entreguei a minha em março. Era basicamente uma ode a Bryan.

Vampiro no Dia das Bruxas, boliche, o parque. Na verdade dizia *Vmpr DBr, blich, o parq*. Só se tem algumas centenas de caracteres, então preciso abreviar.

Como eu terminei? *EuvotS24ever.*

Viro para minha página nas provas. Em vez de refletir recordações a respeito do Bryan, ela diz *KF, TH&JC: AMOVCSBFF* e aí lista um monte de coisas novas. Coisas tipo *Chicletnaumvainokablo, martondefilmdmadruga, 1 mentirin, tábrincando? Meuspéstaumdoendmt.*

Não faço ideia do que eu quis dizer. E nunca vou fazer.

Ainda estou me sentindo deprimida quando chego em casa. Até eu ver.

Parabéns! Você foi aceita na UCLA!

Santa nota no SAT. *Ela conseguiu.* Ela conseguiu!

Eu daria um tapinha nas costas de Cal, mas, já que não posso, dou um tapinha nas minhas. O que é mais ou menos a mesma coisa. Eu ligo para ela imediatamente.

— Você conseguiu, Srta. Cal. Nós vamos para a UCLA.

— Fala sério! — Ela dá um gritinho.

— Sério.

— Acho que foi bom eu não ter saído da peça. Estou aqui neste momento, para dizer a verdade. No ensaio. Não posso falar por muito tempo. Eles querem que a gente preste atenção mesmo não estando fazendo nada. É meio irritante.

— Bem, o que quer que você tenha feito funcionou. A carta de aceitação está bem no meio do quadro de avisos, com uma cara linda. UCLA, lá vou eu. Espere um segundo. O-ou.

— O que foi? Ela mudou?

— Não, ainda está lá. — Eu vasculho os outros papéis no meu quadro. Encontro uma pilha de coisas de faculdade e a vasculho também. — Só que não há nada a respeito de uma bolsa de estudos.

— Mas nós também não conseguimos bolsa para Tufts, conseguimos?

— Não. Não conseguimos. Mas... nós precisamos. De que outra forma vamos conseguir pagar, com papai desempregado? Acho que podemos conseguir um empréstimo. Mas aí vou ter que passar o resto da vida pagando de volta.

— Lo-te-ria! Lo-te-ria! Lo-te-ria!

— Cal, não. Você só vai ter que se esforçar mais.

— Está brincando? — grita ela. — Não posso me esforçar mais. É fisicamente impossível!

O lugar dela é na peça. Ela é tão dramática.

— Não precisa ficar histérica — digo. — Podemos conversar sobre isso depois. Tenho certeza de que há uma forma de conseguirmos uma bolsa. Talvez se a gente estudar um pouco mais ou entrar para outra equipe...

Ela geme.

— Por que você não faz alguma coisa para variar? Tipo me dar os números da loteria! Eu estou cansada!

— Meu trabalho é ajudá-la!

— Está bem, se você não quer jogar na loteria, vamos investir em alguma coisa. Você pode me dizer que ações são boas. Aí não temos que nos preocupar *nem um pouco* com pagar a faculdade. Podemos simplesmente comprar uma universidade e estudar lá.

Eu reviro os olhos.

— Acho que a UCLA não está à venda.

— Mas ainda podemos comprar ações! Você pode me dizer o que vai subir e, *voilà*, mensalidade da universidade. E...

A voz dela é sufocada por um grupo muito desafinado de estudantes cantando "Como nunca antes, sempre tão certo...".

— Pode ir a um lugar mais silencioso? Eu não consigo ouvi-la.

— Sim, eu poderia ir para casa. Que tal?

Eu me sento no canto da minha cama.

— Não pode dar uma fugida para o corredor?

"Conto tão antigo como o tempo..."

Ela suspira.

— Um segundo. Estou indo. Muito bem. Onde eu estava? Ah, é, comprando ações.

— Isso me parece informação sigilosa — digo a ela. — Acho que não é legal, sem falar em ético.

— É errado dar dicas para outra pessoa. Mas não dar dicas a você mesma, certo?

— Não tenho certeza.

— Nós deveríamos fazer isso! Podemos ganhar um milhão! Aí nem teremos que ir para a faculdade.

Ela é *tão* imatura.

— É claro que temos que ir para a faculdade. Não tem a ver só com conseguir um emprego depois; tem a ver com aprender. E a experiência. — Eu me lembro da minha declaração de formatura e de quão pouco a entendi. Quando eu for para a UCLA, vou me assegurar de me lembrar de tudo. — Talvez devêssemos pensar em comprar participações em uma empresa. Uma empresa que vai valer um zilhão de dólares quando você tiver minha idade. A não ser...

— O quê? Adorei o plano. Não estrague o plano. Eu posso ajudar. Sou um gênio da economia, você sabe.

Eu reviro os olhos.

— O que vamos investir, exatamente? Nós não temos dinheiro.

— Ah. Certo. Isso é um problema.

— Talvez você devesse entrar para o Clube de Corretores — digo.

— Não — diz ela desesperada. — Chega de clubes. Não posso pedir à mamãe e ao papai? Eles sabem alguma coisa sobre ações?

Quem me dera.

— Se eles soubessem alguma coisa sobre ações, nós não estaríamos nessa situação agora, estaríamos?

— Precisamos ser mais criativas. Talvez eu devesse inventar algo antes que lancem! Como a internet!

Dou uma risadinha.

— Você não se sentiria mal roubando a invenção de outra pessoa?

— Acho que sim — admite. — Então, de volta a minha sugestão inicial... a loteria! Pense bem. É um crime sem vítimas. Você vai poder ir para a faculdade. Não vai ter importância se papai for demitido. Mamãe também não vai ter que trabalhar... a não ser que ela queira.

— Mas e os riscos? E quanto aos seios da Karin?

— E a futura sensacionalidade da Tash?

Ela observou bem.

— Eles devem manter um registro dos números que ganharam, não? Espere aí. — Eu vou para o computador e começo a procurar. — Um segundo... É, eles têm. Eles postaram todos os números ganhadores dos últimos dez anos. — Eu faço uma pausa. — A gente deve mesmo fazer isso?

— Deve!

Eu rolo a tela para obter mais informações.

— Eles parecem ter um sorteio a cada três dias. E há um hoje à noite. O seu hoje à noite. E o prêmio é... caramba! Doze milhões.

Eu posso ser uma milionária. Esta noite. Apesar de que, tecnicamente, se ela ficar milionária esta noite, eu já serei há três anos e meio. Mostre-me a grana! Por outro lado...

— Não deveríamos nos sentir mal pelas pessoas que deveriam ganhar hoje à noite? — Eu continuo rolando a tela. — Espere. Ninguém mais vai ganhar! Da próxima vez o prêmio só sobe para 14 milhões.

— Então os próximos ganhadores vão ganhar só dois milhões em vez de 12?

— Exatamente.

— Não é mal — diz ela. — Eu disse a você, é um crime sem vítimas.

— Está bem — digo antes que mude de ideia. — Vamos fazer isso.

— É! — cantarola ela. — O que vamos comprar primeiro? — pergunta, a voz se enchendo de admiração.

— Um carro — digo. — Definitivamente, um carro. Meu próprio carro. E um extra para nossos pais, para eles não terem que dividir.

— Eu bem que poderia ter roupas novas. Roupas de grife! Roupas ridiculamente caras!

Aaah, eu vi um casaco divino na *Seventeen* no mês passado. E Bella recebeu uns tops lindos para o verão. Mas é melhor Cal não torrar todo o dinheiro do meu carro — quero dizer, o dinheiro da minha mensalidade — em um guarda-roupa novo. Apesar de que, com 12 milhões, nós certamente podemos torrar um pouquinho. Também devemos usar o dinheiro para fazer alguma coisa boa. Vamos financiar Tash para descobrir a cura para o câncer. Vamos ajudar outros alunos a pagar a mensalidade também. Ei, se isso der certo, eu posso voltar a minha lista de Mudar o Mundo e começar... a mudar o mundo!

— Então, o que eu faço? — pergunta.

Ela precisa que eu soletre tudo?

— Eu lhe dou os números, e você entra em uma loja e compra o bilhete.

— Não tem que ter 18 anos?

Ah, é.

— É melhor levar mamãe.

— Você acha que mamãe vai me comprar um bilhete de loteria? Está maluca? Ela nunca compra esses negócios. Diz que é jogar dinheiro fora.

— Então você vai ter que convencê-la, não é? Ligue e peça para ela vir pegá-la do ensaio. Diga que você precisa de material escolar. Aí, quando estiverem no shopping, faça-a comprar o bilhete. Moleza.

— Vou tentar — diz ela. — Vou ter que pensar em um bom motivo.

Eu posso pensar em 12 milhões.

Capítulo vinte e seis

Quinta-feira, 15 de setembro • • • Primeiro ano

— Então — diz minha mãe depois que enchemos o carrinho com material escolar extra —, você realmente está levando as aulas a sério ultimamente.

— É — digo.

— Esteve tão ocupada a semana inteira — diz ela.

— São todas as atividades — explico.

— Tem certeza de que não está fazendo coisas demais? — Ela estava manobrando habilidosamente nosso carrinho pela farmácia. — Você precisa ter tempo para si mesma. E para os amigos. E os meninos — diz balançando as sobrancelhas.

— Não há nenhum menino —. Infelizmente.

— Mas e o menino gentil que foi lá em casa no fim de semana?

Gentil? Se soubesse o que ele vai fazer no último ano, ela não diria que ele era gentil.

— Ele é só um amigo.

— Você não gosta dele?

— Não — digo rapidamente.

— Bem, aí está. Você tem que confiar nos seus sentimentos. Mas é uma pena. Ele era gatinho.

Nem me diga. Mas não posso ficar pensando nisso. Por outro lado, o que foi feito para mim é meu futuro guarda-roupa novo.

— Ei, mãe — digo, superindiferentemente — podemos comprar também um bilhete de loteria?

Ela ri.

— O quê? Por quê?

— Porque são 12 milhões de dólares?

— É, mas sua chance de ganhar é mais ou menos uma em 12 milhões.

— Alguém tem que ganhar. — Aceno com as mãos no ar. — Por que não deveríamos ser nós?

Ela balança a cabeça.

— Por que você não pega o dólar e o joga na fonte dos desejos? O desperdício é o mesmo.

É o que ela pensa.

— Por favor, mamãe? Eu sonhei na noite passada que nós ganhávamos. Acho que é um sinal. Só uma vez. Eu tenho uma sensação boa em relação a isso. E você acabou de me dizer que tenho que confiar nos meus sentimentos. Por favor? Eu até pago com meu dinheiro.

Os cantos da boca da mamãe se contorcem.

— Com a mesada que nós lhe damos?

— Exatamente.

Ela empurra o carrinho na direção do caixa.

— Está bem, querida. Um bilhete de loteria. Desta *única* vez.

Depois de tudo isso, é melhor a gente ganhar. O que vamos fazer. Ivy verificou os números. Apesar de que, pelo que vi, viagem no tempo às vezes pode bagunçar as coisas. Ou... e se ela leu outro dia por engano? Eu espio a palma da minha mão, onde transcrevi os ditos números. Não queria puxar o caderno na frente da minha mãe. E fiquei com medo de que, se escrevesse em um pedaço de papel, ele se perderia no meio de todos os meus outros papéis. Espero que os números não tenham borrado.

Nós nos aproximamos juntas do balcão.

— Tudo isso e um bilhete de loteria — diz ela. — Eu pago.

Tão doce minha mãe.

— Qual delas? — pergunta o balconista.

— NY6 — digo.

— Seus números?

Eu os leio dissimuladamente na minha mão.

— Cinco, 44, 16, 9, 84 e 26.

Mamãe levanta uma sobrancelha.

— De onde você tirou isso?

— Ah, humm. Bem, cinco é o número de... — De quê? — Canetas que eu tenho no meu estojo. 44 são os últimos dois dígitos do número da Tash. Nove é um número da sorte. Todo mundo sabe disso. 16 é o aniversário do papai. — Uhuu! Um que não parece uma mentira! — 84 foi o que eu tirei no, humm, teste de francês... e 26 é quantos anos eu vou ter quando me casar!

Ela ri e aperta meu braço.

— Você tirou 84 em um teste de francês? Estou impressionada.

Se está impressionada com um 84, espere só até ver a minha aceitação na UCLA. Ela vai desmaiar de admiração.

O caixa imprime o bilhete e o entrega para mim.

— Quer ir ver um filme? — pergunta minha mãe depois que enchemos o Volvo com nossas novas aquisições.

Estou prestes a dizer que tenho muito dever de casa quando vejo o sorriso ansioso dela.

— O que você quer ver? — pergunto.

— Não faço ideia — diz ela. — Eu não vejo um filme há séculos. Nem sei o que está passando.

Não posso evitar de me sentir mal. Quero dizer, com meu pai trabalhando o tempo inteiro, minha mãe nunca tem a oportunidade de sair. E, de qualquer modo, depois que eles anunciarem o bilhete vencedor hoje à noite, até parece que eu vou ser capaz de me concentrar nos estudos. Posso até não ir à aula amanhã. Acho que é permitido que você tire um dia de folga para comemorar depois que ganha 12 milhões de dólares.

— Claro — digo. — Também não vou ao cinema há algum tempo. — Eu deveria ter ido no sábado passado com Bryan, mas não foi permitido que isso acontecesse. — Ouvi dizer que *101 possibilidades* é muito bom. Vamos ver esse.

Deveríamos fazer uma atividade de mãe e filha normal antes que tudo mude. É claro que ela não faz ideia de que a vida como a conhecemos está prestes a mudar.

Nós vamos ficar ricas!

Muito ricas. Não só um pouquinho ricas. Ricas multimilionárias.

Normalmente, quando a vida como você a conhece está prestes a mudar, você nem tem consciência disso. Você pergunta a Karin, a garota sentada ao seu lado na aula, se pode pegar o marcador de texto dela emprestado, e vocês se tornam melhores amigas. Ou sua melhor amiga corta sua franja e aí você odeia o espelho pelo resto do quarto ano. Ou você vai a uma festa na casa da Celia King, derrama molho em um sofá e desenvolve uma paixonite séria.

Vamos esquecer esta última.

Normalmente, você não sabe quando sua vida está prestes a mudar. Mas agora eu sei. E é tão emocionante. A vida é emocionante. Eu balanço minha bolsa, o bilhete de loteria dentro, e tento esconder meu sorriso.

Capítulo vinte e sete

Quinta-feira, 29 de maio • • • Terceiro ano

Vuuuush! Sabe quando as pessoas dizem que a vida pode mudar em um instante? É, bem, minha vida acabou de mudar em um instante.

Eu quero dizer tudo.

Há um minuto, eu estava descendo a escada acarpetada correndo para pegar um copo d'água, e, no minuto seguinte, eu estava escorregando por uma escada de mármore.

Eu agarro o corrimão e me endireito.

Minha casa está diferente. Ou talvez eu esteja em uma casa diferente? Minha casa não tem janelas do teto ao chão. Minha casa não tem quatro andares. Onde eu estou? Subo cuidadosamente a escada de novo. Pareço estar em alguma espécie de mansão.

Uma mansão! O bilhete de loteria deve ter funcionado. Ela deve ter comprado. É!

Desço a escada correndo e a subo correndo e então desço de novo. Este lugar é do tamanho de uma estação de trem. Nós compramos uma estação de trem?

— Cuidado, Srta. Devi — diz uma voz vinda do céu. — Eu acabei de lavar o chão. Não vai escorregar e quebrar o pescoço.

Estou só brincando; não é do céu: a voz vem de uma mulher rechonchuda usando um vestido preto e um avental branco. Minha empregada? Minha empregada!

— Olá — digo, congelando no lugar. Eu definitivamente não quero quebrar o pescoço, apesar de que, se quebrasse, eu poderia simplesmente dizer a Cal para não correr na escada, e então tudo ficaria certo. Eu realmente sou uma super-heroína. Uma super-heroína com empregada. Quão sensacional é isso? Será que eu tenho cozinheira? Ou motorista? Ou um mordomo? Rio para mim mesma enquanto subo as escadas correndo novamente. Com cuidado. Mesmo que eu possa ligar para Cal e dizer a ela para não escorregar escada abaixo, aposto como mesmo assim ainda ia doer pra caramba.

A janela do chão ao teto à minha esquerda mostra uma grande entrada circular para carros. Com três carros. Correção: três Mercedes.

Uma delas *tem* que ser minha. Uhuuu!

No último andar, eu descubro seis portas fechadas. Qual é o meu quarto?

Abro uma: um armário. Um armário enorme estocado, cheio de todos os tipos de sabões e xampus elaborados e toalhas macias.

A seguir — meu quarto. Definitivamente, meu quarto! O quarto mais perfeito do mundo. Meus livros estão na estante, então eu sei que é meu. Minha cama. Ah. Meu. Deus. A minha cama! É uma cama dos sonhos! Uma grande cama com dossel e almofadas de cores pastel. Esqueça a super-heroína; é uma cama de princesa. Eu não consigo resistir; mergulho bem no meio. O edredom é acetinado e macio. Eu durmo em um marshmallow gigante. Oba!

Eu realmente posso ficar para sempre na cama.

A não ser pelo fato de que tenho que explorar o resto da minha mansão.

Escorrego para fora da cama — eu voltarei, doce marshmallow, cuide-se! — e me dirijo para meu armário. Meu armário enorme, gigantesco. Meu — abro a porta — closet. Deslizo para dentro e não posso acreditar no que vejo. Há fileiras e fileiras de roupas. Uma fileira de jeans de marca, uma fileira de blusas cintilantes (todas penduradas; eu não sou chique?!), uma fileira de vestidos sedosos. Onde exatamente eu uso isso? Alguém quer um chá das cinco?

Será que minha mansão tem chá das cinco? Acho que pode ter.

Ah. Meu. Deus. Meu vestido do baile de formatura!

Está em uma capa delicada de plástico transparente que diz *Izzy Simpson* do lado, mas é meu vestido. É igual ao vestido prata drapeado que eu tinha antes, mas mais escuro e mais colante. E provavelmente 20 vezes mais caro.

Tenho que vesti-lo imediatamente.

Pego um par de jeans de grife e uma camiseta amanteigada, nenhum dos quais eu me lembro de ter vestido. Ah, olhe: estou até usando uma calcinha diferente. De renda. Com uma etiqueta francesa. Quem diria que as pessoas ricas usam lingerie diferente?

Ponho o vestido e admiro meu reflexo no espelho que vai do chão ao teto, iluminado por trás, bem ao lado de uma linda penteadeira coberta de escovas e pentes antigos e maquiagem de aparência profissional e caixas de joias forradas de veludo.

Será que eu sou a rainha da Inglaterra? Acho que posso ser.

Olho em volta do quarto para ver que outros tesouros eu possuo. Vários. Uma TV de tela plana. Um laptop fino como papel. Um tapete realmente exuberante.

Um mural.

Sim, em vez da cor lavanda simples que costumava haver nas minhas paredes, meu quarto agora é pintado de modo a parecer um jardim. Com árvores e flores e um lago.

Ainda tenho as fotos na minha mesa. Eu as pego para ver quem está nelas — nada de Bryan. Ufa. A maioria é de mim com meus amigos, apesar de também haver uma de mim e meu pai em alguma espécie de barco. Eu tiro férias caras? Excelente!

Espio pela janela através das persianas. Uau. Isso não é um quintal. Isso é uma vista da cidade inteira. Acho que estou no monte Woodrove. E... uma quadra de tênis! Eu tenho uma quadra de tênis! Eu jogo tênis? Acho que jogo. Talvez Cal deva entrar para a equipe de tênis também. Aposto como tenho roupas de tênis fofas. Aposto que tenho um quarto inteiro de roupas de tênis, porque tenho a maior casa na cidade!

Existe uma casa tão grande assim na cidade?

Eu não me lembro de ter visto uma casa assim. Mesmo pelo lado de fora. Nós devemos ter mandado construir. E a vista parece meio familiar...

Espere um segundo. É o Mirante Morgan! No monte Woodrove! Onde Bryan e eu experimentamos fumar! E, olhando do mirante, há uma piscina. Uma piscina com borda infinita.

Uau.

Há alguém na minha piscina de borda infinita: um homem moreno, sarado e bronzeado com uma sunga preta justa. Por que há um homem moreno, sarado e bronzeado com uma sunga preta justa na minha piscina? Eu baixo a persiana e corro escada abaixo, tomando cuidado para não escorregar. Agora, como é que eu saio?

Entro correndo na cozinha (enorme, brilhante, high-tech, com uma ilha de mármore no meio e todo tipo de eletrodomésticos prateados e brilhantes) e aceno para a empregada (que agora está usando luvas de borracha e esfregando a pia).

Miau!

Hein? Eu procuro pelo barulho e vejo um gatinho minúsculo com pelo parecendo de leopardo esticando as patas em um canto. Ahá: aposto como a casa é tão grande que o gato não ataca a alergia do meu pai. Ou talvez meu pai e o gato tenham alas separadas! Eu me dirijo a uma porta que dá para fora, para um terraço enorme.

Eu vou dar as melhores festas. Aposto como já dei as melhores festas!

Sinto uma pontada inesperada de esquisitice — meio triste por não me lembrar das festas fantásticas que já dei —, mas continuo andando. Quase atropelo minha mãe em um biquíni prateado não-muito-maior-que-tamanho-PP. Ela está usando um sarongue combinando, enormes óculos de sol brancos e chinelos com pedrarias.

Ah. Meu. Deus. Minha mãe virou uma perua!

— Onde é o incêndio? — pergunta.

— Oi! — digo, dando uma risadinha. — Nadando um pouco? Curtindo a piscina?

— Isso! Só vou dar mais um mergulho e aí Alfonzo e eu vamos acender a churrasqueira. Tome um pouco de limonada rosa.

— Vou tomar — digo. Nós temos um chef chamado Alfonzo? Isso não é loucura? Eu me sirvo de um copo enquanto ela remove a canga, a estica por cima de uma das espreguiçadeiras, desce pelos degraus e mergulha no lado fundo da piscina. A piscina na qual o moreno sarado com a sunguinha minúscula agora está deitado em um colchão de ar abóbora. Será que ele é Alfonzo, o nosso chef? Nosso chef supergostoso.

Mamãe desliza pela água, na direção do homem, e dá um beijo na boca dele.

— Mamãe! — grito. — O que você está fazendo?

— Beijando meu marido? — diz ela com uma risada, então joga água nele.

O copo de limonada escorrega da minha mão e se espatifa contra o deque.

— Querida, você está bem? — Ela dá uma olhada para minha expressão certamente horrorizada. — O que houve? Está ficando doente? Eu ouvi dizer que há um vírus por aí.

Beijando seu... marido? Minha cabeça parece vazia, como se eu estivesse em um elevador em alta velocidade disparando para o centésimo andar.

Seu marido? O cara gostoso é marido dela? O que houve com o outro marido? Meu *pai.*

Acho que posso desmaiar. Preciso voltar para dentro imediatamente. Eu fujo para dentro de casa, sem fôlego e em pânico. Preciso descobrir o que está acontecendo. Passo correndo pela cozinha e entro em outro aposento. Onde posso encontrar fotos de família? O que houve com meu pai?

Eu preciso do meu pai.

Corro pela casa, procurando pistas. Onde estão as fotos do casamento deles? E a foto dos dois no aniversário de casamento, que costumava ficar em cima do aparador da lareira da sala? Será que nós temos um aparador de lareira na sala?

Cadê meu pai? E se alguma coisa... aconteceu com ele?

Eu subo correndo de volta para meu quarto — não escorregue, não escorregue — e abro todas as portas restantes dos quartos, procurando por ele.

— Papai? — sussurro. — Você está aí?

Encontro o que deve ser o quarto da minha mãe — cama king-size, quarto de vestir... mas não há sinal do meu pai. Onde está o roupão marrom e os chinelos do Mickey dele?

Corro de volta para meu quarto e vasculho minhas coisas atrás de uma explicação. Presos à parede há centenas de cartões-postais. De quem?

Papai?

Solto um da Torre Eiffel.

Atrás diz: *Te amo, querida! Mal posso esperar para vê-la este verão na Riviera!*

Meu pai está na França? Eu vou para a Riviera? Ou talvez eu tenha ido à Riviera? Eu me viro para minha foto com meu pai atrás da minha cama de princesa. Aquela foto foi tirada na Riviera?

Não. Consigo. Respirar. Por que meu pai está em Paris enquanto minha mãe está na piscina com seu novo marido?

Não faz sentido! Meus pais se amam! Claro, eles tiveram seus problemas durante esses anos, mas ainda se amam. Não é? Eu afundo no meu tapete superexuberante.

A loteria. Ela acabou com o casamento dos meus pais.

Onde está meu telefone? Preciso ligar para Cal agora mesmo e dizer a ela para cancelar. Na última vez em que eu o usei, ele estava bem... ali. Eu acho. A mesa polida não tem nenhum telefone em cima. Então, onde ele está?

Desço correndo de novo.

— Com licença — digo para a empregada. — Você viu meu telefone?

— Na mesa de *vidrro* do *escrritório* — ela diz.

Maravilha. Agora, onde é o escritório? Eu pulo de aposento em aposento até encontrar uma mesa de vidro. Normalmente, eu ficaria entusiasmada em descobrir que sou a orgulhosa proprietária de um iPhone. Só que, se ele fosse meu, eu teria jogado fora meu celular antigo.

Eu me sinto fraca e me agarro na beirada da mesa para me equilibrar. Se joguei fora meu telefone velho... se o substituí pelo iPhone...

...nunca mais vou falar com Cal.

E, da próxima vez que eu vir meu pai, vou ter que falar francês. Eu seguro o iPhone com as mãos trêmulas.

O. Que. Eu. Faço?

A foto na tela do telefone é de um homem italiano sexy. Alfonzo. O que significa...

A não ser que eu tenha uma paixão altamente inadequada pelo meu padrasto, esse provavelmente é o telefone da minha mãe. Ou do Alfonzo. Nunca se sabe. Ele pode gostar muito de si mesmo.

Não é *meu*.

Procuro no resto da casa — no resto da casa gigantesca. Onde está meu telefone?

Biiiiip!

Isso foi meu telefone! Eu conheço meu telefone! É o som que ele faz quando está acabando a bateria! Quando só tem um tracinho, ele apita mais ou menos de hora em hora. Eu conheço esse som! Tenho que encontrar esse som! De onde ele acabou de bipar?

Do andar de cima. Deve estar no meu quarto. Eu corro de volta para cima — não escorregue, não escorregue — e começo a vasculhar minhas gavetas. Por que eu guardo tanto lixo? Tudo o que eu já escrevi, li ou comprei na vida está aqui. Tudo menos meu telefone.

Minha cama. Ele deve estar na minha cama gloriosa.

Mergulho de novo no marshmallow e o encontro soterrado debaixo de cem almofadas, estilo a-princesa-e-a-ervilha. É! Meu telefone, meu telefone decrépito de três anos e meio de idade está bem aqui. A salvo. Foi por pouco. Eu o aninho nas mãos. Sou tão inteligente! Mesmo sendo capaz de comprar um novo telefone chique, devo ter ficado com este porque sabia quanto ele seria útil um dia. Eu olho para a bateria. Só um tracinho. Fico imaginando por quê. Eu definitivamente o carreguei ontem à noite. Não carreguei? Vou me preocupar com um problema de cada vez. Primeiro, tenho que ligar para Cal e fazê-la consertar essa confusão.

Em vez de tocar, ele diz:

— Oiê, aqui é Devi. Estou por aí e não posso atender...

Argh. Por que ela não está atendendo? Não há tempo para isso. Não há tempo para caixa postal! Já são quase 19h. O sorteio é às 22h.

Eu ligo novamente. Caixa postal, de novo. Onde ela pode estar?

Capítulo vinte e oito

Quinta-feira, 15 de setembro • • • Primeiro ano

Estou ficando meio entusiasmada. Eu vou ficar rica! Em cinco minutos, quando eles transmitirem os números, eu vou ficar muito, muito rica. Quanto? Rica de cair dinheiro para fora da minha bolsa Prada.

A qualquer minuto.

O que eu vou comprar primeiro? Roupas da Izzy Simpson!

Bato na porta do quarto dos meus pais.

— Liguem a TV. Eles vão anunciar os números.

Minha mãe e meu pai já estão na cama: papai de roupão, e mamãe de pijama rosa. Papai chegou cedo em casa hoje — às 21h30. Talvez, depois de ganharmos, ele possa relaxar um pouco. É bom vê-los juntos na cama — embora eu preferisse vê-los abraçados. Eles definitivamente precisam de um tempo abraçados. Talvez agora possam fazer uma viagem romântica juntos. Por mais do que um fim de semana prolongado.

— Que números? — pergunta meu pai.

— Os números da loteria.

— Sua filha alega que nós vamos ganhar — diz minha mãe.

Papai ri.

— Se ganharmos, posso pedir demissão e ficar em casa com vocês?

— Se ganharmos, eu vou abrir uma padaria. Padaria Banks. *Você* pode ficar em casa.

— Parece bom. Vou ficar em casa e jogar xadrez.

— Eu também quero ficar em casa — digo, caindo de costas na cama deles.

— Então, onde está o bilhete da sorte? — pergunta ele.

Opa.

— Na minha bolsa. Um segundo!

Corro de volta para meu quarto e procuro minha bolsa. Ouço mamãe ligar a TV e colocar no canal. Vasculho à procura do bilhete. Imagine se eu o perdesse! Não, aqui está ele! Lá vamos nós! Meus dedos também roçam o celular. Outro opa. Eu me esqueci de ligá-lo de novo depois do cinema. Ligo o telefone e vejo que tenho recados.

Quinze recados.

O-ou.

Primeiro recado:

— Onde você está?

Segundo:

— Atenda o telefone!

Terceiro:

— Não compre o bilhete!

Humm...

Quarto:

— Você provavelmente já comprou o bilhete, certo? Foi por isso que tudo mudou. Nós temos um problema sério!

O que isso quer dizer? O que eu devo fazer? Preciso que ela me ligue neste segundo! E se ela estiver tentando ligar neste momento? E sem conseguir, porque estou ouvindo os recados?

— Venha, querida! — chama minha mãe.

Eu ando na direção do quarto deles. Lentamente.

Um passo. Dois.

Paro do lado de fora da porta. E agora?

— Eles vão começar logo depois do comercial — diz ela — Pegue o bilhete!

Toque, celular, toque! O que devo fazer? Entro no quarto.

— Voltamos em 30 segundos com os números do bilhete vencedor — diz a apresentadora.

O-ou.

— Devi, para que números estamos torcendo? — pergunta meu pai.

— Cinco — digo nervosamente. — E depois...

Meu telefone toca.

Ah, graças a Deus.

— Um segundo, tenho que atender isso — digo, apertando o botão. — Alô?

— Você atendeu! Finalmente! Onde estava? Esquece, esquece, não há tempo! Você ainda não ganhou, não é?

Meus olhos vão da TV para meus pais sentados confortavelmente na cama e para o bilhete vibrando na minha mão.

— Dentro de uns dez segundos.

— Rasgue-o!

— O quê? — Eu devo ter ouvido mal.

— Rasgue-o! Você não vai querer ganhar! Confie em mim.

— Está brincando? Não posso fazer isso! Não agora.

— Você tem que fazer isso — ordena.

— Seria, hummm, muito estranho... — Não posso fazer o maior estardalhaço em cima do bilhete de loteria e então rasgá-lo.

— E estamos de volta — diz a apresentadora. Ela tem cabelos curtos brilhantes e um sorriso perfeito. Aposto como usou aparelho. — Para o sorteio desta noite do NY6 de quinta-feira, 15 de setembro. — Dentro da caixa de vidro à frente dela há seis bolas numeradas girando sobre mangueiras de ar.

— Eu ouvi isso! — grita Ivy. — Você não pode ganhar! Faça isso parar!

A primeira bola salta do vácuo e se empoleira em um beiral. A apresentadora nos dá um sorrisão cheio de dentes.

— E o primeiro número sorteado é cinco.

Meus pais vibram.

— Qual é o nosso próximo? — pergunta meu pai.

— Humm... nós temos... — Ah, droga. O que eu digo?

A segunda bola pula.

— O próximo número é 16.

A mamãe olha para mim com expectativa.

— Nós não temos esse? Por causa do aniversário do papai?

— Humm... — Aah! — Dezesseis, não.

— Dezessete! — grita Ivy no meu ouvido. — Diga que você tem o 17!

— Dezessete — repito, balançando a cabeça.

— Eu podia jurar que você tinha me dito 16 — diz minha mãe. — Tão perto!

— O terceiro número sorteado é... 44 — diz a apresentadora.

— Diga a eles que você tem o 45 — ordena Ivy.

— Isso parece burrice — digo ao telefone. — Quarenta e... três — digo em vez disso.

— Ah, claro, isso parece muito melhor — resmunga Ivy.

— Você vai explicar por que estamos fazendo isso? — sussurro.

— Vou. Depois. Mas agora só não ganhe. Nada de ganhar. Nada de Alfonzo. E destrua o bilhete assim que tiver uma chance. Entendeu?

— Mas e minhas roupas novas? E a mensalidade? E quem é Alfonzo?

— Só faça!

Biiiip!

— O que foi isso? — pergunto.

— Ele toca de hora em hora — diz.

— Você precisa recarregar?

— Cal, pode se concentrar na tarefa imediata, por favor?

Eu continuo com o resto do sorteio, gritando números ligeiramente diferentes.

— Então é isso? — diz mamãe com um suspiro exageradamente longo. — Eu lhe disse, Devi, você poderia ter jogado o dinheiro no lixo.

— Mas aí não teríamos passado esse tempo adorável juntos — digo com uma risadinha tensa. Enfio o bilhete no bolso.

De volta ao meu quarto, estudo o bilhete de loteria na minha mão. Penso em todas as coisas incríveis que eu ia comprar. Roupas! Carros! Viagens chiques!! Eu vou realmente rasgá-lo? Parece ser uma loucura.

Apesar de Ivy ter feito parecer importante... e acho que sempre poderemos comprar outro bilhete de loteria na semana que vem. Eu hesito antes de rasgar tristemente o bilhete em um milhão de pedaços e deixá-los esvoaçar para dentro da minha lata de lixo como confete. Um confete muito triste.

Não sei quem é esse Alfonzo, mas ele me deve um guarda-roupa novo da Izzy Simpson.

Capítulo vinte e nove

Quinta-feira, 29 de maio • • • Terceiro ano

Ai! Estou descendo minha escadaria de mármore, cuidando do meu próprio nariz, quando — puf! — alô, queimadura de tapete. Uma garota pode quebrar o pescoço assim. Mais uma vez, estou na minha velha escada acarpetada. Todas as mudanças se reverteram. Estou de volta a minha velha casa tediosa. Com minha velha vista tediosa. Velho pai tedioso? Prendendo a respiração, eu corro para o quarto dos meus pais e bato.

— Olá?

— Entre, querida — grita minha mãe.

Eu empurro a porta para abri-la. Minha mãe está lendo um romance; meu pai está sentado, usando o roupão, as costas apoiadas em travesseiros. Os chinelos dele o estão esperando alegremente ao pé da cama. Não posso deixar de sorrir.

— Oi — digo. Mergulho de cara na cama e jogo os meus braços em volta dos dois em um abraço.

Quando finalmente volto para meu quarto, conecto o telefone ao carregador e subo na minha macia, adorável, velha e tediosa cama.

Capítulo trinta

Sábado, 17 de setembro • • • Primeiro ano

Na noite de sexta-feira, eu vi *101 possibilidades* com as meninas. Ainda me diverti, apesar de saber o final.

Hoje eu devo passar o dia fazendo o dever de química, lendo economia, praticando conjugações de francês, estudando para as próximas provas de álgebra e história, e começando meu trabalho sobre *Jane Eyre*, quando Karin me liga e me convida para ir ao shopping, então eu vou. Ela me empresta suas gravações de história, às quais já escutou. Agora eu só preciso ouvi-las.

Mas preciso do fim de semana de folga.

É claro que não digo isso a Ivy. Ela está toda apavorada porque o telefone não parece estar carregando.

— Não entendo — diz ela mais tarde naquela noite. — Eu o conectei duas noites seguidas. Por que ele não está funcionando?

— O que você acha que vai acontecer se ele pifar? — pergunto a ela enquanto me visto para a festa na casa de Kellerman. — Sua vida vai continuar mudando cada vez que eu fizer algo diferente?

— Não mudava antes de começarmos a nos falar — disse ela. — Então acho que vai ficar estática se pararmos. Estou achando que minha vida só muda quando você faz algo diferente por causa das nossas conversas, sabe? De qualquer modo, ele não vai pifar. Vou descobrir como consertá-lo. Mas, por enquanto, vamos usá-lo apenas de vez em quando.

Minha mãe me deixa na casa da Karin primeiro e nós fazemos todo o nosso ritual de arrumação: maquiagem, perfume, verificação de cabeça para checar a caspa e teste de hálito. Desta vez eu acrescento um novo.

— Eu queria que meus peitos fossem iguais aos seus — digo para Karin, olhando-me no espelho.

— Não sei por que você não para de falar isso — diz, corando.

— Eles têm o melhor formato! Confie em mim. Meninas do mundo todo matariam para ter seu decote.

— Humm — diz ela, dando uma espiada em si mesma no espelho.

A mãe da Joelle pega todas nós e lá vamos para a festa. Estamos lindas, se é que eu posso dizer, com os peitos e tudo o mais.

— Jerome Cohen está aqui — sussurra Karin para Joelle — Você tem que falar com ele.

— Definitivamente — diz ela, os olhos faiscando.

— Ele é muito gatinho — digo a ela, mas estou pensando: se Jerome está aqui, isso significa que o Bryan está aqui? Não que eu me importe. Está bem, eu me importo um pouco. — Nós deveríamos ir falar com ele!

Seguimos até o sofá, onde Jerome está com mais dois caras. Infelizmente, nada de Bryan à vista.

— Ei — dizem.

— Ei — dizemos nós.

La, la, la.

O que eu tenho que fazer para começar uma conversa? Deixar cair mais molho no sofá?

— Estão tendo um bom fim de semana? — pergunto a eles.

— Nada mal — diz Jerome, batucando com os dedos em uma mesa de canto e me dando um sorriso fofo. Não exatamente do nível "covinhas", mas, ainda assim, fofo. — Vocês?

— Ótimo — digo. La, la, la.

— Vocês conhecem Nick e JT? — pergunta Jerome.

Nós dizemos oi e nos apresentamos. Nick balbucia um olá, mas não levanta os olhos. Ele obviamente é tímido. Eu também meio que posso ver por quê: a pele dele é muito ruim. O nariz e o queixo estão cobertos de espinhas inflamadas. Coitado. Os cabelos com gel demais e a camisa social de flanela também não estão ajudando. Ele está trocando os pés que calçam tênis de lugar.

— Então, Nick, que escola de ensino fundamental você frequentou? — pergunto a ele.

— Carter — resmunga.

— Ah. Legal — digo. Fico esperando que ele me pergunte algo de volta. Ele não pergunta.

Então eu me viro para JT. Diferentemente de seu amigo não comunicativo, ele tem a pele perfeita. É definitivamente gatinho, tipo jaqueta de couro e cabelos com gel. Poderia facilmente interpretar Danny se o departamento de teatro algum dia decidir montar *Grease*. Ele também está um pouco queimado de sol, apesar de o lugar no rosto dele onde estava usando óculos escuros estar branco.

— Você pegou um belo bronzeado.

Ele sorri.

— Eu sei... Está péssimo. Também estou com um bronzeado horrível de fazendeiro. — Ele enrola as mangas para cima para que eu possa ver os braços. Os braços bronzeados e definidos.

— Não acho que você andou trabalhando em uma fazenda — digo. Não há muitas fazendas na área.

— Jogando golfe — responde com um sorriso preguiçoso.

— Sério? — Eu me inclino na direção dele. — Você joga?

Ele assente.

— Tenho um *handicap* de quatorze.

Não faço ideia se isso é bom ou ruim. Ainda não fiz meu dever de casa sobre golfe.

— Sabe — digo —, eu estou começando uma equipe feminina em Florence West.

— Sério? — Ele chega mais perto de mim. — Você joga golfe?

— Ainda não — admito. — Mas vou aprender.

Ele me olha de cima a baixo.

— Vou dar umas tacadas amanhã. Quer vir? Posso lhe mostrar algumas jogadas. — Os olhos dele se demoram um pouco demais para que suas ditas jogadas sejam puramente relacionadas ao esporte.

Acho que ele está me convidando para sair.

— Parece divertido — digo. Mas então fico imaginando. Devo sair com ele? É melhor eu perguntar a Ivy. Ele é gatinho. Não é? Não sei o que fazer. É assim que vai ser pelo resto da minha vida? Nunca confiar se devo sair com um garoto porque tenho que perguntar... a mim mesma?

— Na verdade, talvez eu tenha planos para amanhã. Mas não tenho certeza; posso responder depois?

— Sem problema — diz ele, esticando os braços sobre a cabeça. — Só me avise. Eu vou pegar uma bebida. Quer alguma coisa?

— Estou bem, obrigada. — Dou a ele o melhor sorriso de aparelho escondido. Agora só preciso esperar pelo telefonema dela.

Dez minutos se passam.

Vinte minutos.

Trinta.

Quando você fica olhando para um telefone, ele nunca toca, não é? Mas *por que* ela ainda não ligou? São quase 21h30! Ela não quer saber como eu estou indo? Estou acostumada com ela ligando a cada hora, mais ou menos, para ver como as coisas estão.

E se aconteceu alguma coisa com ela? Como eu ficaria sabendo? E se o telefone pifar? Eu mando um texto para ela que diz: `Ivy! Me liga! Urgente!`

Mais dez minutos. Vinte. Trinta.

Meu telefone finalmente toca.

— Graças a Deus! — grito.

— Graças a Deus o quê? — pergunta uma voz. Não é Ivy. Droga.

— Quem é? — pergunto, irritada.

— É sua irmã. Alô? Eu fui embora há menos de um mês e você já se esqueceu de mim?

Sinto uma pontada no estômago.

— Ah, oi, Maya! Desculpe. Oi! Como você está?

— Bem. Estou com saudades de você! Nós não nos falamos a semana inteira!

— Eu tenho andado muito ocupada — digo. — Você sabe...

— É claro. Eu também. Estava imaginando se você ainda quer vir me visitar no fim de semana do Dia de Colombo. Devemos pedir para mamãe e papai comprarem uma passagem para você?

— Ah, humm, é. Claro. Isso parece...

Biip!

É! Chamada em espera! O identificador de chamada diz que sou eu.

— Maya, eu tenho que desligar. Posso ligar para você depois?

— Claro. Não se esqueça de mim. Precisamos comprar logo sua passagem, porque os preços...

Biip!

— Eu tenho mesmo que desligar, Maya. Ligo para você amanhã! — Desligo e passo para Ivy. — Já estava na hora!

— O que houve? — pergunta ela. — É melhor ser importante. A bateria está fraca.

— Eu sei, eu sei... Só preciso lhe perguntar uma coisa. — Eu me abaixo em um canto. — Um cara chamado JT me convidou para sair.

— Quem?

— JT — sussurro. Não sei o sobrenome. Ele é gatinho. Joga golfe! Quer dar umas tacadas comigo amanhã. Posso ir?

— JT Prause? — pergunta ela.

— Não sei.

— Ele tem cabelos escuros? Parece que poderia interpretar Danny em *Grease*?

Adoro como nós pensamos parecido.

— É!

— Então, não — diz ela. — Você não pode sair com ele de jeito nenhum.

Meus ombros caem.

— Por quê?

— Porque ele é um otário.

— Sério? — pergunto em dúvida. — Ele parece legal.

— Ele não é. Ele é um idiota. Um *grande* idiota.

— Isso não é muito gentil de dizer — digo, bufando. — E, de qualquer modo, se ele é amigo do Jerome Cohen, não pode ser tão idiota assim.

— Eu não quis dizer que ele não é popular. Ele é um idiota na vida. Ele nem vai mais à escola. Tem um vício sério em jogo. Ele roubou metade da turma e botou tipo 30 mil dólares no cartão de crédito dos pais, e eles o mandaram para a Heken. Você sabe, a escola para delinquentes.

— Ah... — Então deixa pra lá. Não quero sair com um cara que estuda na Heken. Não quero nem socializar com um cara que estuda na Heken.

— Além disso, no ano passado ele vendeu o sutiã da Jenny McIntosh no eBay.

— Ele não fez isso!

— Ahã — diz ela. — Não saia com ele. Ele é esquisito.

— Ele *pareceu* legal... — Apesar de ter me dado uma avaliada de uma maneira ligeiramente nojenta.

— Ele não é. Quer que ele venda o *seu* sutiã no eBay?

— Eu não ia dar meu sutiã para ele. Só ia dar umas tacadas de golfe com ele.

— Não dê. Ele vai pegar seu cartão de crédito quando você não estiver olhando.

— Eu não tenho cartão de crédito. Você tem?

— Você vai ganhar um no ano que vem. Se for boazinha. Se não sair com ladrões. Por que não lê sobre golfe em vez disso? É, é um bom começo. Passe o dia lendo a respeito de técnicas de golfe. Terminou todo o dever de casa hoje?

— Ahã — minto.

Biiip!

— Droga, é a bateria novamente! Tenho que descobrir como consertar. Eu vou a uma festa na casa da Laura Kingsley. Vou chegar tarde, então talvez não telefone.

— Está bem. Tchau!

— Tchau!

Desligo e jogo o meu celular dentro da bolsa. Enquanto estou ali, eu me asseguro de que minha carteira ainda está também.

Capítulo trinta e um

Sábado, 31 de maio • • • Terceiro ano

Logo antes de Karin me pegar, eu fico olhando para meu celular ainda descarregado. O que há com ele? Eu o conectei ontem à noite e parecia que estava carregando. A luz vermelha estava acesa e tudo. Mas ainda tenho menos de uma hora de bateria. Eu realmente preciso ir ao MediaZone amanhã e fazer com que eles o consertem ou me deem uma bateria nova ou sei lá o quê.

Quando ouço a buzina, jogo o telefone dentro da bolsa e corro para fora. Nós fazemos nosso ritual de sempre.

— Cabelos? — pergunta ela, inclinando-se para a frente.

— Sem caspa! — Eu me inclino para a frente e abaixo a cabeça.

— Você também. Hálito? — Ela sopra na minha cara.

— De hortelã. Eu?

— De enxaguante bucal.

— Perfeito.

Em seguida, nós pegamos Joelle, que está vestindo uma túnica cor de esmeralda por cima do jeans, e então Tash, que está — bem, não existe outra palavra para isso — deslumbrante.

Ela está usando o de sempre — jeans e uma blusa preta —, mas esse é um jeans skinny, e ela completou com um salto-agulha preto e uma echarpe amarelo-clara em volta do pescoço. Os cabelos foram escovados e estão maravilhosos, e as lentes de contato e o pouquinho de delineador preto fazem os olhos dela se destacar. Uau.

Assim que eu entro na festa, vejo Celia sentada no colo do Bryan. Os palitinhos de frango que eu comi no jantar quase fazem uma reapresentação.

— Preciso de um copo d'água — digo para as meninas. — Vocês vêm comigo até a cozinha? — Nós todas vamos.

Sentado na bancada da cozinha, ao lado da anfitriã, Laura, está o meu possível parceiro de amassos, Harry. Será que ele voltou a ser o meu acompanhante para o baile de formatura?

— Oi, Harry — digo com uma risadinha nervosa. — Que bom ver você. Sabe onde posso encontrar uma Coca?

Espero que Harry diga oi. Que possivelmente me dê uma olhada de chega-mais. Mas ele nem percebe minha presença. Eu o assustei? Ou será que assustei Cal? Será que os meus amassos com Harry desapareceram mais rápido que o Alfonzo?

— Ei, gata. — Ouço Harry dizer para Laura. — De que cor devem ser as suas flores?

Eu enfio a mão na geladeira e puxo uma garrafa de Coca. O queixo da Laura está com marcas vermelhas que a denunciam. Então acho que é por isso que não vou ao baile com Harry. Eu assustei Cal, e agora Laura é quem o está beijando e sendo sua acompanhante para o baile. Ficar em dia com minha vida amorosa está me dando dor de cabeça. Eu me viro para minhas amigas.

— Acho que preciso de um pouco de ar fresco.

— Eu também — diz Joelle.

— Eu também — diz Karin.

Um grupo de alunos do último ano já está do lado de fora, incluindo outra mina terrestre em potencial: Sean Puttin, o idiota mauricinho que disse que eu beijava como um peixe. A não ser que a Cal tenha feito seu trabalho e se lembrado de guardar seus lábios de peixe para si mesma. Mas como vou saber? Perguntar: Ei, galera, eu fiquei com Sean Puttin? provavelmente não será a melhor forma de descobrir.

— Ei, vocês sabem para onde Sean vai no ano que vem? — Dou um gole na Coca e tento parecer indiferente.

Os olhos da Karin faíscam.

— Para o inferno?

Humm. Parece que eu ainda beijei Sean Puttin. Obrigada por nada, Cal.

— Ainda estou passada com ele por ter dito, no ano passado, que eu beijo como um peixe — diz Karin zangada.

Hein? Agora Karin o beijou? Karin não o teria beijado se eu tivesse. A não ser que eu nunca tenha, e que Karin o tenha beijado em vez disso!

Ela passa o dedo em um cacho.

— Que se dane. Eu sei que meus lábios são finos demais. Apesar de Stevey gostar deles do jeito que são. E, de qualquer modo, vão ficar perfeitos quando formos para a faculdade, com as injeções na boca.

Eu engasgo com minha Coca.

— Você não precisa de injeções na boca! Também não precisa de plástica nos seios. Está ótima do jeito que é!

Os olhos dela se arregalam.

— Plástica nos seios? Por que eu deveria fazer plástica nos seios? Você acha que eu preciso de plástica nos seios?

— Não! — sacudo a cabeça veementemente. — De jeito nenhum!

Ela balança o torso.

— Eu tenho peitos bonitos. Mas preciso definitivamente consertar meus lábios.

Eu considero a possibilidade de usar mais dos meus minutos potencialmente preciosos e decido que, sim, tenho que ajudar Karin. Quando tenho a oportunidade, mando secretamente um texto para Cal: `Bom trabalho com os elogios esfuziantes para os peitos. Mantenha Sean Puttin longe da Karin também. Mto. imp!`

Todo esse malabarismo com o passado e o presente é meio exaustivo.

Depois de jogar o celular de volta dentro da bolsa, eu encontro minhas amigas discutindo acaloradamente sobre as flores para a festa. É a febre do baile de formatura. Checo a área atrás de Tom Kradowski. Ele também está aqui? Eu provavelmente devia conhecê-lo.

— Você viu Tom? — pergunto para Karin.

— Ele não vai para a casa do pai nos fins de semana?

Eu provavelmente deveria saber disso.

— Certo. É claro. — Não acredito que vou ao baile de formatura com alguém com quem nunca falei. Presumindo que ele ainda vá ao baile comigo. — Eu vou ao baile de formatura com ele?

Joelle ri.

— Vai. Falando em baile, lá está Jerome.

Tash revira os olhos.

— Chega de Jerome. Não pode esquecê-lo?

Joelle cruza os braços desafiadoramente.

— Qual é o seu problema?

— Já *chega*! Ele terminou com você há *três* anos. Está na hora de seguir em frente. Está na hora de parar de ficar obcecada por ele, parar de ir aos shows dele e parar de esperar que ele a convide para o baile. Ele não vai convidar.

Ai. Tash está sendo dura. Por outro lado... já se passaram três anos. Não é? Não consigo mais acompanhar.

— Você não pode apenas ir com outra pessoa? — pergunto, tentando apaziguar.

— Não há *outra* pessoa de quem eu goste! — explode Joelle. — Deixar que ele tenha escapado foi o maior erro da minha vida. Gostaria que vocês entendessem isso. Eu vou entrar. Até mais. — Ela gira e se afasta sem olhar para nenhuma de nós.

Tash suspira e pega um punhado de *pretzels* de uma tigela de plástico.

— Ela é tão dramática... Eu nem acho que ela gosta do Jerome. Ela só gosta da ideia de ser uma artista torturada. — Ela acena para alguém do outro lado do aposento.

Eu olho na direção para a qual ela está olhando e vejo Nick Dennings com o braço em volta de Elle Mangerls, sua namorada do penúltimo ano. Ele está usando uma camisa social e jeans, mas tem definitivamente um lance nerd-bonitinho rolando. Ele ri de algo que sua namorada diz e é uma bela gargalhada, que ecoa pela sala.

— Ouvi dizer que os pais dele lhe deram um avião de formatura — sussurra Karin.

— Está brincando? — pergunto. Isso parece loucura. — Tipo, com uma tripulação e tudo?

— Não, um pequeno. Que ele possa pilotar.

— Como é que ele sabe pilotar um avião?

— Ele andou tendo aulas — revela Tash.

Imagine... ter o seu próprio avião. Ou ter um namorado que tem o seu próprio avião. Talvez eu devesse sair com ele. Não agora, obviamente — ele tem namorada —, mas como caloura. E ele é superinteligente. E tem uma risada ótima. E daí que tinha acne? Ele superou isso. Ele é um investimento espetacular a longo prazo. Seria legal ter um namorado de novo. E Nick teria que ser um namorado melhor do que Bryan. Pelo menos ele não decidiria um dia que quer se mudar para o Canadá.

Eu peço licença para ligar para Cal.

— Oi — digo.

— O que houve? — pergunta ela. — Achei que você estivesse tentando economizar bateria.

— Estou. Mas tive uma ideia. Já que você está tão desesperada para ter um namorado...

— Não estou, não!

— Tanto faz. Conhece Nick Dennings?

— Humm, conheço.

— Saia com ele — digo.

— *Nããããoooo!*

— Qual é o problema? Não o julgue pela acne; ela é tão superficial...

— Não é por causa da *acne* dele. Eu tentei conversar com ele hoje à noite e ele foi completamente idiota.

— Dê outra chance. Ele é um cara *ótimo*.

— Por quê? O que ele faz? — pergunta ela com interesse. — Cura o câncer ou alguma coisa assim?

— Nem todo mundo pode estar procurando a cura para o câncer — digo. — Ele é inteligente. E tem uma risada ótima. E um avião.

— Como é que é?

Biiiiip!

Apesar de o som me dar um miniataque cardíaco, eu o ignoro e continuo apressada:

— Ele vai ganhar o seu próprio avião! Isso não é maneiro? A mãe dele vendeu sua firma na internet por uma fortuna. Além disso, a acne dele desaparece e ele é, na verdade, muito gatinho. Você deveria amarrá-lo logo. Ele é pra casar. Provavelmente também vai pagar nossa faculdade. E pense nisso: eu posso voar para onde quiser neste verão! LA, Miami, aonde for!

Ela ri.

— Você quer que eu saia com alguém *agora* porque daqui a três anos a *mãe* dele vai ficar rica?

— Parece meio vulgar quando você fala *assim*.

Ela suspira.

— Se eu saísse com ele agora, não teria que ficar com ele até o último ano?

— Acho que sim.

— É muito tempo para uma viagem para South Beach.

— Não é só uma viagem para South Beach. — Apesar de que seria divertido.

— Não vou namorar um cara com a personalidade de uma esponja para que você possa ganhar uma viagem grátis. Desculpe.

— Só converse com ele de novo! É só o que estou pedindo. Dê uma chance a ele. Por favor?

Ela estala a língua.

— Vou conversar com ele novamente. Mas é só isso. Se não houver química, eu vou desistir.

— Fechado! — Ah! Tive uma ideia brilhante. — Se você não gostar dele... veja se Joelle gosta!

— Mas ela ainda está obcecada pelo Jerome Cohen — diz ela, sem entender nada.

— Exatamente! Vamos nos livrar do Jerome Cohen. Esse relacionamento obviamente não foi bom para ela. Se ela se apaixonar por outra pessoa em vez disso, não vai ficar obcecada pelo Jerome.

— Há. Você só quer ter uma melhor amiga que tem um namorado com um avião.

Eu rio.

— Mal não faz.

Capítulo trinta e dois

Sábado, 17 de setembro • • • Primeiro ano

Eu encontro Karin, Joelle e Tash no sofá da sala de Kellerman. Quando vejo Nick Dennings de pé sozinho, mexendo em um iPod, faço um sinal para ele se aproximar. Eu definitivamente não acho que ele é o cara certo para mim, mas fico feliz em bancar o cupido e juntá-lo a Joelle.

Ele olha para mim, afasta o olhar, e então olha de novo para mim. Parece não ter certeza se eu estou realmente fazendo sinal para ele.

Eu aceno de novo.

Ele cora de um jeito "quem-eu?" e então se aproxima arrastando os pés.

— O que você está fazendo? — sussurra Karin.

— Ele não é meio gatinho? — digo. — Também é inteligente. Acho que é um partido muito melhor do que Jerome Cohen.

— Você está louca! — diz Joelle baixinho.

— Olá — diz Nick. — Eu sou Nick.

Er.

— É, nós já nos conhecemos — diz Joelle, revirando os olhos. Não, acho que esses dois não vão engatar um romance. São meio como água e óleo. Ou água e um telefone celular. E não de uma forma boa.

— Desculpe — diz ele, corando.

— Eu também nunca me lembro das pessoas — me apresso em dizer. — Tenho péssima memória. É um problema.

Nick inclina a cabeça para o lado e sorri.

— Se você não é parte da solução, é parte da precipitação.

Hein? Isso foi inglês?

Tash ri. Uma risada grande, profunda e gostosa.

— Não entendi — diz Karin.

Eu dou de ombros.

O olhar da Joelle pula de Nick para Tash.

— Velha piada científica — diz Tash, corando.

Interessante. Muito interessante.

Capítulo trinta e três

Domingo, 1 de junho • • • Terceiro ano

Há uma batida forte na minha porta no domingo de manhã.

No domingo de manhã cedo. Às 7h30 da manhã de domingo.

— Querida? — chama meu pai, abrindo a porta. Ele está usando uma calça cáqui de pregas e uma camisa branca engomada. — Ainda está na cama? Vamos sair em meia hora. É melhor você se apressar.

Hein? Obviamente algo mudou, mas eu não entendo o quê. Por que meu pai está de pé tão cedo? Por que não está de roupão? Por que ele parece em forma?

— Vamos sair para tomar chá?

Ele ri.

— Vamos jogar golfe. Em meia hora. Ande logo. Acabei de fazer um bule de café.

Sério? Eu pulo da cama. Acho que não vi meu pai fora da cama tão cedo desde antes de ele perder o emprego. E nós vamos jogar... só nós dois? E se não tivermos nada para conversar? E como se joga golfe, exatamente? E o que se usa para jogar golfe? Eu abro a porta do armário e vasculho as minhas coisas. Posso usar jeans? Não faço ideia.

Felizmente descubro uma saia-shorts branca de pregas, uma blusa rosa-clara e um cardigã combinando que nunca vi antes. Devem ser para jogar golfe. Ótimo. Um problema resolvido.

Eu os visto, encontro um par de meias esportivas na gaveta, amarro meus cabelos para trás em um rabo de cavalo baixo e desço correndo para tomar uma xícara de café.

Eu puxo os braços e os ombros para trás e balanço. Não só a bola faz contato com meu taco, mas ela sai voando por cima do campo público exuberantemente verde.

Sou uma golfista nata. É tão esquisito. Não sei conscientemente o que estou fazendo, mas meu corpo sabe. Assim que senti o taco na mão, eu soube o que fazer. Aparentemente, tenho um *handicap* de dez. Não faço ideia do que isso significa.

— Ótima tacada! — diz meu pai, fazendo um sinal de positivo com o polegar.

Até agora, estamos tendo um ótimo dia. Um dia maravilhoso. O sol está brilhando. Meu pai e eu estamos nos aproximando. Não passamos momentos tão agradáveis juntos desde... Bem, eu não me lembro da última vez.

A ponta do meu nariz está quente, e eu enfio a mão na bolsa e passo um pouco de filtro solar extra.

— Pai, vem cá. Sua nuca está queimando.

Ele se aproxima a passos largos e se vira.

— O que eu faria sem você, garota? Vou sentir muito sua falta quando estiver na UCLA.

Ele sabe sobre Los Angeles? É claro que sabe sobre a UCLA. Se está na minha parede, está na minha vida.

— Também vou sentir saudades de você. — Eu estou só começando a conhecê-lo novamente e agora vou me mudar para o outro lado do país!

— E não quero que se preocupe tanto com a mensalidade. Sinto muito que o golfe e as bolsas acadêmicas não tenham saído, mas é a hora certa de vender, de qualquer maneira.

Hein? Eu fecho o creme e o coloco de volta na bolsa.

— Vender o quê?

— A casa — diz ele e então puxa os tacos.

O meu queixo cai e eu corro atrás dele.

— Você vai vender a casa?

— De novo, não! — diz ele. — Já conversamos sobre isso. Sua mãe e eu simplesmente não precisamos mais de quatro quartos. Sua irmã raramente vem para casa, e, com você do outro lado do país... tenho certeza de que o apartamento de dois quartos na cidade vai ser ótimo para nós. Aconchegante.

O-ou.

Capítulo trinta e quatro

Segunda-feira, 19 de setembro • • • Primeiro ano

Quando vou para meu assento para o primeiro ciclo do dia, a madame Ritale franze os lábios borrados de batom (ela tem a tendência de passá-los nos dentes) e diz, em francês:

— Espero que vocês todos tenham feito o dever, porque vamos ter um teste-surpresa!

Humm... não cheguei a fazer meu dever de casa este fim de semana. Eu precisava decompor. Quero dizer, descomprimir. Quero dizer... eu esqueci. Não revisei minhas palavras para o SAT neste fim de semana também. Passei quatro horas no ensaio da peça no domingo e mais quatro horas pesquisando golfe. É, a Ivy jogou golfe com papai enquanto eu tive que pesquisá-lo. Quando ouvi a notícia, a inveja pareceu um fósforo aceso no meu peito.

Eu fico olhando para a folha do teste. Pisco. Olho para cima. Olho para baixo de novo.

Se ninguém estivesse olhando, eu pegaria o telefone e escreveria para meu eu do futuro: `Aidez-moi!`

Ou talvez: `Au secours!`

Se eu soubesse qual dos dois, não precisaria de ajuda, precisaria?

— Por favor, passem os deveres para a frente. — o Sr. Durst, meu professor de química, nos diz. Eu provavelmente deveria ter feito isso, não é?

A Srta. Lux varre a sala inteira com os olhos.

Não me escolha, não me escolha, não me escolha.

Ela para em mim.

— Devi, pode por favor nos descrever três formas de lidar com a escassez a nível nacional?

Ivy vai me matar.

Eu sem-querer-querendo deixo meu celular no armário pelo resto do dia para não ter que ouvir Ivy gritando comigo nem ler nenhuma mensagem malcriada. Quando o último sinal toca, eu respiro fundo antes de abrir o armário.

— Quer ir ao shopping? — pergunta Karin.

— Ah, humm... talvez. Deixe só eu dar uma olhada se minha mãe ligou... Ela precisava que eu... humm... — Eu tiro meu telefone. — Limpasse os meus... dentes hoje.

Karin ri.

— O quê? Limpasse os dentes? Do que você está falando?

Nenhuma mensagem nova! Nenhum texto novo! É! Eu relaxo os ombros e me viro para Karin.

— Ah, eu quis dizer meu aparelho. Achei que talvez tivesse hora no ortodontista, mas não tenho. Deixa pra lá. Eu topo. Estou super a fim de ir ao shopping.

Nenhum recado novo significa que nada mudou. Ainda.

E talvez nada vá mudar. Foram só alguns trabalhos. Um diazinho de erros. Quanto dano eu posso ter causado em um dia?

Capítulo trinta e cinco

Segunda-feira, 2 de junho • • • Terceiro ano

Parabéns, você foi aceita em Hofstra!, eu leio.

Hein? Hofstra? Que diabos? Eu estava duas cartas de aceitação acima de Hofstra! Ontem íamos para a UCLA! Meus pais iam vender a casa para eu poder ir para a UCLA, então não era a situação ideal, mas ainda assim... Eles não estavam vendendo a casa para eu poder ir para Hofstra.

Pego o telefone para ligar para ela e vejo que só há meio tracinho sobrando. As palmas das minhas mãos estão suando. Por que ele não está carregando? Preciso ir a uma loja da MediaZone. Estava planejando ir ontem, mas quando cheguei em casa depois do golfe, ela estava fechada.

Ouço um ruído de estática.

— Ivy? Agora não é um bom momento — diz ela. — Pode me ligar de volta daqui a algumas horas?

Como é que é? Meu corpo enrijece.

— Como agora pode não ser um bom momento? Estamos ficando sem bateria. Agora *é* o momento. Agora pode ser o *único* momento. E você precisa me explicar por que eu perdi a minha aceitação para a UCLA. E o que você pode estar fazendo que é mais importante do que falar comigo?

— Indo ao shopping — admite ela.

— Ao shopping? Você vai ao *shopping*? — pronuncio a palavra como se fosse uma doença. Como ela pode ir fazer compras em um momento como este? Deveria estar sentada esperando eu lhe dizer como consertar a enorme confusão que ela criou. — Pode tentar ser responsável, por favor? Temos um pequeno desastre nas mãos. Haverá tempo para o shopping depois. Onde você está, exatamente?

— No ponto de ônibus — diz ela. — Karin, Tash, Joelle e eu estamos esperando o ônibus e... Ah, espere, lá vem ele...

— Você não vai — ordeno. Por que ela tem que ser tão egoísta?

— É só por uma hora. Vamos olhar uns jeans e comer um Cinnabon. Não podemos fazer nossas coisas mais tarde?

— Eu tenho outras coisas para fazer mais tarde! E se o telefone morrer mais tarde? Hein? E aí? — Sei que pareço uma chorona, mas não posso evitar. Eu preciso que ela me conte o que aconteceu.

— Está bem, está bem... — diz ela.

Ouço Karin perguntar: "Dev, você vem?" ao fundo.

— Minha mãe precisa que eu vá para casa — mente Cal. — Podem ir. Vejo vocês amanhã.

— Está tudo bem? — pergunta Karin.

— Está tudo ótimo — responde Cal, parecendo infeliz.

— Agora, pode, por favor, me contar o que aconteceu? — pergunto.

— Por quê? — pergunta ela, nervosa.

— Nós vamos para Hofstra de novo! O que houve? Você largou a peça? Ou o golfe? Ou o livro do ano?

— Não! Ainda estou fazendo todos os três — diz ela, a voz entrecortada. — Mais a Interact!

— Bem, você fez alguma coisa — digo, bufando. — A carta de aceitação na minha parede não está mentindo.

Ela suspira.

— Começou com um teste-surpresa.

— Em que matéria?

— Francês.

Eu jogo a minha mão livre para o alto.

— E daí? Você fala francês.

— Mal! E não tive chance de fazer o meu dever de casa este fim de semana.

Ela está tentando me matar? Nós temos um plano!

— Por que não?

— Porque eu estava exausta! E precisava relaxar! A última semana foi muito atarefada, e eu precisava de um pouco de tempo para mim mesma! E o celular pode ser mágico, mas ele não cria mais tempo para mim! Não posso fazer tudo! Eu relaxei no sábado, mas passei o domingo inteiro no ensaio da peça e pesquisando golfe!

— Bem, você tem que aprender a equilibrar seu tempo de maneira adequada. É uma das lições da vida. Eu aprendi a equilibrar o meu, não aprendi? Antigamente, tudo tinha a ver com Bryan, e agora...

— Tem a ver com ficar mandando em mim?

— *Nããããão*. Tem a ver com a escola. E com os amigos. — E com garantir que ela não estrague tudo. Eu esfrego os olhos para não ter que olhar para a carta triste na minha parede. — Isso é muito ruim, Cal. Você *quer* que o papai e a mamãe vendam a casa?

— Não — responde ela, com um gritinho.

— Então tem que trabalhar ainda mais para conseguir uma bolsa de estudos, agora que aquela história da loteria não vai acontecer. Você acha que foi mal no teste de francês?

— Acho — diz, a voz desinflada como um balão de hélio de uma semana de idade. — Tenho quase certeza de que fui. E também entreguei um dever de álgebra que pode ter tido alguns erros. E a Srta. Lux me chamou na aula de economia hoje e eu não sabia a resposta.

Biiiip! Eu fecho os olhos.

— Você ainda não o carregou?

— Não está funcionando, está bem?

— Por que não?

— Sei lá! Estou tentando consertar!

— Então acha que pode ser o fim? O telefone pode morrer e nunca mais nos falarmos?

É imaginação minha ou a voz dela parece esperançosa?

— Não se eu puder evitar — digo. — Mas, se o tempo das nossas conversas vai acabar de vez, é melhor você me ouvir enquanto pode.

— Está bem, você tem razão — diz ela com um suspiro. — Então, o que devo fazer?

Eu respiro fundo.

— Primeiro, tem que ter cuidado com a Ritale. Ela adora esses testes-surpresa. Acho que dá um por semana. Ela também adora ficar com batom nos dentes. Já percebeu?

— Já. E obrigada pelo aviso sobre os testes — resmunga. — Teria sido uma informação incrível *ontem.*

Eu *devia* ter pensado nisso antes. Provavelmente também tenho esse teste em algum lugar.

— Espere um segundo. Aposto que o guardei! — Fico de joelhos e vasculho a gaveta embaixo da minha cama.

Há papéis. Muitos papéis. No fundo da pilha estão os do primeiro ano. Eu vasculho os que são em francês. Testes. Dois por semana, às segundas e às sextas.

— Guardei todos — digo. — Os testes de junho. Maio. Abril. Março. Fevereiro. Janeiro. Dezembro. Novembro. Outubro. Setembro. Dezenove de setembro.

— Isso é hoje!

Caio de novo em cima do meu traseiro.

— Com certeza é... — O zero vermelho fica me encarando. — E você com certeza se deu mal.

— Como você sabe? — pergunta ela.

— Alô? Eu estou vendo. Um zero grandão, com um recado que diz: *Devorah, la prochaine fois, faite ton devoir!* O que significa: "Da próxima vez, faça seu dever de casa!".

— Blá.

Eu folheio todos os outros testes e leio as notas.

— Três, quatro, três, quatro... Aah! O que há com você? Eu não tirei notas tão ruins assim! — Claro, eu tinha Bryan para me ajudar, mas ainda assim... Essas notas são *ruins.*

— Não sei por que — choraminga ela. — Eu só não sou boa em francês. E, de qualquer modo, você me botou para fazer tanta coisa! Não consigo acompanhar!

— Precisamos consertar isso.

— Como?

Uma lâmpada fluorescente se acende na minha cabeça. Eu olho para os papéis. Primeiro ano. Segundo. Terceiro. Quarto. Tudo ali. Tudo nas minhas mãos.

— Ah. Meu. Deus. Eu tenho tudo. Todos os testes. Todos os trabalhos. — Mas será que posso fazer isso? Com certeza é moralmente errado. No entanto, quais as minhas opções? Se eu não fizer, talvez nunca vá para a UCLA. E meus pais podem ter que vender a casa.

— Cal, sabe o que isso significa?

— Que precisamos reciclar mais?

— Ou... — Minha voz vai desaparecendo.

Silêncio.

— Você está brincando! — diz Cal. — Certo? Não podemos olhar as suas provas e os trabalhos antigos... — Ela dá uma risadinha nervosa. — Você era tão preocupada com colas...

— Eu sei que é arriscado. Sei que o fiasco da loteria nos assustou. Mas isso é diferente. Isso tudo é trabalho meu. Só estou colando de mim mesma. Não é colar *de verdade*. Eu fiz todo o trabalho, então você não tem que fazer. E quem sabe quanto tempo nós ainda temos? Normalmente, meu telefone morre menos de um dia depois que começa a apitar. Eu sei que esse telefone é... especial, mas ele pode morrer a qualquer segundo. É nossa responsabilidade aproveitar enquanto podemos.

— Não sei, não... — diz ela.

— Você disse que estava exausta. Agora, não precisa ficar. O que preferiria estar fazendo esta noite? Assistindo à TV ou estudando... — Vou até a parte do primeiro ano e folheio os testes — ... história. Você tem prova amanhã, sabe...

— Eu sei!

— Então, qual dos dois?

Ela hesita.

— Ver TV.

— Exatamente. Estávamos pensando em como encaixar tudo. Agora nós descobrimos.

Eu descobri. Está vendo, Bryan? Não preciso de você. Posso conseguir sozinha.

— Pegue o caderno e se prepare. Sua vida toda está prestes a mudar.

— Espero que não. — A ouço resmungar.

Capítulo trinta e seis

Terça-feira, 20 de setembro • • • Primeiro ano

— Devi, pode esperar um segundo? — A Srta. Fungas, minha professora de história, pergunta enquanto estou correndo para almoçar um pouco antes do livro do ano.

O meu coração começa a martelar imediatamente. Quero dizer, por que Fungas iria querer falar comigo? Uma professora não deveria querer falar comigo horas depois que eu colei em uma prova. Isso é um sinal muito ruim. Fiquei com um bolo na garganta desde que copiei todas as perguntas e respostas para as provas e os trabalhos de hoje e de amanhã ontem à noite, mas Ivy quis me ouvir? Não.

Em vez disso, ela ditou meu trabalho sobre *Jane Eyre*. Tive que digitar rápido, porque ela não queria desperdiçar a bateria. Ela tentou conectar o telefone enquanto o usava, mas ele não carregou.

— Sim? — pergunto, aproximando-me timidamente dela. Meu coração dispara. E se as respostas para o teste de alguma forma mudaram com o tempo? Ou e se a Fungas souber? Mas como ela poderia saber? Talvez ela ainda nem os tenha corrigido. Ou talvez eu tenha tirado nota baixa. Talvez...

— Dei uma olhada na sua prova — começa a dizer olhando para mim por cima dos óculos em formato de lua —, e...

Eu tirei zero. Devo ter tirado. Ivy vai me matar.

— ... você tirou dez. De longe, a nota mais alta da turma. E eu estava imaginando...

Se colei? Meu coração pode explodir.

— ... se você estaria interessada em dar aulas de reforço para seus colegas.

Hein?

— Como disse?

— Pediram que eu recomendasse os melhores alunos para ajudar outros alunos com dificuldades. Você estaria disposta? Só vai ter que ver dois alunos por semana, e vai ganhar créditos extras. O que acha?

— Ah, humm...

Dar aulas de reforço de história? Eu nunca teria passado na prova se Ivy não tivesse me dado as respostas. Além disso, não tenho tempo. Quando é que eu vou fazer isso? Meu cronograma pós-aulas está praticamente todo preenchido.

Mas não posso simplesmente dizer não a algo sem discutir com Ivy. Ela me mataria.

— Por que gostaria que eu desse aulas de reforço depois de uma única prova? — pergunto.

— Não foi uma prova fácil — diz ela, sorrindo. — E tenho um pressentimento bom a seu respeito.

Não teria se conhecesse o meu método de estudo.

— Se estiver interessada, passe na sala de aula de reforço e diga ao coordenador. Tire a noite para pensar no assunto. E parabéns. Bom trabalho.

Não parece um bom trabalho. Eu corro para meu armário para pegar o dinheiro do almoço. Então corro para o refeitório, pego um sanduíche de peru, um suco de maçã e um saco de batatas fritas com sal e vinagre e disparo para o livro do ano.

E dou uma freada brusca antes de trombar com Bryan.

— Bela parada — diz ele com um sorriso. — Nós quase colidimos de novo.

Não posso deixar de sorrir de volta.

— Estou aprendendo.

— Para onde está indo?

— Reunião do livro do ano — respondo, ligeiramente sem fôlego.

— Bom para você — diz ele. — Acho que isso significa que não quer ir lá para fora comigo e curtir o dia lindo. Eu tenho meu próprio banco, que ficaria feliz em apresentar para você.

— Você tem, é?

— Tenho. Estou disposto a dividir, porém.

— Valeu — digo. — Mas não posso.

Por muitas, muitas razões.

— Tem certeza? Pode ser um dos últimos dias agradáveis — diz ele. — E depois da aula? Quer ir tomar um sorvete?

— Bryan, eu...

Ele sorri de novo.

— Um sorvete puramente platônico.

Eu rio.

— Eu iria, mas tenho treino.

— Você está ocupada *mesmo*. O que vai fazer amanhã? Futebol?

Os treinos de golfe só começam na semana que vem. Pense rápido, pense rápido.

— Vou dar aulas de reforço. História.

— Está bem, mas, se mudar de ideia, meu banco ia adorar conhecê-la. Ele até gosta de molho... — Ele acena e se dirige para o refeitório. É, eu sei que Ivy ainda não me autorizou a dar aulas, mas sei que não preciso de um aparelho de previsão do futuro para prever que ela vai preferir que eu dê aulas em vez de tomar sorvete com Bryan. Mesmo eu gostando muito... de sorvete.

Capítulo trinta e sete

Terça-feira, 3 de junho • • • Terceiro ano

A caminho do almoço, vejo Tom saindo pela porta da frente. Ele é muito alto. Eu definitivamente vou passar no shopping e comprar sapatos mais altos. Eu aceno. Ele hesita antes de acenar de volta.

Humm. Eu compro um prato de macarrão com queijo e quase deixo cair a bandeja do refeitório quando vejo Nick Dennings à nossa mesa. Como foi que isso aconteceu?

É isso aí, Cal! Ele está sentado bem entre Joelle e Tash. Cal deve ter feito isso acontecer na festa e se esquecido de me dizer. Esqueça a limusine para o baile! Pode ser que eu vá de avião!

— Então — digo, sorrindo para Joelle —, quem vai ser pego primeiro na sexta-feira?

— Karin e Stevey, na casa da Karin, depois Tash e Nick, na casa do Nick, então eu, você e aí o baile.

Au revoir, Tom. Acho que eu vou sozinha. Provavelmente é menos doloroso que ficar conversando com um cara que eu nem conheço. Talvez eu compre um par de sapatos sem salto sensacionais para mim. Espere. Tash e Nick? Eu fico olhando de um para o outro. Quem diria? Como é que eu não vi isso antes? Eles são o casal perfeito!

— Acho que vou ter que aceitar que Jerome simplesmente não vai me convidar, não é? — diz Joelle, apoiando o queixo na palma da mão. — Talvez eu devesse ter dito sim para o Kellerman.

— Agora é tarde demais — diz Tash. — Ele vai levar a Elle Mangerls. Sabe, a menina do segundo ano...

Isso está ficando confuso. É como encontro musical. E pobre Joelle... Uma coisa é ir sozinha porque quer, mas outra é ir sozinha porque ficou esperando que Jerome Cohen a convidasse. Preciso lembrar a Cal para ajudá-la a tirá-lo da cabeça.

— Nós vamos nos divertir pra caramba — derrete-se Karin. — O melhor baile de formatura de todos os tempos! E eu finalmente comprei um iPod para o voo.

Que voo?

— Espere um segundo — digo. — Vamos para o baile no avião do Nick?

Todo mundo fica olhando para mim.

— Desde quando Nick tem um avião? — pergunta Tash.

— Nick não tem um... — Ah. Não importa. — Esqueça. Que voo, então?

— O voo para o Caribe? — diz Karin. — Onde fica a nova ilha do Nick?

Tash revira os olhos.

— Não acredito que sua mãe comprou uma ilha para você de formatura. Quem é que faz isso?

— Não acredito que ela vai levar todos nós de avião para lá para o fim de semana de formatura! — diz Karin.— Ela é o máximo.

Uau. Nova lista de compras: sapatos baixos, bateria de telefone nova — ainda não está carregando! — e um biquíni espetacular.

Enfio a chave na porta e corro escada acima. Eu sei que vai ser melhor. Eu sei que vai ser melhor. Ela tem as respostas; tem que ser melhor. Eu sei, eu sei, eu sei, eu sei. É a UCLA? Recuperei minha carta? Por favor, por favor, por favor, deixe que eu tenha recuperado minha carta de aceitação.

Parabéns! Você foi aceita em Harvard.

Harvard.

Harvard!

Harvard Harvard Harvard.

Ah. Meu. Deus.

Esqueça a UCLA. Eu superei a UCLA. Eu ganhei da Maya. Eu entrei para Harvard! A universidade número um do país! Isso é loucura.

Procuro para ver se encontro alguma informação sobre bolsa de estudos. Não encontro nada.

Está bem, então ainda não consegui. Harvard é incrível, mas obviamente eu preciso ganhar uma bolsa de estudos. Não posso deixar que meus pais vendam a casa para me mandar para lá. Simplesmente não posso.

Ligo para Cal.

— Entramos em Harvard! — digo sem fôlego para ela, e então caio na gargalhada.

— Está brincando comigo?

— Não.

— Isso é loucura!

— Eu sei! Até Maya só conseguiu entrar para a UCLA! Somos oficialmente mais inteligentes que Maya!

— Ah, espere. Por falar em Maya, ela quer que eu vá visitá-la. No fim de semana do Dia de Colombo.

— Do que você está falando? — Por que ela está tagarelando sobre o Dia de Colombo quando estou tentando discutir Harvard?

— Maya? Nossa irmã? Quer me ver?

— É, eu sei quem ela é, obrigada. Só não sei do que você está falando. Você não vai visitar Maya. Você nunca visita Maya.

— Está me dizendo que, em quatro anos, eu nunca, nem uma vez, vou visitar Maya na faculdade?

Isso não faz com que eu pareça muito legal.

— Você está ocupada demais! — respondo impaciente.

— Como posso estar ocupada demais para minha irmã?

— Tanto faz. Você está.

— O que exatamente você fez no Dia de Colombo no primeiro ano?

Acho que pode ter envolvido um sofá, um monte de filmes, alguns cobertores e meu namorado de então. Mas ela não precisa saber disso.

— Você estava com Bryan, certo? — pressiona Cal.

— Talvez — admito.

— Bem, eu não tenho que fazer isso. Não me interessa quanto estou ocupada. Eu vou ver Maya.

— Veremos... — Cal não pode simplesmente viajar no fim de semana. E se eu precisar que ela faça coisas aqui? Quem sabe o que pode acontecer na Califórnia? Ela pode afetar toda a viagem no tempo. E se atravessar as faixas de fuso horário estragar tudo? Até eu estar em Harvard com bolsa integral, não vou arriscar nada. Não, até estar casada e com filhos não vou arriscar. Não, até eu... Eu nunca vou arriscar. Enquanto o telefone funcionar, ela vai ter que me escutar. Não importa quanto seja exaustivo... para nós duas.

— Eu vou — diz ela.

— Não vai se eu disser que não vai — solto.

— Alô, controladora.

Eu não sou controladora. Não sou. Pelo menos não era. Talvez ela tenha me transformado em uma controladora.

— E se você for e algo ruim acontecer? — retruco. — E aí, hein?

— O que poderia acontecer? — pergunta ela. — Eu pegar um bronzeado.

— O seu avião pode cair. — Sei que é uma maldade dizer isso, mas que se dane. Poderia acontecer. Apesar de que eu provavelmente não devia estar falando sobre quedas de avião quando estou prestes a pegar um para o Caribe. Talvez eu não deva contar para Cal ainda. De qualquer maneira... — Lembra-se da loteria? Nós não pensamos que ganhar 12 milhões de dólares levaria ao Alfonzo.

Ela prende a respiração.

— Ahmeudeus, você é tão egoísta! Não me importo se eu cair! Você só pensa em si mesma!

— Por acaso você está escutando? Você *é* eu! E, de qualquer modo, poderia acontecer. É por isso que você tem que manter a rota. Qualquer coisa diferente que fizer pode ter sérias repercussões.

— Por que visitar Maya é perigoso, mas eu usar suas provas e seus trabalhos não?

— P-porque eu escrevi aquelas provas e os testes! — gaguejo. — Não é a mesma coisa. Pelo menos, eu acho que não é... — Minha cabeça começa a latejar. Eu mal sei dizer o que é certo e o que é errado a essa altura.

— Talvez eu deva parar de usar suas provas antigas, então? — pergunta Cal esperançosa. — Só para garantir.

— De jeito nenhum — digo. — Não vamos retroceder de Harvard para Hofstra. Eu preciso lhe dar as respostas para tudo. Para os quatro anos inteiros.

— Está brincando comigo?

— Não! Além disso, você precisa se esforçar mais um pouco.

— Me esforçar mais? Por quê?

— Porque podemos ter entrado para Harvard, mas não podemos pagar. Precisamos de uma bolsa de estudos. Onde você está agora?

— No ensaio da peça. Estou sempre no ensaio da peça.

— Está bem, ótimo. Eu tenho que ir ao shopping.

— Por que você pode ir ao shopping e eu tenho que ensaiar a peça? Odeio os ensaios da peça! Nem tenho fala nenhuma!

— Porque preciso descobrir como resolver a situação da bateria. E a MediaZone fica no shopping. — E porque preciso de sapatos novos para o baile e de um biquíni para o pós-baile, mas provavelmente é melhor manter essas informações para mim mesma. Não preciso jogar na cara dela. — Se chegar em casa antes de mim, atualize suas leituras.

— Por quê? Achei que não precisasse mais, agora que tenho todas as provas.

— Ainda deve continuar com as leituras — digo a ela. — E se um professor a chamar na aula? Não se lembra do que aconteceu na aula de economia na segunda-feira? Quer ir para a Estúpida Estadual? Ou quer ir para Harvard?

Ela faz uma pausa.

— Sinceramente, não me importo muito.

— Confie em mim. Você vai se importar.

— Bem... eu fui chamada para dar aulas de reforço. Acha que isso vai ajudar?

— Claro! — digo a ela. Devi Banks, professora particular! Quem diria?

— Mas como vou ajudar as pessoas a fazer o dever de história quando tenho a pior memória do mundo? — pergunta. — Talvez eu não deva fazer isso.

— Não seja burra! — vocifero. Ai. Isso foi maldade. Será que eu sempre fui má assim? Desde o rompimento com Bryan eu fiquei tão... dura. Ela provoca isso em mim, porém. Ela está me dando uma dor de cabeça séria. Será que não vê quão perto estamos de conseguir o que eu... nós queremos? Não vou me sentir culpada por causa disso. Estou fazendo isso por *nós*.

— Talvez eu não possa fazer nada — diz Cal. — Natureza versus meio ambiente e tudo o mais.

— Cal, eu retiro o que disse. Você não é burra. *Nós* não somos burras. E essa é uma oportunidade fantástica! — Estamos tão perto que eu posso sentir o gosto. — Isso vai nos dar uma bolsa de estudos para Harvard, com certeza.

— Isso vai dar a você uma bolsa de estudos para Harvard, você quer dizer.

— Vai *nos* dar. Para nós. É tudo para nós.

— É mesmo? Eu só quero ir ao shopping.

— Quer tentar pensar um pouco mais a longo prazo?

— Eu quero ir para uma boa universidade. Mas tenho mesmo que ir para a *melhor* universidade? — Ela suspira. — Como é que eu vou dar aula quando não entendo nada?

— Eu vou ajudá-la.

Biiip! Ou não. O aviso da bateria avisa a cada meia hora agora. Medo.

Eu ligo para Maya enquanto estou andando pelo shopping. Quero garantir que ela saiba que eu entrei para Harvard. Ela não pode me criticar quando eu entrei para a melhor universidade de todas, pode?

— E aí, gênio? — diz ela assim que atende.

Acho que ela sabe.

— Oi — digo, presunçosa. — Como você está?

— Ótima! Fazendo as malas. Não acredito que vou para a Europa em duas semanas!

— Tenho certeza de que você vai se divertir muito — digo a ela.

— Tem certeza de que não quer vir comigo? Não sei por que você tem que fazer cursos de verão para se adiantar. Não prefere tirar uma folga?

Em primeiro lugar, cursos de verão? Sério? E, em segundo, ela ainda está me criticando? Entrei na melhor universidade de todas e agora ela está me dizendo que eu estudo demais?

— Não preciso de folga — digo, irritada.

— Tem certeza? Você parece precisar. A gente ia se divertir tanto! Há muitas pizzas na Itália que você pode comer de cabeça para baixo.

— Não posso. Tenho coisas demais para fazer.

— Um pouco de diversão não a mataria — diz ela. — Um namorado europeu, talvez... Você trabalhou como uma condenada durante quatro anos e merece uma folga! Um pouco de romance! Equilíbrio na vida é saudável.

Estou começando a me arrepender de ter ligado para Maya, para começo de conversa. Foi por isso que parei de falar com ela quando ela foi para a faculdade. Na época, ela vivia me dizendo que eu passava tempo demais com Bryan. Eu não queria ouvir isso, então parei de ligar de volta. Parei de lhe contar tudo. Em vez disso, eu contava meus segredos para Bryan. Ele passou a me proteger. Por que eu tenho sempre que estar sob a proteção de alguém?

Sacudo a cabeça. Não acredito que agora ela está me dizendo que eu passo tempo demais estudando. Ela deveria decidir logo.

— Eu tenho que ir — digo a ela quando chego na MediaZone.

— Devi...

— Eu falo com você na semana que vem, está bem? Tchau! — Desligo antes que ela possa dizer mais alguma coisa. Um namorado europeu? Não acredito que Maya está me mandando arrumar um namorado! Desde quando eu tenho problemas para sair com os meninos?

Apesar de ir sozinha ao baile de formatura.

Tanto faz. Ando até o atendente na recepção, coloco meu celular no balcão e explico meu problema de bateria.

Ele assente por algum tempo, então abre uma bateria de lítio nova e a insere.

— Humm. Isto não parece estar funcionando — diz ela.

— Estranho.

— Nem me fale.

Ele pega o telefone e o estuda de ângulos diferentes.

— Já volto.

Cinco minutos depois, ele volta com uma caixa retangular.

— Aqui está — diz ele com um sorriso largo.

— Você o consertou? — pergunto esperançosa.

— Melhor ainda — ele diz. — Como você tem o telefone há mais de dois anos, pode levar um novo.

Eu jogo a caixa de volta para o outro lado do balcão.

— Não quero um telefone novo! Eu quero o antigo.

Ele pisca repetidamente e me entrega a caixa de novo.

— Mas este tem Bluetooth. E um navegador.

— Não me importa! — Enfio a caixa nas mãos dele de novo. — Preciso do meu telefone.

— Mas ele não funciona.

— Faça-o funcionar!

— Não posso. — Ele encolhe os ombros. — Sinto muito.

Ele devolve meu telefone original, sem Bluetooth, sem navegador e com problemas de bateria. Só há meio tracinho sobrando. E agora?

Capítulo trinta e oito

Quarta-feira, 21 de setembro • • • Primeiro ano

Eu passo na coordenação das aulas de reforço antes de sair da escola.

— A Srta. Fungas me enviou — digo à coordenadora. Eu me sinto ridícula dizendo o nome dela em voz alta. — Ela pediu para eu me inscrever para dar aula de reforço de história.

Ela faz um sinal para eu entrar.

— Genial! Você pode começar agora mesmo. Um aluno apareceu na hora do almoço pedindo ajuda. Eu disse a ele para voltar depois das aulas, no caso de podermos acomodá-lo.

O quê?

— Hoje? — Eu não esperava ter que começar agora. Claro, eu prestei atenção extra quando a Fungas revisou e explicou as respostas hoje, mas não é como se eu as soubesse de cor.

Ela faz um sinal de positivo com o polegar.

— Isso não é ótimo?

Minha nuca começa a formigar.

— Mas, humm, eu nem sei o que vou fazer.

— Tenho certeza de que vai se sair bem, querida, ou a Srta. Fungas não a teria mandado. É só mais um calouro. Ele está na outra turma da Srta. Fungas e quer revisar o último teste.

— Ah, acho que não posso fazer isso. Sinto muito, mas...

— Aqui está ele — a coordenadora diz.

Eu me viro.

Bryan.

Ele sorri para mim. Meu corpo inteiro cora.

— Então, Devi, o que você acha? — pergunta a coordenadora. — Topa?

— Sim — digo sem pestanejar. — Eu topo.

Talvez Ivy não precise saber disso.

— Alô?

— Ah. Meu. Deus! — grita ela.

— Ahmeudeus o quê? — pergunto, olhando para Bryan. Ah, não. Ela vai me matar. Eu empurro minha cadeira para trás — Ele só estava...

— Nós conseguimos! Nós vamos para Harvard com bolsa de estudos integral!

— Nós o quê?

— Funcionou! As aulas de reforço! Bolsa de estudos integral! Para Harvard!

— Sério? — Dou um gritinho.

— É! Essas aulas de reforço funcionaram mesmo! Uhuu!

— Sensacional! Mas eu tenho que ir. Estou aqui agora. Dando aula de reforço... — Eu hesito. — Nada mais mudou, certo?

— Não. Por que teria mudado? As cartas de Harvard estão aqui. As fotos das minhas amigas estão aqui. Nada mudou. Além da bolsa de estudos. Espere, de quem você estava falando? "Ele" quem?

— Ninguém — digo rápido. — O diretor das aulas de reforço. Ele não tinha certeza se eu ia me sair bem.

— Obviamente você vai. Porque nós conseguimos! E...

Ivy continua tagarelando sobre Harvard isso, Harvard aquilo, mas, em vez de ouvir, eu fico olhando para Bryan.

O Bryan doce. O Bryan engraçado. O Bryan de covinhas.

— Eu realmente tenho que ir — digo a ela novamente.

— Certo — diz ela. — Divirta-se. Desculpe-me por interrompê-la. Nós nos falamos depois.

Eu desligo a ligação e o telefone.

— Sinto muito — digo a ele.

Bryan está sentado na minha frente em uma das salas de aula de reforço, parecendo tão adorável quanto sempre. Sei que deveria ter dito para Ivy quem eu estava ajudando, mas se isso não muda nada no futuro, então não tem importância, certo? Se eu tivesse, de alguma forma, feito com que a gente voltasse, ela teria percebido. É. Definitivamente, teria percebido. As fotos seriam de Bryan de novo.

Nós não estamos nos agarrando nem nada. Ainda não. Brincadeira. Eu o estou ajudando com o teste. Ele esqueceu o dele, então estou usando o meu de trampolim para explicar os conceitos. Na verdade, é meio divertido. Quem diria? Eu posso ensinar! Não tenho realmente que me lembrar de todos os detalhes quando estou explicando. Tem mais a ver com entender o que aconteceu e por quê. Causa e efeito, algo em que eu virei especialista ultimamente.

Causa: eu não me neguei a dar aula para Bryan, e agora ele está só a 30 centímetros de mim. Com um cheiro muito gostoso, como pipoca amanteigada.

Efeito: toda vez que eu respiro, parece que grãos de milho estão estourando pelo meu corpo inteiro, do meu estômago até os dedos dos meus pés. De um jeito bom.

— Então, como vai Ivan? — pergunta ele.

O nome me sobressalta, mas então eu me lembro de que disse a ele que esse era o nome do meu namorado.

— Vai bem.

— Então, o que mais você andou fazendo? — pergunta ele. — Além de continuar namorando.

— Ah, sabe... — Dou de ombros. — Uma coisa e outra.

— Você parece muito ocupada o tempo inteiro. Estressada.

— Eu estou — admito.

— Então, diga — diz ele, esticando o braço por cima da mesa e colocando a mão no meu cotovelo. — O que está puxando você para baixo?

Pop, pop, pop! A mão dele está no meu braço! Ele está me tocando! Tenho que permanecer calma. Não que isso tenha importância. Não tem. Eu não posso gostar dele. Não tenho permissão. Ele não é bom para mim. Eu me afasto de tal forma que os dedos dele caem na mesa.

— Estou sob muita pressão — digo.

— Que pressão? — Ele entrelaça as mãos em cima da mesa.

Eu queria que ele ainda estivesse me tocando.

— Bem, para começar, a pressão para entrar em uma boa universidade.

Ele inclina a cabeça para o lado.

— Universidade? Já está preocupada com a universidade? No primeiro mês do ensino médio?

Eu mordo o lábio.

— Ouvindo você falar assim, parece mesmo meio cedo.

— Também está planejando as matérias da faculdade? E o seu emprego depois da faculdade? Está separando o dinheiro da sua aposentadoria?

Eu rio.

— O quê, você não se preocupa com o futuro?

Ele dá de ombros.

— Eu me preocupo com o presente. Tento aproveitar, sabe? O dia. O sol. Meu banco.

Dou uma risadinha.

— Você adora esse seu banco, não é?

— Ah, é, adoro. Ficaria feliz em compartilhar com você, se quiser dar uma olhada.

— Ora, obrigada.

— De nada. Ele estimula a gente a relaxar.

— Eu bem que preciso de um pouco de relaxamento — digo. — Estou tão nervosa, com medo de estragar alguma coisa.

— Você só precisa desencanar — diz ele. — E talvez dormir mais.

Eu enrolo uma mecha de cabelo.

— Estou com cara de cansada?

Ele cora.

— Não quis dizer que você não está bonita. Você está ótima. Sempre está. — *Pop, pop, pop!* — Só parece sobrecarregada — acrescenta.

Eu estou sobrecarregada!

— São todas as atividades extracurriculares. Estou fazendo coisas demais.

Ele encolhe os ombros.

— Então largue uma. Qual delas você odeia?

— Todas. Não, isso não é verdade... Eu gosto de organizar as lembranças e as fotos no livro do ano. Mas estar em *A Bela e a Fera* é meio que um saco. Toma muito tempo, e eu nem tenho nenhuma fala.

Ele ri.

— Acho que você vai ser uma árvore muito bonita.

— Obrigada. Mas, na verdade, eu sou uma cadeira na mansão da Fera. Na maior parte do tempo, eu só fico sentada ali e... bem, ajo como um móvel.

— Tenho certeza de que você vai ser uma cadeira bonita. Apesar de esperar que ninguém sente em você. Mas também tenho certeza de que eles podem encontrar uma cadeira substituta se precisarem.

— Eu sei, mas, se eu sair da peça, Tash vai sair, e é muito bom para ela, então não posso. Além disso, eu me inscrevi na Interact, e não posso largar, afinal, quem é que larga o trabalho voluntário? Isso só faria de mim uma má pessoa. Ah, e tem o golfe.

Ele ergue uma sobrancelha.

— Você joga golfe?

— Não, mas vou formar uma equipe feminina.

— Por que você quer formar uma equipe de meninas se nem joga?

— O meu pai joga. Mais ou menos... — Eu paro de falar antes que fique confuso demais. — Então, você vê, não há nada que eu possa largar... Além disso, todas as atividades vão ajudar nas minhas inscrições nas universidades. — Eu aperto os lábios fechados. Chega de mim e das minhas obsessões chatas com a universidade.

Quando foi que eu fiquei tão chata? Quando foi que me esqueci de curtir o banco? E aqueles que se sentam nele.

— E você? Está fazendo alguma atividade? Eu o vi fazer o teste para beisebol.

— Você viu, é?

Eu coro.

— Então viu meu desempenho espetacularmente terrível. Eu não entrei. Mas tenho jogado com alguns amigos na cidade, então não tem problema. Ah, e estou pensando em estudar bateria. Eu sou meio ruim no momento, mas estou me divertindo.

— Bom para você. Você é muito abrangente. As universidades vão adorar você! — Ótimo, lá vou eu de novo.

— Eu não pensei tanto na universidade quanto você — diz ele com um sorriso. — Apesar de que o meu pai iria adorar se eu fosse estudar em Montreal. É onde ele mora.

— Montreal tem boas universidades?

— Com certeza. McGill e Concordia são lá. E eu sempre me divirto quando volto. Foi lá que eu nasci.

Eu apoio o queixo na palma da mão.

— Sério? Então agora você mora aqui só com sua mãe? Ou ela se casou de novo?

— Só com minha mãe.

— Quando vocês se mudaram para cá? — De repente, eu tenho muitas perguntas para a gracinha do Bryan. Quero saber tudo sobre ele.

— Depois que eu terminei o sexto ano. Quando meus pais se separaram, minha mãe decidiu vir para cá comigo.

— Aposto que com um nome como Florence, vocês esperavam que o lugar fosse um pouco mais glamouroso. Como se servissem gelato e muçarela fresca no refeitório.

Ele ri.

— Acho que sim.

— Você vê seu pai?

Ele encolhe os ombros.

— Ele se casou de novo agora, tem um bebê.

— Então isso é um não?

— Eu vou para lá uma vez por ano.

Eu sacudo a cabeça.

— Não posso imaginar ver meu pai só uma vez por ano.

— Longa distância é uma droga, não é?

— Não é?

Ele ri.

— Então, você acha difícil ficar longe de Ivan? — pergunta ele. — Acho que eu nunca poderia ter um relacionamento a distância.

— Pode ser difícil — digo. Não quero falar sobre meu namorado imaginário. — Mas eu sei como é sentir falta do seu pai. O meu é *workaholic*, então nós não passamos muito tempo juntos.

— Isso é uma droga.

— É. Não tanto quanto deve ter sido se mudar no sexto ano, não?

Ele sorri.

— Não foi tão ruim. Eu conheci Jerome. Ele é um cara legal.

— Ah! O Jerome... — Eu sei que devo desarmar para ele e Joelle, mas como faço isso quando ainda nem armei para eles?

— O que tem ele?

Não sei como dizer sem parecer estranho.

— Nada. Deixa pra lá.

— Tem a ver com Joelle? — pergunta ele.

— Não — digo com firmeza. — Por quê? O que tem a Joelle?

— Jerome gosta dela. Acho que ele vai convidá-la para sair. O que você acha? Ela gosta dele?

— Não — digo rápido. — Ela não gosta. — Prontinho! Moleza!

— Ah — diz ele, piscando. — Que pena...

— É. Ela não gosta dele — continuo. — Sinto muito. É melhor você dizer para ele não convidá-la para sair. — A Ivy me deve uma.

— Ele vai ficar chateado — diz Bryan, franzindo o cenho.

Eu faço um gesto com a mão.

— Eles não são um bom par. — Ele vai dispensá-la, de qualquer maneira. — Agora, vamos voltar a você. Se você é de Montreal, como é que não tem sotaque nem nada?

— O meu pai fala inglês. Eu fiz imersão em francês quando morava lá. Se algum dia precisar de ajuda em francês, eu sou o cara.

Eu me endireito.

— Você vai me ajudar? Sou eu quem deveria estar ajudando você! — Olho para o relógio. Só temos mais dez minutos. — Vamos estudar? — Não que eu queira falar de história. Eu preferiria estar aprendendo a história do Bryan.

— Ah, não se preocupe... — diz ele. — Não estou indo tão mal em história. Na verdade, nem tenho aula com a Fungas.

— Sério? Então por que se inscreveu para as aulas de reforço?

As bochechas dele ficam vermelhas.

— Eu queria passar um tempo com a professora.

Pop! Pop! Pop!

Capítulo trinta e nove

Quinta-feira, 5 de junho • • • Terceiro ano

Estou esperando virem me pegar. E esperando. E esperando mais um pouco. Onde está Joelle? Já são 7h50. Espero que não tenha acontecido nada.

Espero mais cinco minutos e então corro de volta para dentro para ligar para o celular dela do meu telefone de casa. Onde elas estão? As aulas vão começar a qualquer minuto! Eu realmente preciso comprar um telefone novo. Não para substituir meu telefone mágico, mas para ser capaz de me comunicar com pessoas que, humm, não são eu.

— Alô? — Joelle atende.

— Ei! O que houve com você?

Silêncio.

— Joelle? — digo.

— Quem é? — pergunta ela.

— Sou eu! A Devi!

— Humm, oi, Devi. Como você está? — A voz dela parece meio esquisita. Formal.

— Estou preocupada! Você está bem? Normalmente já está aqui a essa hora... — O primeiro tempo vai começar a qualquer segundo. Temos que ir para a aula!

Eu ouço o sinal da escola. Ela já está lá? Simplesmente se esqueceu de vir me pegar?

— Onde é "aqui"? — pergunta ela.

O que está acontecendo? Por que ela não me pegou? Por que ela está parecendo tão estranha? Como se não soubesse por que estou telefonando para ela.

Como se nem fôssemos amigas.

Ah. Meu. Deus.

— D-deixa pra lá — gaguejo. — Desculpe, Joelle. Liguei para o número errado. — Desligo o telefone, fico o olhando por um instante e então corro para meu quarto no andar de cima.

As fotos sumiram. Os porta-retratos ainda estão lá, mas, em vez de fotos minhas com Tash, Joelle e Karin, há fotos minhas com Celia King.

Capítulo quarenta

Quinta-feira, 22 de setembro • • • Primeiro ano

Estou andando para o refeitório muito, muito devagar. Sei que alguma coisa vai acontecer. Só não sei o que ou quando. Mas sei que é ruim.

Ivy me deu uma bronca enorme hoje de manhã.

— O que você fez? — Ela estava fervendo.

— Nada! — disse a ela. Eu realmente não havia feito nada. Depois que nossa aula particular acabou, eu me despedi do Bryan, e foi só isso.

E, de qualquer forma, não acho que o que aconteceu teve algo a ver com Bryan, porque, se tivesse, as fotos dele estariam lá, e não as de Celia.

— Bem, você estragou tudo — bufou. — O baile de formatura é amanhã, e eu não faço ideia de com quem vou ou de quem está na minha limusine. Provavelmente vou com Celia e Bryan e mais alguém. Ou talvez eu segure vela para eles. Valeu mesmo.

— Mas eu nem sei o que eu fiz! — choraminguei.

— Descubra e conserte.

Biiiiip!

— Não posso fazer tudo! — gritei, finalmente perdendo a cabeça. — Não posso tirar dez em tudo e estar no livro do ano e dar aula de reforço e estar na peça e começar uma equipe de golfe e manter os meus amigos! Eu estou cansada!

— Seja mais forte — disse, quase latindo. — Não seja tão bebê.

— É fácil para você falar. Você não tem que fazer nada! — gemi. — Só o que você faz é andar com suas amigas.

— Até elas não estarem mais falando comigo.

— Você nem teria amigas se não fosse por mim! — lembro a ela.

— Conserte! — explodiu ela antes de desligar.

Todo mundo estava normal hoje de manhã. Karin, Tash e Joelle estavam dando um tempo perto dos nossos armários e rindo.

Nada de estranho.

Eu tive aula de história com Karin. Nós nos sentamos juntas. Tudo normal.

Mas tive essa sensação — de que, a qualquer momento, o meu mundo inteiro ia explodir. Não faço ideia de onde a bomba está escondida, mas sei que está em algum lugar, e que vai explodir na minha cara de caloura.

Não vejo minhas amigas no refeitório, o que me deixa nervosa, então compro um queijo-quente, batatas de saquinho e suco e me dirijo para o livro do ano no andar de baixo.

Bum.

Tash, Karin e Joelle estão todas juntas do lado de fora da porta, cochichando.

Os braços de Tash estão cruzados, Karin parece que vai chorar, e os olhos de Joelle estão faiscando.

— E aí meninas — digo cautelosa.

— Nós temos que conversar com você — diz Karin e faz um sinal para eu me juntar ao grupo.

— Só me diga a verdade — explode Joelle — você gosta do Jerome Cohen?

Meu queixo cai.

— O quê? Não!

— Não minta! — diz ela, a voz hesitando.

— Eu não gosto dele! Juro!

Joelle põe as mãos nos quadris.

— Então, quando descobriu que ele gostava de mim, por que disse ao Bryan que ele não deveria me convidar para sair?

O-ou. Meu estômago se revira. Minha boca se abre novamente, mas eu não sei o que dizer. Que motivo eu posso ter tido?

— Bryan contou a Jerome, o Jerome contou a JT, que contou a Celia, que me contou, então não finja que não aconteceu.

Eu não tento negar. Não posso.

— Acho que é porque você gosta dele — continua Joelle. — Por isso ficou tentando me fazer gostar do Nick Dennings em vez dele. E por isso não quis sair com Bryan. Isso é tão doente, Devi! Você poderia simplesmente ter me contado que gostava dele. Não precisava mentir para Bryan.

Minha boca está seca. Ela nunca vai me perdoar.

Ergo os olhos para Karin, esperando que ela me defenda, mas a mágoa nos olhos dela me diz outra coisa. Que ela acredita. Que está pensando em Anthony Flare — o cara com quem eu saí no ensino fundamental mesmo sabendo que Karin gostava dele.

Não sei o que dizer a elas. Preciso que Ivy me diga o que fazer.

Então não digo nada.

Joelle sacode a cabeça.

— Acho que vou matar o livro do ano hoje. Não estou no clima.

Ela sai andando pelo corredor, com Tash e Karin logo atrás.

Capítulo quarenta e um

Quinta-feira, 5 de junho • • • Terceiro ano

— Você tem que me dizer o que fazer — pede ela depois de contar toda a triste saga. As aulas já acabaram, e eu estou em casa, no meu quarto. Cal deveria estar no ensaio, mas, em vez disso, está no banheiro da escola falando comigo.

Biiiip!

Claro, agora ela está pedindo conselho. Quando já estamos inteiramente sem bateria. A qualquer minuto agora, o telefone vai morrer. Não há mais nenhum tracinho. Zero.

Não acredito que ela não me contou imediatamente sobre Bryan ter se infiltrado nas aulas de reforço. O que ele estava fazendo nas aulas de reforço, de qualquer modo? Bryan nunca teve uma aula de reforço em todo o ensino médio. Obviamente, ele só vai se aproximar dela. De mim.

— Não temos tempo para esse tipo de erro! — vocifero. Estou sentada de pernas cruzadas no meu tapete, todas as minhas provas espalhadas no chão em volta de mim como um cobertor. — Você precisa se concentrar; nosso tempo está acabando.

Eu tentei de tudo. Liguei para o fabricante. Liguei para a companhia telefônica. Nada funciona. O telefone não está carregando. Nosso tempo acabou.

— Mas no que estou me concentrando? — pergunta ela, parecendo em pânico. — Na escola? Nos amigos? Em ficar longe do Bryan?

Meu coração está martelando contra o peito como se eu tivesse acabado de correr uma maratona.

— Na escola! Você tem que se concentrar na escola!

— Mas e Karin e minhas amigas?

Biiiip!

— Esqueça todas elas por enquanto — digo apressada. — Eu preciso lhe dar as respostas para todas as provas que tenho antes que o telefone morra.

— Mas o que eu vou fazer?

— Vai ter que perguntar a si mesma: o que Ivy faria? Pode fazer isso?

— Posso — diz ela.

— Ótimo. Agora, não fale; só escreva.

— Mas...

Biiiip!

— Vamos começar com os grandes. Prova de matemática do segundo ano. É múltipla escolha, então só vou ler as respostas. Pronta? C, B, A, D, A...

— Espere! Nunca vou conseguir me lembrar de um bando de letras! Eu preciso das perguntas!

— Não há tempo! Anote as respostas!

— Mas preciso de algum lugar onde escrever.

Ela está brincando comigo?

— Ande logo!

— Eu estou no banheiro! Não tenho uma caneta comigo! Só tenho lápis de olho!

— Use isso!

— E no que vou escrever? No papel higiênico?

Biiip!

Eu quero bater com o telefone na cabeça.

— Foi por isso que eu falei para você andar com o caderno o tempo inteiro! Você não escuta?

— Desculpe. Ele está na minha mochila, no meu armário da escola! Por favor, pare de gritar comigo! Estou fazendo o melhor que posso!

Eu respiro fundo.

— Use o papel higiênico.

— Sério?

— Se é a única opção, então, sim. Vou começar de novo. Pronta?

— Pronta.

Biiip!

— C, B, A, D...

Passo a prova de matemática, depois a prova de química, e então quatro provas adicionais de meio de ano antes de o alarme começar a tocar a cada dois segundos e nós mal conseguirmos ouvir uma à outra.

— E a prova de francês de amanhã? — grita Cal. — Temos tempo para isso? Ainda sou um desastre nessa matéria, e preciso da sua ajuda.

Eu folheio a bagunça de papéis no meu chão.

— Espere aí, deixe-me encontrá-lo. Aqui está, aqui está! Pronta? A resposta para a questão quatro é...

Biiip! Biiip! Biiip!

O telefone fica mudo.

Capítulo quarenta e dois

Quinta-feira, 22 de setembro • • • Primeiro ano

Só o que eu escuto é silêncio.

Ah, não.

— Alô? — grito — Alô?

— Está falando comigo? — pergunta alguém do outro lado da porta do banheiro.

— Não. Desculpe! — Estou sentada na tampa da privada, um bolo de papel higiênico rabiscado em cima do colo.

Ela se foi.

O que eu vou fazer agora? Como vou saber de quem ser amiga? Com quem sair? O que vai acontecer em seguida? E o que vou fazer na prova de francês?

O telefone vibra na minha mão.

É! É ela! Ela voltou! Ela descobriu como nos salvar! Eu ligo o telefone.

— Graças a Deus! — Eu me derramo.

— Que belo alô — diz a voz. Não a de Ivy. Uma voz de garoto. Bryan.

— Oi — digo, sobressaltada.

— Oi — diz ele, e posso ouvir o sorriso dele pelo telefone. — O que você está fazendo?

— Ah, eu... — Olho em volta do reservado. — Ainda estou na escola.

— É? Eu também. Eu estava procurando você, mas não a vi.

— Eu estou no meu armário — minto.

— Eu estou no seu armário.

Pega na mentira.

— Você me pegou. Eu estou no banheiro.

Ele ri.

— O que vai fazer hoje à tarde?

Ver minha vida desmoronar? Fico imaginando se ele pode me ajudar com a situação de Jerome. Mas como eu poderia explicar a ele?

— Eu deveria estar no ensaio da peça — digo, em vez disso. — Mas deveria realmente estar estudando para uma prova de francês que tenho amanhã.

— Precisa de ajuda? — pergunta ele. — Eu *sou* bilíngue.

— Ah, humm... — Não sei! Eu gostaria da ajuda dele? Como vou saber o que fazer?

— Me encontre na sala de mídia — diz ele. — Eu vou ajudar você.

— Agora?

— Você prefere passar o resto da tarde no banheiro?

Dou uma risadinha.

— Nah, é meio abafado aqui.

Ivy disse que manter notas altas era minha prioridade número um. Sem as respostas da prova, posso tirar outro zero. E Bryan é a única pessoa a quem posso pedir ajuda. Não posso mais conversar com Ivy, e minhas amigas não estão falando comigo. Quem mais vai me ajudar?

— Alô? Devi? Você vem?

Mas não devo andar com Bryan. Eu brinco com a fechadura na porta. Aí, paro. Aí me levanto. Aí me sento.

Não faço ideia do que fazer.

Capítulo quarenta e três

Quinta-feira, 5 de junho • • • Terceiro ano

Ahhh! Minha carta de aceitação se transformou no segundo em que o telefone morreu. Harvard sumiu. Fui aceita na NYU, que pode ser uma das melhores universidades, mas não é a melhor de todas, e pior: não me oferece nenhuma bolsa de estudos.

O que aconteceu? Ando de um lado para o outro no meu quarto. O que eu faço?

Não consigo respirar aqui. Está quente demais. O quarto parece menor. Será que ele encolheu? Devi fez algo para o quarto encolher? Eu preciso de ar fresco. Pego o telefone e a minha bolsa e grito para meu pai que vou dar uma volta. Bato a porta.

Eu me sento nos degraus da frente e inalo uma grande lufada de ar. O que devo fazer agora? Torço as mãos. O Jetta azul-claro do Bryan para na entrada da minha garagem. O que ele está fazendo aqui? Eu abraço os joelhos no peito.

Ele abaixa o vidro da janela.

— Tentei ligar para você. Seu telefone ainda não está funcionando.

Ele está falando comigo. O que isso significa? Por que ele está falando comigo?

— Está quebrado — digo.

— Tentei encontrá-la depois das aulas, mas você saiu correndo de lá.

— Coisas para fazer — digo. Não sei para onde olhar. Eu não entendo o que ele está fazendo aqui.

— Venha dar uma volta de carro — diz ele.

Hein?

— Não sei, não...

A testa dele franze com a confusão.

— Por que não?

Eu olho para meu pulso. A pulseira brilha de volta para mim. O que isso significa? O que Cal fez? Ela se apaixonou por ele? Nós saímos? Nós ainda estamos... meu coração pula... juntos?

Eu desço os degraus correndo e entro no carro dele.

Capítulo quarenta e quatro

Quinta-feira, 22 de setembro • • • Primeiro ano

Estou sentada à mesa do lado oposto de Bryan na sala de mídia.

Ele é tão gatinho. É mesmo.

Não consigo parar de sorrir. Então não vou tirar dez. Posso aceitar isso. Mas tenho quase certeza de que não vou tirar outro zero. Bryan está ajudando muito, e eu meio que estou seguindo o que ele está dizendo — quando não estou olhando fixo para os lábios dele.

Lábios doces.

Lábios adoráveis.

Claro, eu posso não entrar para Harvard, mas isso é daqui a três anos. Tenho mesmo que me preocupar com isso agora?

Não, não tenho.

Sem Ivy do outro lado da linha, eu não preciso ficar obcecada com a faculdade. Ou com amanhã. Ou com nada que não esteja acontecendo na minha frente do outro lado da mesa.

Está na hora de eu tomar minhas próprias decisões.

— Oi — digo, sorrindo. Não posso evitar. Ele me faz sorrir.

Ele dá um sorriso largo de volta.

— Não quer dizer *bonjour*?

Capítulo quarenta e cinco

Quinta-feira, 5 de junho • • • Terceiro ano

Nós descemos o quarteirão, e ele para o carro na frente do parque Hedgemonds. Maravilha. O lugar do nosso primeiro beijo.

— Então, seu telefone. Ele finalmente foi para o céu dos celulares?

Em vez de olhar para ele, eu fico olhando pela janela para os balanços.

— Acho que sim. Ele parece não estar carregando.

— Quer que eu dê uma olhada nele? — pergunta ele.

— Se você quiser... — Eu enfio a mão na bolsa, puxo o telefone e o entrego para ele.

Nossas mãos se tocam, e uma faísca corre pelo meu braço. A próxima coisa que eu sei é que ele está se inclinando para perto e que nós estamos nos beijando. Os lábios dele são doces e macios, e tudo parece tão certo e seguro... Ele é meu de novo.

É perfeito. Nós somos perfeitos. Tudo é do jeito que deveria ser. Tudo está do jeito que era.

Ele deve ter mudado de ideia. Algo deve ter acontecido para fazê-lo mudar de ideia. Talvez Cal tenha dito ou feito algo para fazê-lo me amar o suficiente. Ele não vai me deixar. Todos os pensamentos sobre a universidade, todos os pensamentos sobre amigos foram esquecidos há muito tempo.

— Eu te amo — digo a ele.

— Eu também te amo — diz ele. — É melhor ir me visitar.

O quê? Eu chego para trás, meu corpo subitamente frio.

— Você ainda vai se mudar para Montreal?

Ele pisca.

— Vou.

Eu não consigo respirar. É como se alguém estivesse pisando na minha garganta.

— Você vai me deixar? — sussurro.

O rosto dele se contorce.

— Eu... é. Nós conversamos sobre isso, você sabe que eu vou para Montreal. É o melhor.

Uma tsunami de tristeza me soterra.

— Não acredito que você ainda vai.

De repente, estou furiosa com ele. Furiosa comigo mesma por sequer ter entrado no carro dele. Por ter deixado que ele me beijasse. Um beijo, e eu me esqueço de tudo pelo que venho trabalhando? Todos os meus planos? E quanto a mim? E quanto ao que é melhor para mim?

Ele segura os meus ombros.

— Mas nós concordamos que terminar era a coisa certa. Você queria...

— Você concordou! Eu não concordei com nada! — Será que eu concordei com isso? Isso é possível? O que há de errado comigo? Quem sou eu? As lágrimas estão correndo pelas minhas bochechas agora, queimando minha pele. Eu preciso sair daqui Neste segundo. Minhas mãos estão tremendo conforme eu agarro a maçaneta, abro a porta de supetão e começo a correr para casa.

— Devi, espere! — grita Bryan. — Vamos conversar sobre isso. Por favor?

Em vez de responder, eu continuo andando.

— E amanhã? Podemos conversar sobre isso amanhã? É o baile de formatura!

Não vou ao baile de formatura com ele. Prefiro ir sozinha. Prefiro ir com Tom. Alguém que não significa absolutamente nada para mim. Alguém que nunca vai me magoar. Eu agarro o fecho da pulseira no meu pulso e desta vez consigo tirá-la. Para sempre.

— Fique fora da minha vida! — imploro a ele.

— Qual é, Devi... Por favor, converse comigo.

Eu não escuto. Não olho para trás.

Nunca deveria ter olhado para trás.

Capítulo quarenta e seis

Sexta-feira, 23 de setembro • • • Primeiro ano

Estou no meu armário quando vejo a mensagem de texto de Bryan.

`Qdo eh a sua prova?`

Respondo: `4°t.`

Ele escreve: `Boa sorte. Quer almoçar dpois p/ comemorar? Meu banco quer t conhecer.`

Hi-hi. Estou quase escrevendo *SIM* de volta, mas meus dedos hesitam em cima do teclado.

Ivy não ia gostar. Mas eu gosto dele! E, de qualquer maneira, por que eu deveria continuar fazendo o que ela diz? Como vou saber se ela ainda está certa? As coisas mudam. Só porque as coisas terminaram mal para ela, não quer dizer que vão terminar mal para mim. E se Bryan não me trair desta vez? Ele pode não trair. Ele ter feito isso uma vez não quer dizer que vá fazer de novo.

Engulo em seco. É, eu sei, todos os filmes da Lifetime me diriam outra coisa.

Mas isso é diferente. Eu sou diferente.

É justo punir alguém por algo que ainda não fez? Não é como se ele tivesse *me* traído. Ele me traiu no futuro. Em uma versão do futuro. E, se eu aprendi algo nas duas últimas semanas, é que há mais de uma versão.

`Sim!`, eu finalmente escrevo de volta.

Capítulo quarenta e sete

Sexta-feira, 6 de junho • • • Terceiro ano

— O que há com você? — Celia, toda brilhante, está de pé na frente do meu armário. — É melhor não estar arrasada hoje à noite. Anime-se! É o baile de formatura. E pelo menos nós saímos daqui às 11h! Você definitivamente precisa de tempo para fazer os cabelos e as unhas.

Argh. Será que isso significa que eu estou em uma limusine com Celia? E com quem mais? Quem é o meu acompanhante? Eu vou sozinha, agora que mandei Bryan se catar? A Celia vai com Bryan? Minha cabeça dói.

— Estou com dor de cabeça — digo a ela.

A verdade é que não me sinto tão mal hoje quanto achei que me sentiria. As lágrimas secaram quando cheguei a minha porta e então só me senti vazia. Cansada e vazia.

Apesar de a foto de Bryan estar de volta no porta-retrato, apesar de a carta de aceitação de Harvard ter sumido, eu não chorei. Estou presa ao que quer que eu tenha. Se a bateria do telefone morreu, também morreram as mudanças induzidas pela Cal na minha vida.

Então Bryan vai me deixar. Ele não precisa mais de mim. Ninguém precisa de mim. A única pessoa que precisava de mim, Cal, já era.

O que eu posso fazer? Nada. Absolutamente nada. E a NYU ainda é uma universidade maravilhosa. Então eu não tenho uma bolsa de estudos. Posso conseguir um empréstimo. Ou trabalhar por um ano e economizar. Vou descobrir alguma coisa. E posso não ter mais as velhas amigas, mas posso fazer novos amigos em Nova York.

— Dev? — Escuto.

Sou puxada para fora dos meus pensamentos com um sobressalto para ver Bryan de pé na frente do meu armário. O que ele quer? Eu não fui clara?

— Podemos conversar? — pergunta ele. — Não entendi o que houve ontem à noite. Achei que tínhamos discutido...

— Não sei o que nós discutimos — digo, apertando o maxilar. Eu não sei nada, a não ser que quero que ele vá embora. Quero lhe dar um soco no peito. Quero puxá-lo na minha direção e beijá-lo como uma louca.

— Eu consertei seu telefone — diz ele, vasculhando a bolsa. — A bateria da câmera que você comprou para mim cabe. Ela não tem muita energia, mas o carregador vai funcionar. Pode ficar com ela, se quiser. — Ele estica a mão com meu telefone e um carregador preto.

Minha cabeça gira.

— A bateria da câmera funciona no meu telefone?

— Funciona.

Como pode ser?

— Espere. Meu telefone está funcionando?

— Está.

Cal. A prova de francês. Hoje. Eu preciso ligar para ela. Imediatamente.

— Uau! — digo, puxando-o da mão dele. Ainda sinto as faíscas, mas desta vez finjo que elas não existem.

Ele mordisca o lábio inferior.

— Nós falamos mais tarde, então?

— Tudo bem, mais tarde, tanto faz. — Dou as costas para ele, ignorando a expressão magoada, e aperto enviar. Está tocando. Aleluia, está tocando!

E tocando.

E tocando.

— Oiê, aqui é Devi. Estou por aí e não posso atender...

Ahhhhhh! Por que ela não está atendendo? Não pode ver o quanto esse telefonema é importante?

Agora o sinal está tocando. Caramba. Preciso dizer a ela o que escrever naquela prova. Eu ligo de novo. Caixa postal novamente.

Eu simplesmente vou ter que mandar as respostas para ela por texto.

Capítulo quarenta e oito

Sexta-feira, 23 de setembro • • • Primeiro ano

Estou prestes a fechar meu armário antes de me dirigir para a aula de francês quando olho para meu telefone.

Duas ligações perdidas, três recados de voz e sete textos.

O primeiro recado é Ivy gritando.

— Nós estamos de volta!

Isso explica tudo.

Ah.

Êêê.

Eu deveria estar feliz. Mas, então, por que parece que um balão no meu peito perdeu todo o gás hélio?

Um dos textos é só uma fileira de letras: B. C. D. A. A. D., e assim por diante. Hein? Eu olho para o cabeçalho. RESPOSTAS DE FRANCÊS. Ah.

O telefone vibra na minha mão, e eu o atendo imediatamente.

— Não preciso delas — digo.

Ivv ri.

— Bem, alô para você também.

— Oi — digo, encostando-me no armário.

— Consegui fazê-lo funcionar — diz ela, eufórica. — Está consertado! Você não está aliviada?

— É claro — digo, e então penso se é verdade. É. Tem que ser. Quem não iria querer falar consigo mesma no futuro? — Sim, estou muito aliviada. É só que... não preciso das respostas. Eu estudei para a prova.

— Não, não, não — diz Ivy. — Você só tira oito. Eu verifiquei. E você perde nossa aprovação para Harvard.

Eu bato com o salto no chão.

— Por causa de uma prova? Uma prova no primeiro ano? Como isso acontece?

— Talvez seja como o SAT. Você sabe como aquelas primeiras perguntas são importantes e determinam quanto a próxima pergunta vai ser fácil ou difícil, o que determina a sua pontuação final. Acho que é assim.

Eu não respondo.

— Mandei as respostas via mensagem de texto. Leve o seu telefone para a aula, e vai ter tudo lá. Vai tirar seu dez. Você precisa da minha ajuda. Confie em mim. Você precisa de mim.

— Não posso levar as respostas para a aula — sussurro. — Isso é colar *mesmo*.

— Não é pior do que o que já fizemos. Só faça. E, Dev... O que quer que você esteja aprontando com Bryan...? Pare, está bem? — Ela não desenvolve. Simplesmente desliga.

Eu engulo em seco e aperto o telefone até as juntas ficarem brancas. Tenho as respostas. Não quero tirar oito. Quero tirar dez. Quero ir para Harvard. Eu acho.

Eu tenho que ir para Harvard, ou Ivy vai ficar zangada comigo. Eu vou ficar zangada comigo. Então não tenho escolha. Certo? Enfio o telefone no estojo de lápis e fecho o meu armário. Eu posso fazer isso. Tenho que fazer isso. Não é que eu vá ser pega. Se fosse, Ivy saberia.

Vai ficar tudo bem daqui por diante. A cada escolha que eu precisar fazer, ela vai me dizer como agir. Eu endireito os ombros e abraço o estojo pelo caminho todo até a aula. Escorrego para uma carteira no fundo da sala. Abro o texto com as respostas e, então, arrumo o telefone no estojo para um lugar onde eu possa vê-lo, mas madame Ritale não. Tiro o lápis e tamborilo na mesa.

O aluno na minha frente passa as provas para trás.

Eu olho a resposta para a pergunta número um no meu celular. Marco a letra B.

Capítulo quarenta e nove

Sexta-feira, 6 de junho • • • Terceiro ano

Estou indo para casa, quando o mundo muda. Em vez de estar de pé no cruzamento, esperando o sinal abrir, estou na frente de araras de jeans e camisas. Onde estou? Fui atropelada por um carro e entrei em coma?

E por que estou dobrando um par de jeans?

Eu olho em volta do aposento novamente. Espere. Eu sei onde estou. Estou na Bella Boutique, no shopping. Por que não estou indo para casa para me arrumar para o baile de formatura? Não que eu saiba quem vai me pegar. Ou a que horas.

Talvez Cal tenha feito algo no passado que está me fazendo vir aqui para trocar meus sapatos? Eu olho em volta procurando alguém para perguntar, mas não há mais ninguém aqui.

— Olá? — pergunto, mas ninguém responde. — Olá? — repito do meio da loja. — Olá? — responde uma mulher com uma voz anasalada.

— Ah, que bom! Olá! — A voz está vindo de um provador nos fundos. Talvez ela possa me dizer o que está acontecendo.

— Pode me trazer um tamanho 38, por favor? — pergunta a mulher nasal.

Ela deve estar falando com outra pessoa. Não que eu esteja vendo mais ninguém. Mas tem que ser isso. Não estou trabalhando hoje. Nem é verão ainda. Só preciso achar a minha mochila.

— *Olááááá?* — A mulher com a voz anasalada diz de novo. — Você me ouviu? Preciso de um tamanho 38.

Onde está minha mochila?

A porta do provador é aberta de supetão, e uma mulher mais velha que usou Botox demais franze os olhos e grita para mim:

— Você trabalha aqui ou não?

Veronica, a gerente da loja, enfia a cabeça para fora da sala dos funcionários.

— Devi, há algum problema? Pode pegar o tamanho certo para a cliente?

Ah. Meu. Deus. Estou trabalhando aqui. E nem é verão ou férias de Natal.

Mas por que estou trabalhando aqui no dia do meu baile de formatura?

— Terra para Devi — diz Veronica. — A cliente quer o jeans Dolly tamanho 38.

— Certo. Desculpe. — Eu volto à atenção. — Senhora, esse jeans tem um molde muito pequeno. Quer experimentar um tamanho maior?

— Não! — grita Ela.

Tudo bem, então. Minha cabeça gira enquanto eu procuro o tamanho, e então passo o jeans pela porta do provador. Quando me viro, vejo meu reflexo no espelho.

Meu cabelos estão Pink e curtos. Além disso, eu tenho um celular tatuado no pulso.

Meu estômago se revira.

Cadê os meus cabelos? Quem sou eu? Mudei para o corpo de outra pessoa? O que está acontecendo? *Aaaaahhh!* Preciso ligar para mim mesma neste segundo. Meu telefone deve estar na minha mochila da escola. Onde diabos está minha mochila da escola? A sala dos funcionários — deve estar lá.

Eu puxo a cortina. Veronica está bebericando uma xícara de café e lendo uma revista.

— Sabe onde está minha mochila da escola? — pergunto, o coração martelando.

— Por que você traria uma mochila de escola? — pergunta ela.

— Eu não vim da escola?

Ela olha para mim inexpressivamente.

— Escola? Desde quando?

Agora eu me sinto enjoada.

— Eu... Eu larguei os estudos?

— Foi o que você me disse. — Ela vira a página da revista que está lendo. — Você não odiava Heken?

As minhas pernas viram geleia. A escola para delinquentes?

— Quando eu entrei para a Heken?

— Não sabe isso melhor que eu?

— É, eu deveria, mas estou com uma dor de cabeça de matar, então pode me contar?

— Você realmente deveria pegar leve com a bebida, Dev. Aposto como saiu com JT de novo, não é? — Ela vira mais uma página de sua revista. — Você não foi para Heken depois de ser expulsa da Florence West por colar?

Eu ofego e agarro a cortina para me apoiar. Cal foi pega. Com o celular. E eu acabei aqui.

Eu quero estrangulá-la. Como ela pôde ter vacilado tanto e me colocado nessa situação? E eu fiquei tão patética que estou com JT? Preciso do meu telefone. Onde está meu telefone?

— Isto aqui está pequeno demais! — grita a cliente. — Por que você me trouxe algo que não cabe? Você é idiota?

— Devi, pode cuidar da Sra. Arnold, por favor? Estou na minha folga.

Eu tento assentir, mas meu corpo inteiro está dormente. Saio da sala dos funcionários e bato na porta do provador.

"Só vá até o final", digo a mim mesma. Então você vai encontrar seu telefone e consertar tudo.

Ela abre a porta de supetão, vestindo apenas uma calcinha bege e uma blusa vermelha.

— Está tentando me fazer sentir gorda?

Eu balanço a cabeça.

— Eu disse que a modelagem é pequena.

Ela enterra os dedos no meu braço.

— Então você acha que eu sou gorda?

Eu realmente não consigo lidar com isso agora. Puxo o meu braço para fora do alcance dela.

— Não, não acho. Os jeans são feitos em tamanho pequeno. Eu queria lhe trazer um tamanho 42. A senhora não deixou

— Então isso é culpa minha?

Já chega.

— É! A culpa é sua!

— Devi! — diz Veronica, empurrando para trás a cortina da sala dos funcionários.

— Bem, mas é! A culpa é dela! — grito. — É tudo culpa dela! É culpa dela, culpa dela! Culpa dela!

Veronica e a cliente estão olhando para mim de boca aberta.

Nada disso é minha culpa. É culpa dela. E culpa da Cal. E culpa do Bryan. Dela por ser pega, e do Bryan por estragar a minha vida.

— O cliente sempre tem razão — me diz Veronica baixinho.

— Então isso quer dizer que eu estou sempre errada? — Por mandar Cal usar o telefone? Por deixar Bryan se tornar toda a minha vida? Eu sei que isso não tem mais a ver com a cliente. Tem a ver comigo. — Sinto muito — digo, meus olhos se enchendo de lágrimas.

Veronica suspira.

— Devi, vou ter que pedir que você vá embora imediatamente.

Genial. Agora estou sendo demitida de um emprego que eu nem sabia que tinha. Eu pisco rapidamente para impedir as lágrimas de cair e abro caminho para fora da loja.

Preciso do meu telefone. Eu preciso *mesmo* do meu telefone.

— Devi, esqueceu sua bolsa! — grita Veronica para mim.

É claro. Se eu não vou à escola, não tenho uma mochila de escola. Eu tenho uma bolsa. É!

— Valeu — balbucio, voltando correndo para dentro da loja e, depois, correndo de volta para fora com ela.

Por favor, esteja aqui dentro, por favor, esteja aqui dentro. Eu olho debaixo da minha carteira. Nada de telefone. Nos bolsos. Nada de telefone. Tem que estar aqui em algum lugar.

Eu ando até o chafariz e despejo o conteúdo inteiro no banco.

Nada de telefone. Eu não tenho telefone.

Onde ele está? Eu o deixei em algum lugar? Ou — quase desmaio de náusea — ele foi confiscado depois que eu fui pega?

O que foi que eu fiz?

Não consigo respirar. Preciso de mais ar. Acho que não consigo aguentar mais. Pontos pretos estão rodopiando na frente dos meus olhos como fumaça e eu estou caindo... E o chafariz está correndo na minha direção.

Capítulo cinquenta

Sexta-feira, 23 de setembro • • • Primeiro ano

Um novo texto surge na minha tela.

```
Vc vai se dar bem.
```

De Bryan.

Meu estômago se revira. Posso vomitar em cima da folha da minha prova. Eu estou me deixando doente.

Não quero colar. Não *preciso* colar. Posso conseguir sozinha.

Também não quero me afastar de Bryan. Eu quero deixá-lo orgulhoso. Quero me deixar orgulhosa. Em vez disso, estou me deixando doente.

Mas você precisa tirar dez! A voz dela grita na minha cabeça. Mesmo quando ela não está gritando na minha orelha, eu posso ouvi-la. *Você tem que tirar dez!*

Não, digo a ela. Não tenho.

Desligo o telefone e o enfio de volta no estojo.

Esta é a minha vida. Estas são as minhas decisões. Se há uma coisa que ela me ensinou é que ela tomou as decisões dela. Agora é a minha vez de tomar as minhas.

Capítulo cinquenta e um

Sexta-feira, 6 de junho • • • Terceiro ano

Estou molhada.

Encharcada. Água corrente bate nos meus cabelos, no meu rosto e na minha boca. Eu estou no chafariz. Estou me afogando? Eu morri?

Espere. O chafariz tem gosto de xampu. Eu pisco e abro os olhos.

Eu estou em um chuveiro. Meus cabelos estão cheios de sabão.

Será?

Tem que ser.

Estou na minha casa, no meu chuveiro cor de limão, me aprontando para o baile de formatura.

Capítulo cinquenta e dois

Sexta-feira, 23 de setembro • • • Primeiro ano

Eu faço a prova. Não tiro dez — longe disso —, mas acerto várias questões. Acho que vou tirar oito.

Não é um dez, mas, ainda assim... eu consegui sozinha. Bem, não inteiramente sozinha; as aulas de Bryan definitivamente ajudaram.

Procuro por ele pela escola inteira, mas não o vejo. Respondo ao texto dele.

`Foi td bem. Muuuito obrigada p/ sua ajuda. Vc eh o máximo. Não posso almoçar. Algo importante p/ fazer. Posso marcar p/ depois da aula?`

Depois que aperto enviar, desligo o telefone. Acho que mereço uma folga.

Eu sei que deveria estar no golfe, mas a vida tem a ver com escolhas, certo?

Vejo as três na nossa mesa no refeitório. Eu vou direto para lá.

Elas param de falar quando me veem.

— Oi — digo, já me sentando. — Sei que vocês estão zangadas comigo, e têm todo o direito de estar. Sei que fiz besteira. Mas não porque eu goste de Jerome. Eu não gosto. Gosto de Bryan.

Joelle sacode a cabeça.

— Mas então por quê...

— Eu disse a Bryan que você não gostava de Jerome porque não acho que ele seja bom o bastante para você. Mas isso foi errado. Eu não posso escolher com quem você sai. A decisão é sua, não minha. Sinto muito. Sinto muito mesmo. Pode me perdoar?

Ela concorda. Devagar, mas concorda.

— É claro. Então você não acha que ele é bom o suficiente para mim, não é? — pergunta Joelle. — O que você acha de Kellerman? Ele é meio gatinho.

— Ele é definitivamente gatinho — digo. Meus ombros relaxam.

Tash pisca para mim do outro lado da mesa.

— Ele é gatinho — diz ela. — Mas ninguém acha estranho que ele tenha usado calça de moletom todos os dias durante as últimas três semanas?

— Tenho certeza de que é só uma fase — diz Joelle.

Debaixo da mesa, Karin agarra minha mão e a aperta.

Capítulo cinquenta e três

Sexta-feira, 6 de junho • • • Terceiro ano

Ela finalmente atende o telefone às 17h.

— Você está bem? — pergunto. Estou de pé de roupão no meu quarto. Desde que me vi no chuveiro, sei o que tenho que fazer. O que tenho que dizer a ela.

— Estou bem. Só precisava de um tempo para pensar. Está zangada por causa da prova de francês?

Eu rio.

— Está brincando? Você merece um prêmio! — Eu conto a ela o que aconteceu esta tarde, como quase perdemos tudo. — Você é um gênio por ter guardado o telefone, Devi. Nós teríamos sido expulsas.

— Fala sério... — diz ela baixinho.

Biiiip!

— A bateria está morrendo novamente? — pergunta ela.

— Ela não estava totalmente carregada — explico. — E, de qualquer modo, Cal, eu também andei pensando. E eu... — respiro fundo —... acho que é melhor para nós duas se deixarmos a bateria ir para o céu das baterias.

Ela faz uma pausa.

— Sério?

— É. Não posso continuar culpando você pelos meus erros. Eu tenho que enfrentar a minha, humm, a *nossa* vida, e é impossível fazer isso quando estou sempre olhando para trás. — É uma coisa difícil de dizer, apesar de eu saber que é verdade. Mas o choque de ser expulsa e de me encontrar na Bella foi demais. — E tenho que lhe dar a chance de viver a sua vida. Que é a minha vida. E de cometer os próprios erros.

— Então isso significa que você não vai surtar se eu quiser largar algumas das minhas atividades extracurriculares? Eu meio que furei minha reunião do golfe hoje. E preciso convencer Tash a ficar na peça sem mim. Mas vou continuar com o livro do ano e com as aulas de reforço. O livro do ano é divertido, e eu acho que vou ser boa nesse negócio de ensinar.

— É justo — digo. — Mas vou sentir saudades das saias-shorts de golfe. Ou, mais importante, o tempo com papai. Ele parece tão feliz desde que começou a jogar de novo. Mas acho que eu poderia pedir a ele para dar umas tacadas comigo neste fim de semana. Antes tarde do que nunca, não?

— Parece divertido. Talvez eu também experimente.

— Então... — Respiro fundo mais uma vez.

— É isso? — pergunta ela com uma vozinha fina.

Eu engulo o bolo na minha garganta.

— Acho que sim.

— Vamos dizer adeus? Para sempre? Isso é tão assustador.

— Não deve ser tão ruim. Nós somos a mesma pessoa. Você sempre pode falar consigo mesma no chuveiro.

Ela dá uma risadinha.

— Mas com quem eu vou contar?

Eu contava com Bryan. Ela contava comigo. Quem sobrou?

— Você deveria ligar para Maya — digo a ela. É, Maya. Maya, que estava certa desde o começo.

— E o que eu devo fazer com o caderno? Com todos os conselhos? E todas aquelas maneiras pelas quais íamos salvar o mundo?

Eu abro a gaveta da minha escrivaninha e vejo o caderno verde de espiral contendo nossas duas listas olhando para mim.

— Acho que você deveria jogá-lo fora — digo para ela.

— Sério? — pergunta ela.

— É. Quem sabe que mudanças poderiam acontecer? Não queremos começar uma guerra mundial acidentalmente.

— Está bem — diz ela.

Eu pisco e o caderno sumiu.

— Algum conselho final? — pergunta ela.

— Na verdade, sim... — Agora eu dou uma risadinha. — Lembre-se de que os jeans Dolly têm modelagem pequena e não cedem. Se comprá-los, compre um tamanho acima.

Bip!

— É minha chamada em espera — diz ela.

Arrepios cobrem os meus braços, e eu sei quem é.

— Bryan — digo.

— É. — Cal hesita. — Ele está vindo para cá. Mas vou dizer para ele não vir. Se você acha que ele não deve. Sinceramente, você o conhece melhor que eu. E sei que você disse que ele vai me trair, mas talvez ele não traia desta vez. Não é possível?

Eu engulo em seco.

— Tenho que lhe contar uma coisa. Ele nunca me traiu. Eu inventei isso para que você não saísse com ele. Sério, nós terminamos porque ele estava se mudando para Montreal para ficar com o pai e achou que deveríamos tentar ficar separados. — Eu me seguro, esperando a reação dela.

— Bem, isso é um alívio.

— É? — Eu esperava que ela ficasse furiosa comigo.

— Quero dizer, não é um alívio que ele tenha terminado com você, mas fico feliz que ele queira passar um tempo com o pai. E, Ivy, bem, não é possível que, agora que não vou me concentrar só nele, nós possamos não terminar? — A voz dela está transbordando de esperança. — Talvez agora que eu tenho outras coisas rolando ... minhas amigas e o livro do ano e as aulas de reforço... talvez o nosso relacionamento seja completamente diferente... — Agora ela até está falando como Maya. — Talvez dure — continua ela. — Talvez a gente tente namorar a distância. Ou, ainda, talvez a gente acabe indo para a mesma universidade, afinal de contas.

Eu olho para a carta de aceitação na minha parede. Ainda é da NYU. E, se o que Bryan me disse ontem ainda é verdade, ele ainda está planejando se mudar para Montreal. E eu vou para Nova York. E nós ainda vamos terminar.

Eu abro a boca para contar a ela a verdade. Que não vai dar certo. Que eles vão terminar de qualquer maneira. Que ele vai partir o coração dela.

Terminar é uma droga. Apesar de que falar com Bryan ontem doeu, mas doeu menos do que há duas semanas. Talvez não seja o fim do mundo?

Eu olho para as fotos na minha mesinha de cabeceira. As fotos do Bryan ainda estão nos porta-retratos. Mas agora há mais porta-retratos. Bryan no palco tocando bateria. Eu, Karin, Tash e Joelle em um show. E eu e Maya no que parece ser uma festa no dormitório. Quando isso aconteceu? Eu fico pensando: talvez a chave seja o equilíbrio. Talvez tenha a ver com viver o momento e ainda manter os olhos no cenário todo — em todos os cenários. E talvez não tenha importância se Bryan e Cal — se Bryan e eu — terminarem. O namoro ainda teve um papel importante na minha vida: em moldar o que eu me tornei.

Não Ivy, a garota que eu queria ser, mas Devi, a garota que eu sou.

— Então, o que você acha? — pergunta ela.

Só porque um relacionamento termina, não significa que não valeu a pena tê-lo.

Biiiip!

— Quem sabe? — digo a ela. — Talvez dessa vez as coisas sejam diferentes.

O telefone morre na minha mão.

Eu fico sentada por alguns momentos, sentindo o calor do telefone na palma da minha mão. Então o coloco na mesa.

Estou meio atordoada. Cal acabou. Ivy acabou. Sem problema: estou pronta para ser a Devi.

Eu olho em volta para me orientar.

Ao lado da minha carta de aceitação há uma carta do Escritório de Ajuda Financeira da NYU me parabenizando pela minha bolsa de estudos de ingresso.

Legal.

Talvez eu estivesse certa. Talvez dessa vez as coisas sejam diferentes. Vou ter que esperar para ver.

A campainha toca, e eu me preparo para encarar meu futuro.

Capítulo cinquenta e quatro

Sexta-feira, 23 de setembro • • • Primeiro ano

A campainha toca, e eu me preparo para encarar meu presente.

— Estou indo! — grito. Desço os degraus de dois em dois e abro a porta de supetão.

— Oi!

— Oi — diz Bryan. — Vamos dar uma volta. Aposto que é um dos últimos dias agradáveis.

— Você não disse isso na semana passada?

Os olhos dele lampejam.

— Posso ter dito.

Eu enfio as sandálias.

— Quer ir até o parque Hedgemods? É bem na esquina.

— Com certeza — diz ele, pegando minha mão. — Podemos avaliar os balanços.

Nós andamos pelo caminho de mãos dadas e então corremos para o balanço.

Assim que chegamos lá, nós dois começamos a nos exibir, empurrando cada vez mais alto — até minha sandália sair voando para o outro lado do parque.

Ele ri e pula do balanço para pegá-la.

— Sandália encontrada! — Ele urra e a segura na minha direção, estilo Cinderela. Eu paro bruscamente.

— E Ivan? — pergunta ele.

— Ivan e eu... terminamos.

Ele coloca a mão em cima da minha, inclina-se para baixo e me beija.

Os lábios dele são macios e leves e doces, e todo o resto desaparece, exceto o beijo e o momento. O beijo perfeito neste momento perfeito.

Capítulo cinquenta e cinco

Sexta-feira, 6 de junho • • • Último ano

A campainha toca, e eu ainda nem estou vestida.

Mas êêê! O pessoal do baile de formatura está aqui! O entusiasmo desce pelas minhas costas até os meus pés. Fico imaginando quem será. Minhas amigas? Tom? Harry? Bryan?

Não importa quem seja, eu vou ter uma ótima noite. Vou aceitar o que vier e curtir o momento.

Mesmo que seja Celia.

Mas eu realmente espero que não seja ela.

— Mãe, pai, podem atender? — grito. Coloco meu lindo vestido prateado da Raffles e meus sapatos originais. Meus sapatos originais vermelhos. Que tal isso? Eles ficam muito legais com o vestido. Quem diria...

Agora, que joia devo usar?

Penso na pulseira que enfiei na minha bolsa. Mesmo que ele não esteja aqui, sei que vai ficar perfeita.

Bryan está me esperando no final da escada. Eu prendo a respiração. Ele está absolutamente adorável — absolutamente *covinhas* — de smoking.

— Oi — diz ele, puxando-me para um abraço. — Você está linda.

— Obrigada — digo, inalando o perfume dele. — Você também.

— Vocês dois estão incríveis! — diz minha mãe. Enquanto isso, eu não posso acreditar como *ela* está incrível. Não tão glamourosa quanto Mamãe Milionária, mas os cabelos dela estão em um rabo de cavalo, a pele está brilhando e ela voltou ao tamanho 36.

— Não acredito como o tempo passou rápido — continua ela. — Parece que foi ontem que Bryan tocou a nossa campainha e eu lhe dei os brownies de maçã.

— Eu adoro aqueles brownies... — diz Bryan saudosamente.

— Sorte sua eu ter embalado um lanchinho para vocês — diz ela e me entrega uma caixa. Uma caixa com uma etiqueta que diz "Padaria Banks".

Hein?

— Obrigado, Sra. Banks. A senhora é o máximo. Dev, todo mundo já está na limusine. É melhor a gente ir. Sra. Banks, a senhora e o Sr. Banks não querem tirar umas fotos lá fora?

Ele olha para o relógio — o relógio prateado que eu lhe dei de formatura. Mas, se eu nunca devolvi o relógio, então como...?

— É claro — diz minha mãe. — Acho que ele está nos fundos com a Maxie. Estamos tentando tirá-la do pé da Devi.

Maxie? Nós temos um cachorro?

— Pai! — berro. — Nós vamos lá para fora.

Bryan pega a minha mão e me leva porta afora.

O motorista está de pé ao lado do carro, usando terno e um quepe preto. Alto, moreno, italiano, lindo. Ele me parece familiar. De onde eu o conheço?

Ah. Meu. Deus. É o Alfonzo! Ah, não, tenho que escondê-lo antes que minha mãe saia!

— Com licença — digo. — Humm, isso vai levar um tempo. É melhor você se sentar e esperar no carro. Não precisa ficar de pé.

Ele me dá um sorriso e uma piscada antes de desaparecer dentro do carro.

É, eu sei que parei de manipular a vida dos outros, mas não é preciso tentar o destino.

Eles todos estão incríveis. Joelle está usando o vestido roxo maneiro que ela fez, Tash está linda em um vestido preto justo e Karin está deslumbrante em um vestido decotado de tafetá vermelho. Ainda que o nariz dela definitivamente tenha sido alterado, os peitos e os lábios ainda estão *au naturel*. Acho que é meu trabalho garantir que continuem assim.

— Então, estou aqui oficialmente sozinha — diz Joelle, jogando os braços para o ar. — Achei que Kellerman com certeza iria me convidar, mas agora é tarde demais.

Tash larga Nick e passa os braços em volta da Joelle.

— Já chega do Kellerman! — ralha ela. — Você terminou com ele há dois anos. Precisa ir em frente.

— Não brinca! Mas você sabe que foi o maior erro da minha vida!

Dou uma risadinha. Não consigo evitar. Acho que Tash estava certa. Ela gosta de ser a artista torturada, afinal de contas.

— Lá vêm o seu pai e Maxie — diz Karin, acenando para a frente da casa.

Eu me viro para ver meu pai ajudando uma menininha de vestido rosa e maria-chiquinha alta descer os degraus. Devemos estar bancando a babá para a filha do vizinho — não que eu a reconheça. Não que eu reconheça meu pai também. Ele está radiante e bronzeado e usando jeans e uma camiseta. Nenhum roupão à vista. Apesar de estar usando pantufas do Mickey. Fico imaginando o que mudou para ele. Ele parece tão feliz... E quando meus pais decidiram abrir uma padaria, por falar nisso?

— Sua irmãzinha é uma graça! — diz Joelle.

Minha... o quê?

Capítulo cinquenta e seis

Sexta-feira, 23 de maio • • • Três anos e meio depois

— Maxie, cuidado! — digo. Seguro minha irmã de quase 3 anos de idade bem firme pela mão. Ela está a cerca de 30 segundos de deixar cair o sorvete em cima de tudo. Adivinhe de quem ela herdou a falta de jeito?

— Desculpe — digo ao celular. — Karin, você ainda está aí?

Estou no shopping, perto do chafariz circular. Prometi aos meus pais que levaria Maxie para comprar um jogo de golfe de brinquedo hoje de manhã. Ela está obcecada. Meu pai tem treinado suas tacadas durante as manhãs com ela, antes de suas tardes na padaria.

Karin suspira ao telefone.

— Eu estava dizendo que não acredito que vocês terminaram! É tão deprimente! Achei que vocês dois iam se casar com certeza.

— Eu sei — admito. Nós ainda nos amamos. É só que estamos juntos há quase quatro anos! E, com ele indo para Montreal, e eu para Nova York, achamos que está na hora de abrirmos as asas. Sabe, testar a vida sem o outro.

— Mas por quê? Vocês gostam da vida um com o outro!

— Eu sei — digo. — Só pensei... Sei lá, só pensei que seria bom para nós. Que nos ajudaria a crescer como pessoas. E ele acabou concordando comigo. Mas não vamos terminar neste segundo. Só quando ele for embora. E ainda estou planejando visitá-lo em Montreal.

— Mas vocês ainda vão ao baile de formatura juntos?

— É claro! Eu não perderia o baile! Você está louca?

— Tem certeza de que é a coisa certa a fazer? — pergunta ela.

— Espero que seja. Tenho a sensação de que sim. Mas não sei.

Felizmente, vou ter um verão ocupado para me distrair. Trabalhando na Bella e passando o máximo de tempo possível com as meninas antes de nos separarmos, fazendo as malas para a universidade, ajudando a planejar a festa de aniversário da Maxie com tema da Pequena Sereia em julho e então encontrando Maya para uma semana na Itália. E mamãe e papai vão até fechar a padaria por uma semana e vamos todos para Nova York para encontrar um apartamento de dois quartos para mim e para Maya antes de ela começar a especialização em direito e eu começar a faculdade. Nós vamos ser colegas de quarto!

— Parece que você sabe o que está fazendo — diz Karin.

— O tempo dirá, eu acho.

Como isso é verdade. Eu queria poder perguntar ao meu eu na faculdade... Brincadeira! As semanas do primeiro ano, quando eu falei com Ivy, parecem ter sido há séculos. Às vezes elas parecem nebulosas, como um sonho.

— Já está quase acabando no shopping? — pergunta Karin. — Temos uma tonelada de festas para ir hoje. Você só tem um dia de veterano para matar aula.

— Vamos embora em dois minutos — prometo.

Maxie puxa a minha blusa.

— Devi, eu não consigo... — O sorvete dela está precariamente empoleirado no topo da casquinha. Não está parecendo seguro. Eu fico olhando enquanto ele começa a escorregar em câmera lenta.

— Não! — grito e pulo na direção dele com as mãos esticadas.

Meu celular voa para dentro do chafariz. Ops.

Eu suspiro. Tento alcançá-lo, mas ele está longe demais. Caramba.

— Fique aqui — digo, advertindo-a. Enrolo meu jeans para cima, tiro os chinelos e entro.

Maxie ri histericamente.

— Eu sou engraçada?

— Hi-hi-h-hi-hi-hi! — Ela continua rindo, suas marias-chiquinhas curtas e castanhas balançando de um lado para o outro.

— Aqui está — digo, pegando-o e enxugando-o na minha camisa.

Aperto o botão de ligar, mas ele não funciona. Nem o um, o dois, o três, o quatro...

Eu aperto enviar. Ele toca.

— Alô? Alô? — diz alguém.

— Alô? — digo. — Quem é?

— É Devi — diz a pessoa.

Ahmeudeus! Sou eu! Estou ligando para mim mesma quando caloura! É hoje! Como pude me esquecer?

— A Devi de 14 anos? — pergunto incredulamente.

— A Devi de 21 anos — diz a garota lentamente. — Ah. Meu. Deus. Eu não acredito nisso.

Não pode ser. Pode? Meu coração dá um pulo.

— Ivy? — pergunto. — É você mesmo?

— Sou! — Ela exclama. — Eu estava pensando em você! Estou na livraria do campus, e você não vai acreditar no que acabei...

— Espere! — grito. — Não me conte nada.

Pausa.

— Você está certa. Está tão certa.

— Eu acho... Acho que disquei o número errado.

— É... — diz ela devagar. — Acho que discou.

E então eu desligo.

Ah. Meu. Deus. Essa foi por pouco. Eu deveria simplesmente jogar o telefone de volta no chafariz. Me livrar dele para sempre.

Ou...

Eu o enfio na bolsa. Nunca se sabe. Posso querer falar com ela um dia.

Tudo é possível.

Este livro foi composto na tipologia Sabon LT Std Regular, em corpo 11/16, e impresso em papel off-white no Sistema Cameron da Divisão Gráfica da Distribuidora Record.